JANET EVANOVICH

Américaine, Janet Evanovich est originaire du New Jersey. Au terme de quatre années d'études en arts plastiques, elle renonce à la peinture et commence à écrire, tout en travaillant comme secrétaire intérimaire. En 1994, elle publie son premier roman policier, *La prime*, qui est immédiatement salué par la critique et plébiscité par le public. On retrouve son personnage de chasseuse de primes, Stéphanie Plum, dans *Deux fois n'est pas coutume* (1996). La série de ses aventures, qui en est actuellement à son sixième titre aux États-Unis, est traduite en onze langues et connaît un succès mondial.
Janet Evanovich est mariée et mère de deux enfants ; elle vit à la campagne dans le New Hampshire.

À LA UNE, À LA DEUX, À LA MORT

DU MÊME AUTEUR
CHEZ POCKET

JANET EVANOVICH

À LA UNE, À LA DEUX, À LA MORT

PAYOT SUSPENSE

Titre original :

THREE TO GET DEADLY

Traduit de l'américain
par Philippe Loubat-Delranc

ISBN : 2-266-13596-1

1

Ciel gris métallisé. Voitures et trottoirs gelés, passants frigorifiés. C'est Trenton en janvier.

Dans le bureau de Vincent Plum, Vinnie pour les intimes, agent de cautionnement judiciaire, c'était la sinistrose.

— C'est hors de question, dis-je à mon cousin Vinnie. Je n'ai jamais refusé une affaire, mais là, c'est non. Je ne peux pas l'arrêter. Tu n'as qu'à demander à Ranger. Ou à Barnes.

— Pas question de refiler ce minable à Ranger, fit Vinnie. C'est de la roupie de sansonnet, c'est pour toi. Sois pro, merde. Ça va faire cinq mois que t'es « chasseuse de primes », bordel ! C'est quoi le problème ?

— C'est Oncle Mo ! m'écriai-je. Si je l'arrête, je me mets tout le monde à dos, même ma meilleure amie !

Vinnie coula son corps de mollusque dans son fauteuil de bureau et appuya sa nuque contre le dossier en cuir.

— Mo ne s'est pas présenté au tribunal, contrairement aux termes de sa caution, dit-il. Donc, c'est une ordure. Point final.

Moïse Bedemier, plus connu sous le nom d'Oncle Mo, a commencé à vendre des glaces et des bonbons le 5 juin 1958, et il en vend toujours. Sa boutique se trouve à l'orée du Bourg, agréable quartier résidentiel de Trenton où les maisons et les esprits sont fiers d'être étroits, et où les gens ont un cœur gros comme ça. Je suis née et j'ai grandi dans le Bourg, et même si mon appartement actuel est à un peu plus d'un kilomètre, j'y suis toujours reliée par un cordon ombilical invisible.

Moïse Bedemier est un habitant du Bourg pur jus. Son lino et lui se sont fanés, écaillés, étiolés de concert au fil des trente et quelques années qu'ils ont passées sous un éclairage au néon. La façade jaune en brique et l'enseigne métallique de son magasin font vieillot et ont été dégradées par les intempéries. Le chrome des tabourets et le formica du comptoir ont perdu de leur éclat. Mais rien de tout cela n'a la moindre importance car ici, Oncle Mo n'est pas loin d'être classé monument historique.

Et moi, Stéphanie Plum, soixante-deux kilos et demi, un mètre soixante-dix, brune aux yeux bleus et... chasseuse de primes, je venais de me voir confier la mission de traîner Oncle Mo en prison — par la peau de ses augustes fesses s'il le fallait !

— Qu'est-ce qu'il a fait ? demandai-je à Vinnie. Pourquoi a-t-il été arrêté, d'ailleurs ?

— Il roulait à cinquante à l'heure dans une zone 30... arrêté par l'agent... Benny Gaspick, fraîchement sorti de l'école de police et qui n'en sait pas encore assez long pour accepter de fermer les yeux.

— Pas besoin de caution pour un excès de vitesse.

Vinnie planta une chaussure en cuir à bout pointu sur le coin de son bureau. Vinnie est un obsédé sexuel attiré par les jeunes garçons de couleur portant un anneau en piercing au bout du téton et par les jeunes filles aux seins pointus collectionneuses d'instruments de torture moyenâgeux. À part ça, il est agent de cautionnement judiciaire, ce qui veut dire qu'il avance à des inculpés le montant de leur caution établi par le tribunal. Ainsi, le suspect est relâché et peut dormir dans son lit en attendant son procès. Pour ce petit service, Vinnie prend une commission de quinze pour cent du montant total de la caution. Mais si l'inculpé ne se présente pas à l'audience, le tribunal garde l'argent de Vinnie. Pas seulement les quinze pour cent, mais tout le pactole.

Et c'est là que j'interviens. Je retrouve le suspect qui, à ce stade, est considéré comme un DDC — un Défaut De Comparution — et je le ramène dans le giron de la justice. Si je le retrouve à temps, le tribunal rembourse la caution à Vinnie et, pour cette arrestation de bon aloi, je touche dix pour cent du montant de ladite caution — ce qui laisse à Vinnie un bénéfice de cinq pour cent.

Au départ, j'avais pris ce boulot de chasseuse de primes en désespoir de cause après mon licenciement (pas pour faute professionnelle, ne vous déplaise) de chez E.E. Martin où je m'occupais du rayon « Lingerie fine ». C'était soit ça, soit surveiller la machine d'emballage à la fabrique de tampons périodiques. Un travail honorable, certes, mais pas de quoi grimper aux rideaux.

Je ne sais pas trop pourquoi je bosse toujours pour Vinnie. Je soupçonne que ça a un rapport avec l'intitulé du poste. « Chasseuse de primes. » Ça en jette.

Vinnie me gratifia de son sourire huileux, prenant plaisir à me raconter son histoire.

— Fort de son zèle excessif à vouloir à tout prix être élu « Flic le Plus Haï de l'Année », notre ami Gaspick a servi à Mo un petit discours sur la sécurité routière. Pendant ce temps-là, Mo s'agite sur son siège et Gaspick aperçoit un .45 enfoncé dans la poche intérieure de sa veste.

— Et Mo n'ayant pas d'autorisation de port d'armes, il se fait embarquer.

— Bingo !

Un délit très mal vu à Trenton. Les permis de port d'armes sont accordés au compte-gouttes à quelques bijoutiers, juges et guides. Posséder des armes prohibées, c'est considéré comme du recel et passible de poursuites. L'arme est confisquée et son propriétaire est dans une merde noire.

Bien entendu, tout ça n'empêche pas une large part de la population du New Jersey d'avoir une arme. On se procure des pistolets chez Sears, on en hérite, on se les prête entre amis et voisins, on les achète en deuxième, troisième voire quatrième main à des citoyens qui ne connaissent pas grand-chose à l'entretien des armes. La logique veut que, si le gouvernement a créé un permis de port d'armes, c'est qu'on peut en avoir une dans son sac. Sinon, c'est que la loi est mal faite. Ce que personne dans le New Jersey n'oserait imaginer.

Moi-même, à l'occasion, j'ai porté une arme sans permis et, tout en regardant Vinnie, je voyais sous le bas de son pantalon le renflement du holster qu'il portait à son mollet. Non seulement il dissimulait une arme, mais en plus j'étais prête à parier qu'il ne l'avait même pas déclarée.

— Ce n'est pas un gros délit, lui dis-je. Pas de quoi être considéré comme un DDC.

— Oh, je suppose que Mo a oublié sa date de convocation au tribunal, dit Vinnie. Il s'agit juste d'aller la lui rappeler.

Effectivement, me dis-je. Ça ne devrait pas mal tourner, après tout.

Il était dix heures. Je pouvais toujours aller faire un tour du côté de la confiserie et papoter un moment avec Mo. En fait, plus j'y pensais, plus je me disais que ma réaction de panique n'avait aucun fondement. Mo n'avait aucune raison de fuir la justice.

Je sortis du bureau de Vinnie, refermai la porte et m'écartai pour éviter Connie Rosolli. Connie gérait l'agence ; Vinnie était le chien de garde. Elle prenait Vinnie pour de la fiente de pigeon, mais elle avait fini par s'y habituer.

Connie arborait un rouge à lèvres fuchsia, un vernis à ongles assorti et un chemisier blanc à gros pois noirs. Le vernis était très chouette, mais le chemisier n'était pas le choix idéal pour une femme qui portait soixante pour cent de son poids dans sa poitrine.

— Tu n'as pas accepté, hein ? me demanda-t-elle sur un ton impliquant qu'il faudrait être une merde pour coller aux semelles d'Oncle Mo.

— D'aller parler à Mo, tu veux dire ? Si, je vais aller lui parler.

— Ce flic n'avait aucune raison d'arrêter Oncle Mo. Tout le monde sait qu'Oncle Mo ne ferait jamais rien de mal !

— Port d'armes sans autorisation.

— Comme si c'était illégal ! fit Connie.

— C'*est* illégal !

Lula, qui faisait du classement, releva la tête.

— C'est qui, Oncle Mo ? demanda-t-elle.

Lula était une ex-prostituée recyclée en employée de bureau. Elle s'était récemment lancée dans un programme de relookage complet en se faisant teindre en blond, décrêper les cheveux et coiffer en anglaises. Une métamorphose qui la faisait ressembler à une Shirley Temple black et pugnace de cent dix kilos.

— Moïse Bedemier, lui dis-je. Glacier-confiseur dans Ferris Street. Une figure très populaire à Trenton.

— Oh, fit-elle. Je crois que je le connais. Il a pas dans la soixantaine ? Un peu chauve ? Des tas de taches de son ? Un nez en pénis ?

— Heu..., fis-je. Pour le nez, je n'ai jamais fait attention.

Vinnie m'avait donné le dossier d'Oncle Mo : les photocopies de sa fiche d'arrestation et de l'accord de mise en liberté sous caution, ainsi qu'une photo.

— Ah ouais, ouais, c'est bien lui, dit Lula en regardant par-dessus mon épaule. C'est le vieux Pinocchio.

Connie se leva d'un bond.

— Mo était un de tes clients ! s'exclama-t-elle. Non, c'est pas possible, j'y crois pas !

Lula se rembrunit.

— Fais gaffe à ce que tu vas dire, toi ! fit-elle.

— Sans vouloir te vexer, précisa Connie.

Je fermai mon blouson, nouai mon écharpe autour de mon cou.

— Tu es sûre que tu connais Oncle Mo ? demandai-je à Lula.

Elle examina la photographie une dernière fois.

— Difficile à dire, fit-elle. Tu sais, les vieux Blancs se ressemblent tous, alors... Mais si je venais l'arrêter avec toi, là, je te dirais tout de suite.

— Non ! m'écriai-je. Mauvaise idée.

— Tu crois que je suis pas foutue de faire ton truc de chasseuse de primes à la con ?

— Mais si, bien sûr que tu en serais capable, lui dis-je. Mais la situation est un peu... délicate.

— Je vais t'en refiler du délicat, moi ! fit-elle en mettant son blouson.

— Écoute, heu...

— Et puis, tu auras peut-être besoin d'un coup de main. Suppose qu'il ne se laisse pas faire. Tu seras peut-être bien contente d'avoir une nana de mon gabarit pour le persuader de te suivre.

J'avais croisé la route de Lula lors de ma première enquête. Elle faisait le trottoir ; moi, je ne connaissais rien aux lois de la rue. Je l'avais inconsidérément mêlée à l'affaire sur laquelle je travaillais, en conséquence de quoi, un beau matin, je l'avais retrouvée en sang et couverte de bleus sur l'escalier de secours devant ma fenêtre.

Lula me fut reconnaissante de lui avoir sauvé la vie tandis que je m'en voulais de lui avoir fait frôler la mort. J'estimais qu'on pouvait arrêter là les frais, mais Lula se prit d'affection pour moi. Depuis, elle me voue une sorte de culte...

— Pas question d'employer la méthode forte, lui dis-je. Il s'agit d'Oncle Mo. Il vend des bonbons aux petits enfants.

— Message reçu, répondit Lula en prenant son sac à main.

Elle me suivit à l'extérieur.

— Tu conduis toujours ta vieille Buick ? me demanda-t-elle.

— Oui. Ma Jeep est au garage.

En réalité, ma Jeep était partie en fumée. Deux mois plus tôt, on me l'avait volée, et ma mère, dans un élan de générosité dont je me serais volontiers passée, m'avait assise de force au volant de la Buick 1953 de feu Oncle Sandor.

Je descendis Hamilton Avenue et pris la première à gauche en direction du Bourg. Le coin n'était pas très folichon en ce mois de janvier et le printemps semblait encore loin. Les buissons d'hortensias n'étaient plus que de maigres bâtonnets brunâtres, les pelouses étaient décolorées par le gel et les rues étaient désertées des enfants, des chats et des laveurs de pare-brise.

Je me garai devant la boutique d'Oncle Mo, qui me parut glaciale et peu accueillante.

— Je ne voudrais pas être un oiseau de mauvais augure, dit Lula en regardant à travers la vitrine, mais j'ai comme l'impression qu'il est fermé, l'enfoiré !

— C'est impossible. Oncle Mo ne ferme jamais. Il n'a pas pris un jour de congé depuis qu'il a ouvert en 1958.

— Ben moi, je te dis que c'est fermé.

Je m'approchai pour regarder à l'intérieur de la boutique. Pas de lumière. Pas d'Oncle Mo en vue. J'essayai d'ouvrir la porte. Fermée à clef. Je frappai fort. Rien. Merde.

— Il doit être malade, dis-je à Lula.

La confiserie est située à l'angle de Ferris Street et de King Street. Ferris Street, longue enfilade de pimpantes maisons jumelles, s'enfonce jusqu'au cœur du Bourg. King Street, de son côté, s'est décatie : ses maisons jumelles ont été divisées en appartements. Ici, l'intimité est assurée, non par des voilages extra-fins et amidonnés aux fenêtres, mais par des draps agrafés aux encadrements ou des jalousies de guingois. Sensation déplaisante d'un quartier à l'abandon.

— Y a une vieille chouette qui nous mate de sa fenêtre, dit Lula.

Je suivis son regard et réprimai un frisson.

— C'est Mrs. Steeger, dis-je. Je l'ai eue comme instit.

— Tu n'as pas dû t'amuser.

— La plus longue année scolaire de ma vie.

Il me vient toujours des crampes d'estomac à l'idée de faire une division à virgule.

— On devrait aller lui parler, dis-je à Lula.

Je rajustai mon sac à mon épaule et, suivie de Lula, je me dirigeai vers chez Mrs. Steeger et frappai à sa porte. Elle s'entrouvrit juste assez pour me permettre de constater que mon ancienne institutrice n'avait pas tellement changé. Toujours mince comme un fil. Toujours le teint brouillé. Toujours de petits yeux vifs à l'affût sous des sourcils redessinés au crayon brun. Elle était veuve depuis un an. À la retraite depuis deux. Elle portait une robe beige à fleurs blanches, des bas et des chaussures à semelles orthopédiques. Ses lunettes pendillaient au bout d'une chaîne autour de son cou.

Ses cheveux teints en brun étaient coiffés en une mise en plis serrée.

Je lui tendis ma carte professionnelle en lui expliquant que j'étais chargée d'appréhender des fugitifs.

— Ça veut dire quoi au juste ? fit-elle. Que tu es devenue flic ?

— Non. Pas exactement. Je travaille pour l'agence de Vincent Plum.

— Ah, fit-elle avec autant d'affection que si elle s'adressait à un trafiquant de drogue ou à un violeur d'enfants, en langage clair, tu es chasseuse de primes.

Elle releva le menton d'un air revêche, et je n'aurais pas été autrement étonnée qu'elle me file deux heures de colle.

— Quel rapport avec Moïse ? demanda-t-elle.

— Il a été arrêté pour une petite infraction et il ne s'est pas présenté au tribunal. C'est l'agence Plum qui a avancé sa caution. Il faut que je le voie pour qu'on convienne d'une autre date de comparution.

— Mo ne ferait jamais rien de mal, décréta Mrs. Steeger.

Parole d'évangile.

— Vous savez où il est ? lui demandai-je.

— Non, fit-elle. Par contre, ce que je sais, c'est que c'est honteux que tu n'aies rien de mieux à faire que de harceler un homme aussi bon que Moïse Bedemier.

— Je ne le harcèle pas, je veux juste lui parler.

— Menteuse, menteuse, tes oreilles ont remué ! s'écria Mrs. Steeger. Tu étais déjà une sale petite hypocrite en primaire, et je vois que tu l'es restée !

— Bon, merci quand même. J'ai été ravie de vous revoir.

Mrs. Steeger me claqua la porte au nez.

— Tu aurais dû baratiner, fit Lula. Tu n'apprendras jamais rien si tu dis la vérité.

— La prochaine fois.

— La prochaine fois, on entre de force et on lui fait une tête au carré !

— Qu'à cela ne tienne, dis-je à Lula. On va essayer la porte suivante.

Elle s'ouvrit sur Dorothy Rostowski.

— Dorothy ?

— Stéphanie ?

— Je ne savais pas que tu habitais ici.

— Ça va bientôt faire un an.

Elle tenait un bébé contre sa hanche. Un enfant en bas âge était assis devant la télévision. L'haleine de Dorothy sentait la banane écrasée et la piquette.

— Je cherche Oncle Mo, lui dis-je. Je croyais le trouver à sa boutique.

Dorothy fit glisser son bébé contre son autre hanche.

— Ça fait deux jours qu'on l'a pas vu, dit-elle. Tu ne le cherches pas pour Vinnie, dis ?

— Ben...

— Mo ne ferait jamais rien de mal.

— Oui, je sais, mais...

— On le cherche parce qu'il a gagné la super-cagnotte au Loto, dit Lula. On va lui étaler un de ces paquets de biffetons sur le cul.

Dorothy poussa un soupir dégoûté et nous claqua la porte au nez.

On alla frapper chez les voisins de Dorothy où l'on obtint le même renseignement : Mo n'avait pas reparu à sa boutique depuis deux jours. Rien d'autre, à part le conseil gratuit de me chercher un autre travail.

Lula et moi nous entassâmes dans la Buick. On éplucha de nouveau le dossier de Mo. Il avait déclaré habiter au 605 Ferris Street. Autrement dit, au-dessus de sa boutique. On tendit le cou pour regarder les fenêtres de l'étage.

— Je crois qu'il s'est tiré, décréta Lula.

Un seul moyen de le savoir. On descendit de voiture, on fit le tour de l'immeuble où un escalier menait à une véranda au premier étage. On monta et on frappa à la porte. Rien. On tourna la poignée. Fermée à clef. On regarda par les fenêtres. Tout était bien rangé. Aucun signe de Mo. Aucune lumière allumée.

— Il est peut-être mort là-dedans, dit Lula. Peut-être qu'il a fait une crise cardiaque et qu'il est allongé sur le sol de sa salle de bains.

— Hors de question d'entrer par effraction, lui dis-je.

— Ce serait un geste humanitaire, dit Lula.

— Et illégal.

— Y a des fois, faut savoir franchir la ligne blanche pour faire le bien.

J'entendis des pas. Je me retournai et vis un policier au pied de l'escalier. Steve Olmney. Un ex-copain de classe.

— Qu'est-ce qui se passe ? demanda-t-il. On a eu un appel de la mère Steeger qui nous prévenait que des personnes louches furetaient autour de chez Oncle Mo.

— Elle devait parler de nous, lui dis-je.

— Où est Mo ?

— On avait peur qu'il soit mort, dit Lula. Vaudrait mieux que quelqu'un aille vérifier qu'il n'est pas clamsé dans sa salle de bains.

Olmney nous rejoignit et frappa à la porte.

— Mo ? appela-t-il.

Il colla son nez contre la porte.

— Ça ne sent pas la mort, dit-il.

Il regarda par les fenêtres.

— Je ne vois pas de corps.

— Il ne s'est pas présenté au tribunal, dis-je. Il devait passer en jugement pour port d'armes prohibées.

— Mo ne ferait jamais rien de mal, dit Olmney.

Je faillis hurler.

— Ne pas répondre à la convocation d'un tribunal, c'est mal ! dis-je.

— Oh, il a dû oublier. Il est peut-être parti en vacances. Ou peut-être que sa sœur de Staten Island est tombée malade. Tu devrais lui téléphoner.

Pas une mauvaise idée, en fait.

Lula et moi retournâmes à la voiture et je reparcourus l'accord de caution. Oui, Mo avait précisé les coordonnées de sa sœur.

— On se sépare, dis-je à Lula. Je vais chez la sœur, et toi tu reviens avec ta voiture surveiller la boutique.

— Ça marche, dit-elle. Rien ne m'échappera.

Je mis le contact et démarrai.

— Qu'est-ce que tu fais si tu vois Mo ? demandai-je à Lula.

— J'attrape ce petit enfoiré par la peau des couilles et je le fourre dans le coffre de ma bagnole.

— NON ! m'écriai-je. Tu n'as pas le droit de procéder à des arrestations. Si tu vois Mo, tu me contactes tout de suite, soit sur mon portable, soit sur ma boîte vocale.

Je lui donnai ma carte.

— Et souviens-toi : TU NE LE FOURRES PAS DANS LE COFFRE DE TA BAGNOLE !

— Mais ouais, je sais...

Au passage, je déposai Lula à l'agence. Dix minutes plus tard, je me garais dans Crane Street, devant la maison de la sœur de Mo. La capacité d'adaptation à l'environnement est une des grandes qualités de ceux qui, comme moi, sont nés et ont grandi dans le New Jersey. Ni la pollution de l'air ni celle de l'eau ne peuvent quoi que ce soit contre nous. Nous sommes comme ce poisson-chat avec des poumons. Sortez-nous de notre habitat naturel, et on développe n'importe quel organe qu'il nous faut pour survivre. À côté du New Jersey, le reste du pays, c'est du gâteau. Il faut envoyer un quidam dans une zone radioactive ? Prenez quelqu'un du New Jersey. Il s'en sortira toujours.

La sœur de Mo habitait dans une maisonnette vert pâle. Je me garai le long du trottoir et montai les deux volées de marches en ciment qui menaient à la véranda. Je sonnai à la porte et me retrouvai face à une femme d'une cinquantaine d'années qui me faisait penser à la branche maternelle de ma famille. Souche hongroise, solidité terrienne, cheveux et sourcils noirs, regard bleu, intelligent, dans lequel je lisais qu'elle n'était pas ravie de me voir.

Je me présentai en lui donnant ma carte et je lui racontai que je cherchais Mo.

Elle parut d'abord surprise, puis incrédule.

— Agent d'appréhension, dit-elle. C'est quoi, au juste ? Quel rapport avec mon frère ?

Je le lui expliquai en quelques mots.

— Je suis sûre que c'est de la négligence de sa part, lui dis-je pour conclure. Il faut juste que je convienne avec lui d'une autre date.

— Je ne suis pas au courant de tout ça. Je ne le vois pas très souvent. Il est toujours à sa boutique. Vous n'avez qu'à aller là-bas.

— J'en viens. On ne l'y a pas vu depuis deux jours.

— Ça ne lui ressemble pas.

Je lui demandai s'ils avaient d'autres parents dans les environs. Elle me répondit que non. Je lui demandai si son frère avait un autre appartement ou une résidence secondaire. Elle me répondit qu'elle n'en savait rien.

Je la remerciai et regagnai ma Buick. Je regardai autour de moi. Le quartier était désert. Derrière sa porte, la sœur de Mo se demandait sans doute ce qui avait bien pu arriver à son frère. Il y avait toujours la possibilité qu'elle lui serve de couverture, mais mon instinct me disait que non. Elle avait paru sincèrement surprise quand je lui avais dit que Mo n'était pas derrière son comptoir en train de vendre des marshmallows.

L'attitude de Mo commençait à m'intriguer. Les honnêtes gens comme lui n'oublient pas la date de leur convocation au tribunal. Ils se font un sang d'encre. Ils en perdent le sommeil. Ils consultent un avocat. Et les honnêtes gens comme Mo ne disparaissent pas du jour au lendemain sans accrocher un écriteau à la porte de leur boutique.

Lula avait peut-être raison. Peut-être qu'il était mort dans son lit ou gisait, inconscient, sur le sol de sa salle de bains.

Je descendis de voiture et retournai chez la sœur de Mo. La porte s'ouvrit avant que j'aie eu le temps de frapper.

— Il y a autre chose ? me demanda-t-elle.

Elle avait l'air soucieux. Deux plis barraient son front.

— Je suis inquiète pour Mo. Je ne voudrais pas vous paniquer, mais il y a toujours la possibilité qu'il soit chez lui, malade, et qu'il ne puisse ouvrir la porte.

— J'étais en train de me dire la même chose.

— Vous avez un double de la clef de son appartement ?

— Non. Il n'en a donné à personne, pour autant que je sache. Mo protégeait son intimité.

— Vous connaissez ses amis ? Il avait une petite amie ?

— Je suis désolée, on n'est pas très proches. Mo est un bon frère, mais, comme je vous le disais, il protège son intimité.

Une heure plus tard, j'étais de retour au Bourg. Je descendis Ferris Street et me garai derrière Lula.

— Quoi de neuf ? lui demandai-je.

Elle était avachie sur le volant de sa Firebird rouge.

— Rien. Je ne me suis jamais autant fait chier de ma vie. J'ai l'impression d'être dans le coma.

— Quelqu'un est venu pour acheter des bonbons ?

— Une mère et son gamin, c'est tout.

— Ils ont fait le tour de l'immeuble ?

— Non. Ils ont regardé par la vitrine et ils se sont tirés.

— Tiens bon, dis-je à Lula. Je vais parler à d'autres voisins.

— Tiens bon ? Tu parles ! Je vais mourir de froid dans cette caisse. On n'est pas en Floride, au cas où tu l'aurais oublié.

— Je croyais que tu voulais devenir chasseuse de primes ? Ça fait partie du boulot.

— Ça me gênerait pas de faire ça si au moins j'étais sûre qu'à la fin je pouvais canarder quelqu'un, mais c'est même pas garanti. Tout ce que j'entends, c'est : fais pas ci, fais pas ça. Je ne pourrai même pas foutre cet enfoiré dans le coffre de ma bagnole si je le trouve !

Je traversai la rue et allai chez trois autres voisins. J'obtins les réponses standard. Ils n'avaient pas la moindre idée de l'endroit où se trouvait Mo, et ils pensaient que je ne manquais pas de culot pour sous-entendre qu'il avait transgressé la loi.

À la quatrième maison, ce fut une ado qui m'ouvrit la porte. Nous avions pas mal de points communs : jean, chemise en flanelle par-dessus un T-shirt, trop de fard à paupières, tignasse brune et bouclée. Elle avait huit kilos et quinze ans de moins que moi. Sans aller jusqu'à dire que j'étais jalouse, je décidai de faire une croix sur les dix beignets que j'avais achetés en revenant au Bourg et qui m'attendaient sur la banquette arrière de la Buick.

La fille écarquilla les yeux en lisant ma carte.

— Chasseuse de primes ? s'écria-t-elle. C'est géant !

— Vous connaissez Oncle Mo ?

— Tout le monde le connaît.

— Est-ce que vous savez quelque chose sur lui qui pourrait m'être utile ? lui demandai-je. Il avait des amis proches dans le quartier ? Vous l'avez vu récemment ?

— Il y a deux ou trois jours, à sa boutique.

— Ça vous dirait de faire un peu de surveillance pour moi ? Mes numéros sont sur ma carte. Si vous voyez quoi que ce soit de louche, appelez-moi.

— Comme si j'étais chasseuse de primes, moi aussi ?

— Presque.

Je rejoignis Lula au petit trot.

— C'est bon, lui dis-je. Tu peux retourner au bureau. Je t'ai trouvé une remplaçante. La gamine, en face, va espionner pour nous.

— Génial. Je commençais à m'encroûter.

Je suivis Lula jusqu'à l'agence d'où je téléphonai à ma copine Norma qui travaille aux immatriculations de véhicules.

— J'ai un nom, lui dis-je. Il me faudrait la voiture et le numéro de plaque.

— Quel est le nom ?

— Moïse Bedemier.

— Oncle Mo ?

— Lui-même.

— Je ne donne aucun renseignement sur Oncle Mo !

Je lui servis mon laïus sur la date d'audience en me disant qu'il commençait à sonner faux. J'entendis Norma taper sur quelques touches de son clavier à l'autre bout de la ligne.

— Si j'apprends que tu as touché un seul cheveu d'Oncle Mo, je ne te donne plus jamais aucun tuyau, dit-elle.

— Je ne le toucherai pas. Je n'ai jamais fait de mal à personne.

— Et le type que tu as buté au mois d'août ? Et la fois où tu as mis le feu au salon funéraire ?

— Bon, tu me le donnes, ce renseignement ?

— Il a une Honda Civic. Bleue. Tu notes le numéro ?

— Ah, ah, fit Lula qui lisait par-dessus mon épaule. J'ai comme l'impression qu'on a un indice. Faut qu'on trouve cette bagnole ?

— Oui.

Je ne voulais pas entrer par effraction, mais si je trouvais une clef...

— J'ai pas mangé à midi, fit Lula. Je ne peux pas continuer à bosser si je bouffe pas.

Je sortis le sachet de beignets de mon gros sac en cuir noir, et on piocha dedans.

— Bon, c'est pas tout ça, dis-je quelques minutes plus tard en époussetant ma chemise saupoudrée de sucre et en m'en voulant de ne pas avoir su m'arrêter au deuxième beignet. Le devoir m'appelle.

— Je t'accompagne, dit Lula. Mais cette fois, on prend ma bagnole. Elle a une stéréo super géniale.

On grimpa dans la Firebird rouge de Lula et on fila vers Ferris Street, auréolées de décibels rap qui faisaient trembler les vitrines sur notre passage.

On descendit Ferris Street en roulant au pas, à l'affût d'une Civic bleue, mais aucune n'était garée aux alentours de la boutique. On quadrilla le quartier. Toujours pas de Civic bleue. Le garage qui jouxtait la courette juste derrière la boutique était vide.

— Il a filé, dit Lula. Je te parie qu'il est au Mexique en train de se la couler douce et de se bidonner en se disant qu'on est là à zoner entre des garages à la con.

— Et ta théorie sur sa mort dans sa salle de bains ?

Lula releva le col de sa doudoune rose bonbon et regarda les fenêtres de la véranda de chez Mo.

— On aurait trouvé sa bagnole, dit-elle, et s'il était mort, on le sentirait maintenant.

C'est ce que je pensais aussi.

— Évidemment, il a toujours pu s'enfermer dans son frigo à glaces, dit Lula. Là, il serait gelé, alors ça ne sentirait pas. Mais il y a peu de chances parce que, dans ce cas, il aurait dû sortir toutes les glaces avant d'entrer, et quand on a regardé par la vitrine, on n'a vu aucun carton de glaces dégoulinant de partout. Tu me diras, il a très bien pu manger les glaces avant d'entrer dans la glacière...

La double porte du garage de Mo était entrouverte. Une porte latérale donnait sur une petite allée cimentée qui menait à l'arrière de la boutique. L'intérieur du garage était obscur et sentait le renfermé. Des cartons de réglisse, de serviettes en papier, de détergent, de jus de fruits, de sirop d'érable et d'huile de vidange s'alignaient le long des murs. Des journaux, entassés dans un coin, attendaient d'être recyclés.

Mo était connu dans le quartier et d'une nature peu méfiante sans doute, mais partir en laissant son garage ouvert quand on y range son stock était faire preuve d'une confiance quelque peu excessive en la nature humaine.

Je sortis une torche électrique de ma poche et la tendis à Lula en lui demandant de fouiller le garage et de voir si elle ne trouvait pas un double des clefs de l'appartement.

— Je suis un vrai limier quand il s'agit de retrouver des clefs, dit-elle. C'est comme si c'était fait.

Mrs. Steeger nous espionnait de sa fenêtre. Je lui fis signe de la main en souriant. Elle disparut — sans doute pour aller téléphoner à la police.

Je fis glisser ma main sur le linteau de la porte de service. Rien. Je remontai sur la véranda, passai la main sous la balustrade. Rien. Je frappai à la porte de l'appartement et regardai par la fenêtre.

Lula sortit du garage, traversa la pelouse, me rejoignit sur la véranda et brandit fièrement une clef.

— Alors, c'est pas fortiche, ça ? fit-elle.

2

J'enfonçai la clef dans la serrure. Elle tourna. La porte s'ouvrit.

— Mo ? appelai-je.

Pas de réponse. Je regardai derrière moi, imitée par Lula. Personne. Pas de flics. Pas de gamins. Pas de voisins. Nos regards se croisèrent et, d'un accord tacite, on se glissa dans l'appartement. J'en fis rapidement le tour, ne trouvant le cadavre de Mo ni dans la chambre, ni dans la salle de bains, ni dans la cuisine, ni dans le salon. Son réfrigérateur était plein ; sa penderie de même.

Tout semblait en ordre. Le ménage était fait. Mo n'avait pas de répondeur téléphonique, donc pas de message que j'aurais pu intercepter. Je fouillai ses tiroirs, mais sans y trouver d'agenda ni de mot qui aurait révélé la réservation d'un billet d'avion ou d'une chambre d'hôtel. Pas de brochure publicitaire sur Disney World.

Au moment où j'allais descendre au rez-de-chaussée pour fouiller la boutique, Carl Costanza apparut sur la véranda. Carl était un de mes flics préférés. On avait fait notre communion solennelle ensemble — entre autres choses.

— J'aurais dû me douter que c'était toi, fit-il,

campé sur ses jambes, les pouces coincés sous son ceinturon.

— Faut que j'y aille, dit Lula en se glissant au-dehors. Je vois que vous voulez avoir une petite conversation tous les deux. Je ne voudrais pas m'imposer.

Elle s'élança dans l'escalier.

— Lula ! m'écriai-je. Ne me laisse pas toute seule !

Mais elle tournait déjà au coin de l'immeuble.

— Alors ? me dit Carl. De quoi s'agit-il ?

— Mo est un DDC. Je suis à sa recherche. Sa porte était grande ouverte. Le vent, sans doute.

— Hum...

— Et puis, Lula et moi, on était inquiètes. On s'est dit qu'il pouvait être grièvement blessé, qu'il avait peut-être fait une chute dans sa salle de bains et qu'il avait perdu connaissance...

Carl m'interrompit d'un geste.

— Tu as trouvé Oncle Mo inconscient sur le sol de sa salle de bains ?

— Non.

— Tu rentres chez toi, maintenant ?

— Oui.

Carl était un chic type, mais je me dis que fouiller la boutique d'Oncle Mo en sa présence serait pousser le bouchon un peu loin.

Dans la rue, Lula et sa Firebird avaient disparu. Je décidai d'aller à pied chez mes parents, dans l'idée de me faire raccompagner en voiture chez moi.

Mes parents habitent au cœur du Bourg dans une maison jumelle tout en hauteur qui, les jours où il fait froid comme aujourd'hui, sent bon le pudding au chocolat.

— Quelle bonne surprise ! s'exclama ma mère en ouvrant la porte. J'ai fait du poulet rôti pour le dîner. Avec beaucoup de sauce. Exactement comme tu l'aimes.

— Je ne peux pas rester. Je suis prise ce soir.

— Un rendez-vous amoureux ?

— Non. Professionnel.

Mamie Mazur apparut sur le seuil de la cuisine.

— Oh, mazette ! fit-elle. Tu es sur une enquête. C'est qui, cette fois ?

— Moïse Bedemier.

Ma mère se signa.

— Jésus, Marie, Joseph, murmura-t-elle, Oncle Mo ! Mais c'est un saint !

— Pas tout à fait. Il a été arrêté pour port d'armes prohibées et il ne s'est pas présenté au tribunal le jour de sa convocation. Je dois le retrouver pour convenir d'une autre date.

— Port d'armes prohibées ! répéta ma mère en levant les yeux au ciel. Je vous parie que ce revolver a été mis dans une poche de Mo à son insu. J'ai vu une émission, l'autre jour à la télé, où ils expliquaient ça. Les policiers qui veulent une promotion glissent des sachets de drogue dans les poches des gens qu'ils contrôlent pour pouvoir les arrêter. Je vous fiche mon billet que c'est ce qui est arrivé à Mo. Tout le monde sait qu'il ne ferait jamais rien de mal.

J'en avais ma claque d'entendre que Mo ne ferait jamais rien de mal. En fait, je commençais à me demander quel genre d'homme était cet être merveilleux. J'avais de plus en plus l'impression que tout le monde le connaissait sans le connaître.

— Mo a déjà été marié ? demandai-je. Il a une petite amie ?

— Bien sûr que non, dit ma grand-mère.

— Comment ça, « bien sûr que non » ? Pourquoi pas ?

Ma mère et ma grand-mère se regardèrent. Apparemment, elles ne s'étaient jamais vraiment posé la question.

— Ben, c'est un peu comme pour les prêtres, finit par répondre Mamie Mazur. Il est marié à sa boutique, en quelque sorte.

Tiens donc ! Saint Mo, le marchand de bonbons ayant fait vœu de chasteté... plus connu dans les quartiers chauds sous le sobriquet de Pinocchio.

— Oh, il savait prendre du bon temps, dit ma grand-mère. Je l'ai entendu raconter une histoire un peu olé-olé, une fois. Mais rien de bien méchant. Il n'est pas du genre à tenir des propos scabreux. C'est un vrai gentleman... Bon, à part ça, le poulet, ça te dit ?

— Une autre fois. Je dois passer à l'agence. Quelqu'un peut m'y déposer ?

Ma mère prit son manteau dans la penderie de l'entrée.

— Je dois aller à l'épicerie, dit-elle. Je te dépose en passant.

Cinq minutes plus tard, on s'arrêtait devant chez Vinnie.

Un homme était adossé à ma voiture.

— Ce n'est pas Joe Morelli ? demanda ma mère. Je ne savais pas que vous étiez toujours amis tous les deux.

— On ne l'est pas, et on ne l'a jamais été, dis-je — ce qui n'était pas l'entière vérité.

Morelli et moi avons un passif qui oscille entre le presque amical et le dangereusement amical en passant par la guerre ouverte teintée de pulsions de meurtre. Il m'a déflorée quand j'avais seize ans, et, à dix-huit, j'ai tenté de l'écrabouiller avec la Buick de mon père. Ces deux incidents reflètent assez bien la nature de nos relations.

— Apparemment il t'attend, me dit ma mère.

— C'est bien ma veine, dis-je en soupirant.

Morelli est flic en civil maintenant — tenue amplement justifiée par la façon dont son jean moule son cul et ses cuisses. Il a deux ans et douze centimètres de plus que moi ; une fine cicatrice lui barre le sourcil droit ; il a un aigle tatoué sur ses pectoraux. Le rapace est un vestige d'un séjour dans la marine ; la cicatrice, elle, est plus récente.

Je descendis de voiture en plaquant un sourire bidon sur mes lèvres.

— Quelle merveilleuse surprise ! m'exclamai-je.

Morelli me sourit.

— Joli mensonge, fit-il.

— Je ne vois pas ce que tu veux dire.

— Que tu m'évites depuis un moment.

Autant pour lui. Morelli m'avait fait un rentre-dedans pas possible en novembre et depuis... rien.

— J'ai été très occupée.

— C'est ce qu'on m'a dit.

Un coup de vent nous fit relever le col de nos blousons.

— Je peux te parler *off the record* ? demandai-je à Morelli.

— Je déteste quand tu commences une conversation de cette façon.

— Il est arrivé quelque chose à Oncle Mo.

— Le veinard !

— Je suis sérieuse !

— Bon, d'accord. Qu'est-ce qui te fait dire ça ?

— Une intuition.

— Si tu me répètes ça, je me tire.

— Oncle Mo a disparu alors qu'il devait se présenter au tribunal pour port d'armes prohibées. Tout ce qu'il risquait, c'était une amende et une leçon de morale. Ce n'est pas logique.

— La vie est illogique.

— Il est introuvable. Sa voiture n'est pas dans son garage qui est grand ouvert. Il y a des tas de marchandises dedans. Des trucs qu'il ne voudrait pas qu'on lui vole. Ça n'a pas de sens. Ça fait deux jours que sa boutique est fermée. Personne ne sait où il est. Ni sa sœur, ni ses voisins.

— Qu'est-ce que tu as trouvé chez lui ?

— Des fringues dans sa penderie et de la bouffe dans son frigo !

— Des traces de lutte ?

— Non.

— Il a peut-être besoin de prendre du recul, de réfléchir. Il avait un avocat ?

— Il a plutôt voulu faire sans.

— Tu vas un peu vite en besogne.

— Peut-être, dis-je en haussant les épaules. Mais c'est quand même bizarre.

— C'est vrai que ça ne ressemble pas à Mo.

— Pas du tout... Tu travailles toujours à la brigade des mœurs ? lui demandai-je.

— Je suis à la Crim pour un temps.

— Oh. C'est une promotion ?

— Disons, un déplacement latéral.

J'avais du mal à imaginer Morelli à la brigade criminelle. C'était un homme de terrain qui aimait l'action. À la Crim, on demandait un profil plus cérébral, plus réfléchi.

— Tu voulais me voir pour quoi ? lui demandai-je.

— Je passais dans le quartier. J'ai eu envie de savoir comment ça allait.

— Par « ça », tu veux parler de l'affaire Moïse Bedemier ?

— Il faut que tu fasses attention. Mo a des voisins très protecteurs, très bruyants.

— Je ne comprends pas. Qu'est-ce qu'il a de si spécial ?

Morelli leva les bras en un geste d'ignorance.

— Je suppose qu'il fait partie de ces types que tout le monde adore. Il n'a que des amis.

— Il n'a aucun ami, tu veux dire. C'est quelqu'un de très secret. Il ne se confie même pas à sa sœur. Pour ma grand-mère, il est marié avec sa boutique comme un prêtre avec Dieu.

— Beaucoup de gens laissent leur travail empiéter sur leur vie privée, dit Morelli. C'est ça, l'Amérique.

Son bip sonna.

— Bon sang, fit-il, j'espère que c'est quelque chose d'horrible. Une décapitation ou, avec de la chance, un corps criblé de balles découvert dans une benne à ordures. Travailler pour la Crim à Trenton, c'est comme de regarder le gazon pousser. On a le temps de prendre racine !

J'ouvris la portière de ma voiture et m'installai au volant.

— Tu me préviens si c'est Mo, lui dis-je.

Morelli, sa clef de contact en main, se dirigea vers son 4×4 Toyota noir garé juste derrière ma Buick.

— Fais en sorte de ne pas t'attirer des ennuis, me dit-il.

Je démarrai en me demandant quoi faire. J'avais exploité toutes les informations figurant dans le dossier de Mo, j'avais écumé le quartier, fouillé son appartement, rendu visite à sa sœur unique.

Dix minutes plus tard, je me retrouvais sur le parking de mon immeuble. Ambiance froide de janvier. La brique et le macadam n'étaient pas encore adoucis par le feuillage des arbustes, et le ciel de plomb était assez noir pour justifier que les lampadaires soient déjà allumés.

Je descendis de voiture et, tête baissée contre le froid, je courus jusqu'à l'entrée de mon immeuble, poussai les doubles portes vitrées et fus heureuse de me retrouver au chaud.

L'ascenseur s'ouvrit et je m'engageai dans le petit couloir de mon étage en songeant aux coups de fil que je pouvais passer : à la banque de Mo pour vérifier s'il avait fait des retraits récents dans des distributeurs. Je pourrais toujours demander la situation de son compte courant — parfois, ça révélait des problèmes insoupçonnés — et voir s'il ne payait pas des factures d'eau et d'électricité pour une résidence secondaire. Je pouvais aussi téléphoner à Sue Ann Grebek qui savait tout sur tout le monde.

Je me glissai dans ma petite entrée silencieuse et fis un tour d'horizon. Rex, mon hamster, dormait comme une souche dans sa boîte de conserve à l'intérieur de sa cage de verre. Le voyant lumineux de mon répondeur téléphonique ne clignotait pas.

Je téléphonai à ma cousine Bunnie à la banque, mais là je fis chou blanc. Aucun mouvement de fonds suspect, aucun retrait récent ni sur le compte personnel ni sur le compte professionnel.

Mo avait disparu, je n'avais pas récolté le moindre indice, et je me demandais comment m'y prendre pour en trouver un. J'avais brûlé toutes mes cartouches. Il ne me restait plus qu'à attendre. Et attendre, ce n'est pas mon fort.

Le plus souvent, les gens qui disparaissent ne s'en vont pas très loin de chez eux. Ce serait mieux, mais ils ne se sentent pas assez en sécurité coupés de leur environnement. Tôt ou tard, ils reprennent contact avec leur famille, leur petite amie, leurs copains. Et en général, c'est plutôt tôt que tard.

Je troquai ma chemise en flanelle contre un maillot des Rangers et allumai la télévision. Je ferais sans doute mieux de passer d'autres coups de téléphone, mais il y avait un match avec les Rangers... c'était une question de priorité...

Mon réveil sonna à sept heures. Je lui coupai le sifflet d'un coup de poing rageur et fixai le cadran en me demandant ce qui m'avait pris de régler la sonnerie à une heure aussi indue. La pluie tambourinait contre la fenêtre de ma chambre. Même par beau temps, le matin n'est pas le moment de la journée que je préfère, alors là !

Je rouvris les yeux à huit heures et demie. La pluie fouettait toujours ma vitre, mais au moins le ciel s'était éclairci un brin, passant du noir au gris. Je me tirai du lit, me traînai jusqu'à la salle de bains et me glissai sous la douche. Je pensai à Mel Gibson et à Joe Morelli en me demandant lequel des deux avait le plus joli cul. Puis je pensai à Mike Richter, le gardien de but des Rangers, qui n'était pas mal loti non plus.

Je gazai mes cheveux à coups de laque extraforte et revêtis ma tenue de combat habituelle : jean, chemise en flanelle.

À court d'idées, je décidai de faire un saut à l'agence. En chemin, je passai devant le concessionnaire de voitures d'occasion Blue Ribbon et jetai un coup d'œil mélancolique sur leur parking. Je me garai le long du trottoir et regardai à travers la pluie les voitures alignées. Aucune ne me disait rien qui vaille... sauf, tout au fond, un petit pick-up Nissan bleu. Il était tout simplement CRAQUANT. Je décidai de braver la pluie pour le voir de plus près. Fraîchement repeint. Banquette un peu usée, mais pas déchirée. Boîte de vitesses standard.

Un homme en ciré jaune courut vers moi.

— Il vous plaît ? Vous voulez l'acheter ?

— Combien ?

— Je peux vous le faire à huit mille quatre cents. Une affaire.

Je consultai mon carnet de chèques.

— Une affaire au-dessus de mes moyens, j'en ai peur.

— Hé, on vous fait crédit ici, pas de problème. Vous sentirez pas passer les mensualités.

— Il faudrait que je l'essaie.

— Laissez-moi juste le temps de visser les plaques.

Je fis le tour du quartier.

Adjugé vendu !

J'arrêterais de manger des oranges. Et je louerais moins de cassettes vidéo. Un pick-up méritait bien ce sacrifice !

À mon entrée, Lula releva la tête des dossiers qu'elle classait. J'étais trempée. L'eau dégoulinait sur la moquette bas de gamme.

— J'espère que tu n'as pas passé trop de temps à te coiffer ce matin, me dit-elle.

Je relevai mes cheveux aplatis par la pluie d'un revers de main.

— La beauté est intérieure, lui rétorquai-je.

Je me laissai tomber sur le canapé en skaï marron.

— Ça piétine côté Oncle Mo, dis-je à Connie. Et j'ai besoin de fric. Tu n'aurais pas une arrestation facile, par hasard ?

— On a eu un DDC hier. Un crétin de première.

Elle prit une chemise en papier kraft dans la corbeille « ENTRÉES » et l'ouvrit d'une chiquenaude.

— Stuart Baggett, dit-elle. Vingt-deux ans. Blanc. Un mètre soixante-huit. Il a fait une tournée des bars bien arrosée avec des potes à lui, il y a trois semaines, et a tiré sur une dizaine de voitures à coups de carabine. Il ne s'est pas présenté au tribunal à la date prévue et est donc considéré comme DDC — Défaut De Comparution et Dernier Des Cons, deux des bagnoles en question étant des véhicules de police.

Étonnant qu'on ait remarqué les dégâts sur les voitures de police de Trenton, songeai-je. Elles sont dans un tel état. On dirait qu'elles ont toutes fait la guerre de Bosnie.

Je pris le dossier Baggett des mains de Connie.

— Il habite chez ses parents, dans Applegate Street, me dit-elle. Il tient le stand de hot-dogs au centre commercial. Je crois que c'est sa mère qui a avancé sa caution.

J'appelai chez lui et tombai sur sa mère. Je lui demandai si Stuart travaillait aujourd'hui. Elle me répondit que oui — jusqu'à quatre heures.

— Ça me dirait, moi, d'aller au centre commercial, dit Lula. Je ferais bien une petite pause, moi. J'en profiterais pour voir ta technique quand t'arrêtes quelqu'un.

— Il n'y aura aucune technique à observer, rétorquai-je. Ce type n'est qu'un idiot qui s'est soûlé et a voulu faire l'intéressant. Soit il a oublié la date de sa convocation, soit il était trop gêné pour se présenter à l'audience.

— Ouais, mais tu vas le ruser, hein ? Tu vas lui sortir un truc bidon, l'attirer dans le parking, et là tu vas le menotter et le faire monter dans ta bagnole à coups de pied au cul !

— Je vais l'informer le plus poliment du monde de son oubli et le prier de bien vouloir me suivre au poste de police pour y convenir d'une nouvelle date d'audience.

Je laissai tomber le dossier Baggett dans mon gros sac à bandoulière noir et remontai la fermeture éclair de mon blouson. Lula s'enveloppa dans un cache-poussière en toile marron foncé et vissa sur sa tête un chapeau de cow-boy assorti.

— J'ai l'air d'un chasseur de primes, là, non ? fit-elle.

La porte s'ouvrit sur Ranger qui déboula pour se mettre à l'abri de la pluie.

Ranger est mon mentor depuis que j'ai commencé dans le métier. C'est un très mauvais chasseur de primes — dans son cas, « très mauvais » voulant dire

« ultracool ». Avant, il était dans l'armée. Il a fait partie d'un de ces commandos où les gars partent en mission déguisés de la tête aux pieds, noirs comme de la suie, se nourrissant d'écorce d'arbres et de sauterelles, et semant la terreur chez des insurgés du tiers-monde. Depuis qu'il est revenu dans le civil, il travaille pour Vinnie, en free lance. Il habite dans le quartier cubain, près de sa famille et, dans certains domaines, il en saura toujours plus long que moi.

Ricardo Carlos Mañoso, alias Ranger : cheveux noirs lissés en arrière et coiffés en catogan ; toujours habillé en noir et kaki ; abdos en tablette de chocolat ; biceps en béton ; les réflexes d'un serpent à sonnette.

Il ne put réprimer un sourire en voyant Lula déguisée en Calamity Jane. Son regard se posa sur moi et il me salua d'un signe de tête imperceptible — l'équivalent pour lui de quatre baisers sur la joue.

— Mes félicitations, lui dis-je. J'ai appris que tu avais capturé Jesus Rodrigues.

Jesus Rodrigues avait pris la clef des champs alors qu'il était en liberté contre paiement d'une caution de 500 000 dollars, et c'était un fou à lier. Ranger hérite toujours des gros coups. Je n'y vois aucun inconvénient. Je tiens à ma peau.

— J'ai eu de la chance, dit Ranger en sortant de sa poche le reçu de la police qui certifiait qu'il leur avait livré un individu recherché par les autorités.

Il passa devant nous en se dirigeant vers le bureau de Connie et je crus que Lula allait se pâmer. Elle porta une main à son cœur et me suivit dehors à pas chancelants.

— Ça me fait ça à chaque fois que je le vois, m'avoua-t-elle. Quand il s'approche, j'ai l'impression d'être frappée par la foudre. J'en ai la chair de poule sur tout le corps.

— Tu regardes trop *X-Files*.

— On ferait peut-être mieux de reprendre ma caisse, fit Lula. Ta Buick colle pas avec le côté « représentant de la loi », tu vois ce que je veux dire ?

— J'ai un pick-up, lui dis-je en faisant un geste vers la Nissan. Je l'ai acheté ce matin.

— Oh, c'est-y pas mignon ! piailla Lula. Un mini pick-up ! Je suppose que tu voudras pas me laisser le volant ?

Elle avait toujours rêvé de conduire un de ces engins.

— Mais si, bien sûr, lui dis-je. Pourquoi pas ?

Je lui tendis les clefs.

Lula mit le contact et démarra. La pluie prenait des airs de neige fondue qui s'écrasait mollement contre le pare-brise et entravait le va-et-vient des essuie-glaces.

Je contemplai la photographie agrafée aux documents de la caution dans le but de mémoriser le visage de Stuart Baggett. Je ne voulais pas risquer d'arrêter quelqu'un d'autre. Je fis un rapide inventaire de l'attirail que j'avais dans mon sac : une bombe lacrymogène, un boîtier paralysant, mes deux paires de menottes et une bombe de laque. Bon, d'accord, je n'étais peut-être pas la chasseuse de primes la mieux équipée du monde, mais avais-je vraiment besoin d'autre chose que de mes deux mains pour alpaguer un vieux vendeur de berlingots à l'appendice nasal impressionnant et un jeune frimeur vendeur de hot-dogs ?

— Faut qu'on soit pro, dit Lula. Faut qu'on ait un plan.

— Ce n'est pas très compliqué. Je vais simplement le prendre à part, lui montrer ma carte et lui expliquer la procédure à suivre.

— Et tu crois qu'il va se laisser faire ? Hé, je te signale que c'est un fugitif qu'on va voir.

Lula appuya sur le champignon.

— Alors, qu'en penses-tu ? demandai-je à Lula. Agréable à conduire, hein ? Et super chauffage.

Les feux arrière des voitures devant nous s'allumèrent, formant une traînée rougeâtre au-delà du ballet des essuie-glaces. Lula regardait droit devant elle sans répondre.

— Lula ?

Toujours pas de réponse.

— Heu, Lula, les voitures freinent devant nous, lui dis-je, commençant à me demander si elle n'était pas en train de faire un voyage astral.

— LES VOITURES ! hurlai-je. ELLES SONT ARRÊTÉEEEES !

Lula ouvrit les yeux tout grands et appuya sur la pédale de frein.

— Putain de merde ! s'écria-t-elle.

Le pick-up glissa sur une dizaine de mètres et se déporta vers le bas-côté de la route en évitant de justesse une camionnette.

— Un peu léger à l'arrière, dit Lula. Faudra que tu penses à mettre du lest sur le plateau.

Mon premier lest allait être une employée de bureau de cent vingt-cinq kilos.

— Je vais conduire, dis-je.

— Non, ça va maintenant, répondit Lula en se remettant dans le flot de la circulation. C'est juste que c'est la première fois que je t'accompagne pour faire une arrestation.

— C'est comme aller chercher son linge au pressing. Tu arrives, tu donnes ton ticket, et tu prends tes affaires. Sauf que là, au lieu de les ramener chez toi, tu les amènes au poste de police.

— Oh, le poste de police, c'est un peu chez moi, tu sais, répondit Lula.

3

On gara le pick-up devant l'entrée du centre commercial la plus proche du stand de hot-dogs, et nous voilà parties, pataugeant dans la gadoue sous le ciel gris. On fonça chez Macy. Les gens s'écartaient devant nous, bouche bée devant la tenue de Lula.

— Oh, regarde, ils ont des sacs pas mal ici, me dit-elle. J'aime bien ce petit rouge avec la chaîne dorée.

On s'arrêta pour le regarder sous toutes les coutures et on fit un test *in vivo* sur l'épaule de Lula.

— Difficile à dire avec ce gros manteau, remarqua-t-elle.

— Je peux vous le tenir, proposa la vendeuse qui s'était approchée.

— Sympa, fit Lula, mais je suis pas sûre que ce soit une bonne idée. On est des chasseuses de primes, voyez. On est venues arrêter un mec. J'ai un flingue sous ce manteau.

— Quoi ? hoqueta la vendeuse, comme si elle parlait à des folles dangereuses.

Je décrochai le sac de l'épaule de Lula, le reposai sur le présentoir et tirai Lula par la manche.

— Rassure-moi, lui dis-je. Ce n'est pas vrai ? Tu n'as pas de flingue ?

— Une nana doit protéger ses arrières.

Je préférai ne pas lui demander quel type d'arme elle avait sur elle. Sans doute un fusil d'assaut ou un lance-grenades.

On finit par arriver au stand de hot-dogs. Vu le mauvais temps et l'heure, il y avait peu de monde alentour.

Aucun acheteur au stand. Il n'y avait qu'un seul vendeur derrière le comptoir. Pas de doute, c'était bien Stuart Baggett. Son badge me le confirma.

Ce qu'il aurait fallu, c'était que les rôles soient bien distribués. Moi, chasseuse de primes appartenant au camp des bons, j'étais venue arrêter un fugitif appartenant au camp des méchants. Et je n'avais pas envie d'un autre échec comme avec Oncle Mo. Mais ce que j'avais devant moi, c'était un Stuart Baggett d'un mètre soixante-huit à tout casser, les cheveux blond-roux fraîchement coupés et des yeux de chien battu. J'allais avoir l'air d'une idiote finie à arrêter ce brave type.

— Bon, fis-je à Lula. N'oublie pas : tu me laisses parler. Et surtout : tu ne tires pas sur lui.

— Sauf en cas de légitime défense ou s'il tente de s'enfuir.

— Il ne tentera rien, et dans tous les cas de figure : TU NE TIRES PAS !

— Pas de sac à main, pas de coup de feu. Tu parles d'un programme !

Je posai mes mains sur le comptoir du stand.

— Stuart Baggett ? fis-je.

— Oui, madame, ce sera quoi ? Hot-dog chili ? Hot-dog moutarde ? Hot-dog fromage ?

Je lui montrai ma carte et lui dis que je représentais son agence de cautionnement judiciaire.

Il cilla.

— Mon agence de... ? fit-il.

— Ouais, le coupa Lula. L'Italo pervers qui t'a sorti du trou, p'tit Blanc.

Stuart ne semblait pas savoir sur quel pied danser.

— Vous avez oublié de vous présenter au tribunal, lui dis-je.

Son visage s'éclaira comme s'il venait de faire le rapprochement.

— Ah oui, ma convocation ! fit-il. Je suis désolé, mais j'ai été obligé de bosser ce jour-là. Mon patron, Eddie Rosenberg, n'avait trouvé personne pour me remplacer.

— Vous en avez informé le tribunal afin de convenir d'une autre date ? lui demandai-je.

Son visage redevint inexpressif au possible.

— J'aurais dû ?

— Oh, c'est pas vrai, gémit Lula. Faut le refaire, celui-là !

— Vous devez reprendre date auprès du tribunal. Je suis en voiture, je vais vous y accompagner.

— Mais c'est que je ne peux pas partir comme ça, dit-il. Je suis tout seul aujourd'hui. Je dois rester jusqu'à neuf heures.

— Appelez votre patron, il pourra sans doute vous trouver un remplaçant.

— Je suis de repos demain, dit Stuart. J'irai demain.

À première vue, ça semblait raisonnable, mais mon expérience de chasseuse de primes, aussi limitée soit-elle, me dictait de faire autrement. Demain, nul doute que Stuart aurait d'autres chats à fouetter que d'aller faire une virée au poste de police.

— Il vaudrait mieux qu'on règle ça aujourd'hui, dis-je.

— Je commettrais une faute professionnelle, dit Stuart qui commençait à avoir l'air paniqué. Maintenant, je ne peux pas.

— On peut pas dire qu'y ait foule à ton stand, grogna Lula. Il neige, Stuart. Sois sérieux, mec.

— Elle aussi travaille pour mon agent de cautionnement ?

— Ça t'étonne ? fit Lula.

Je regardai autour de nous et reportai mes yeux sur Stuart.

— Elle a raison, dis-je à Stuart. Il n'y a personne.

— Ouais, mais, bon, j'ai tous ces hot-dogs sur le grill.

Je râtissai le fond de mes poches et en sortis un billet de vingt dollars que je lui tendis.

— Voilà pour les hot-dogs, lui dis-je. Maintenant, vous pouvez les jeter à la poubelle et fermer votre stand.

— Ah, non, fit Stuart. Ils sont bons, ces hot-dogs. C'est pas bien de jeter de la nourriture.

Je réprimai une envie de hurler.

— Bon, eh bien, dans ce cas-là, enveloppez-les dans de l'alu, on les emporte.

— J'en veux deux au chili, fit Lula. Et deux moutarde. T'en fais avec des frites ?

— Et pour vous ? me demanda Stuart. Je vous les sers comment, les autres ?

— Nature.

— Oh, tu devrais en prendre au chili pour Connie, me dit Lula. Elle sera vraiment déçue si elle voit les miens et qu'elle, elle a que des saucisses nature.

— Bon d'accord, d'accord, dis-je, excédée. Deux autres au chili. Et mettez tout le reste dans un sac.

— Et comme boisson ? demanda Lula. J'peux pas manger tous ces hot-dogs sans boire quelque chose.

Je commandai trois frites « moyennes », trois maxibières sans alcool et sacrifiai un autre billet de dix dollars.

Stuart téléphona à son patron. On baissa le rideau de fer, et nous voilà partis avec notre cargaison de hot-dogs et de bières sans alcool.

Le parking était toujours boueux. Il ne neigeait plus, il pleuvait à torrents. On coinça Stuart entre nous sur la banquette avant et on roula en silence jusqu'à Trenton. De temps en temps, je le regardais à la dérobée. Il était pâle. Je le soupçonnais de n'avoir pas fait un gros effort de mémoire pour se souvenir de sa date de comparution.

S'il n'avait pas tiré sur des voitures de police, il est probable qu'il n'aurait pas eu besoin de verser de caution. Et s'il avait joué le jeu, il s'en serait sans doute sorti avec une mise en liberté surveillée et une amende. Les prisons du New Jersey sont surbookées. Il n'y a pas de cellule disponible pour les petites pointures dans le genre de Stuart.

Lula prit la direction du centre-ville, stoppa à un feu et le pick-up cala. Elle tourna la clef de contact. Le moteur tourna pendant quelques secondes puis cala de nouveau.

— Tu relâches peut-être l'embrayage trop tôt, suggérai-je.

— Je sais conduire, rétorqua-t-elle. Je dirais plutôt que c'est une bagnole de merde.

— Je vais essayer, dis-je en descendant et en courant du côté chauffeur.

Lula se planta sur le côté de la rue pour m'observer.

— Cette bagnole est foutue, je te dis ! me cria-t-elle.

Je réussis à la faire démarrer. Elle brouta sur quelques mètres et cala de nouveau.

— Regardons sous le capot, proposa Lula. Si ça se trouve, tu as un chat dans le moteur. J'ai une voisine à qui c'est arrivé. Je te dis pas le matou : on aurait dit qu'on l'avait passé au mixeur.

Stuart fit une moue dégoûtée.

— Ça arrive souvent, insista Lula. Quand il fait froid comme aujourd'hui, ils vont se mettre au chaud dans le moteur. Ils s'endorment, et quand tu démarres... bonjour, le hachis !

Je soulevai le capot, et Lula inspecta le moteur.

— Ben c'est pas ça, dit-elle. Je vois pas de morceaux de boyaux de chat.

On laissa retomber le capot et Lula se remit au volant.

— Je m'en charge, dit-elle. Il suffit de faire ronfler le moteur pour qu'il cale pas.

On roula sur cinq cents mètres et on poussa des cris en voyant le feu passer au rouge devant nous. Lula s'arrêta en douceur derrière une voiture.

— Pas de panique, dit-elle. On va y arriver.

Elle donna des coups d'accélérateur. Le moteur ronfla puis menaça de caler. Lula appuya derechef sur le champignon. Le pick-up fit un bond et emboutit la voiture de devant.

On descendit pour évaluer les dégâts. L'arrière de la voiture était sérieusement froissé. Le pick-up avait un phare arraché et le pare-choc balafré.

Le chauffeur de la voiture n'était pas content du tout.

— Vous conduisez les yeux fermés ou quoi ? cria-t-il à Lula. Où vous avez eu votre permis ? dans une pochette-surprise ?

— Ne me criez pas dessus, je ne supporte pas, dit Lula. Et côté conduite, je me défends, mais il se trouve que ma bagnole a des problèmes de moteur !

— Vous avez une assurance ?

— Non seulement j'ai une assurance, cria Lula, mais en plus on va faire un constat, et je ne vais pas manquer de préciser que vos feux arrière sont couverts de boue et que c'est une circonstance aggravante !

Le chauffeur et moi échangeâmes nos cartes, puis je retournai au pick-up en compagnie de Lula.

— Oh, oh, fit-elle, je ne vois plus Stuart Baggett. Il est parti sans nous dire au revoir.

Une à une, les voitures s'arrêtaient derrière nous, formant un bouchon de plus en plus long. Je grimpai sur le plateau du pick-up pour prendre de la hauteur et regardai dans toutes les directions. Stuart avait disparu. Je me frappai le front du plat de la main. *Idiote, idiote, idiote !* Je ne lui avais même pas passé les menottes.

— Il avait pourtant pas l'air assez malin pour se sauver, dit Lula.

— Il faut se méfier de l'eau qui dort.

— Ouais, t'as raison.

— Bon, je crois qu'il vaut mieux aller au poste pour déclarer l'accident, dis-je.

— Ouais, et faudra pas oublier de signaler l'état des feux avant. Les compagnies d'assurances adorent ce genre de trucs.

On remonta sur la banquette avant du pick-up et on repartit en surveillant la route, en quête de Stuart. Il avait disparu corps et biens.

Lula me parut nerveuse quand elle engagea le pick-up dans le parking du bâtiment municipal qui abritait les salles du tribunal et le poste de police.

— Fais vite, me dit-elle. Je ne tiens pas à ce qu'on me voie au poste, on pourrait se faire des idées. S'ils me trouvent assise dans le couloir, ils seraient foutus de me confisquer mes lacets.

Il me fallut une demi-heure pour remplir les documents nécessaires. Lorsque je ressortis, je ne vis aucun Nissan bleu garé dans le parking... et aucun Nissan bleu garé dans la rue. Je n'en fus pas surprise. J'entrai à nouveau dans le poste de police et téléphonai à l'agence.

— Lula m'a encore laissée en plan, dis-je à Connie.

J'entendis des bruits de papiers froissés et Connie déglutit.

— Qu'est-ce que tu manges ? lui dis-je. Un hot-dog ? Passe-moi Lula.

— Allô, fit Lula. Quoi de neuf ?

— Je suis trempée, j'ai froid et je suis en rade! Voilà le neuf! Et j'ai faim. J'espère que vous n'avez pas tout mangé.

— Tu veux que j'vienne te chercher d'un coup de bagnole?

— Je ne dirais pas non.

Une demi-heure plus tard, on était de retour à l'agence. Jackie, une prostituée amie de Lula, était là et mangeait un hot-dog.

— Salut, chérie! lui cria Lula. Tu es venue me voir?

— Non. Je suis venue voir Stéphanie.

Connie me tendit un hot-dog. Froid.

— Jackie a des problèmes avec son mac... heu, son mec, dit-elle.

— Ouais, confirma Jackie. Porté disparu.

— Tu veux dire qu'il s'est tiré? fit Lula.

— Tu as tout compris, répondit Jackie. Je faisais le pied de grue à mon coin de rue, je me caillais comme pas possible, je faisais mon boulot du mieux que je pouvais pour que ce ringard puisse vivre dans le luxe, et voilà comment il me remercie! Pas de mot. Pas d'au revoir. Rien de rien. Et le pire, c'est que ce salopard a pris ma bagnole!

Lula parut consternée.

— Quoi! s'exclama-t-elle. Ta Chrysler?

— Exactement, chérie. Ma Chrysler. Et j'ai encore dix mensualités à payer.

J'avalai la dernière bouchée de mon hot-dog.

— Vinnie est arrivé? demandai-je à Connie.

— Pas encore.

— Je parie qu'il se fait un cinq à sept, fit Lula. Ce type a un problème de glandes sexuelles. C'est le genre à sauter une chèvre s'il est en manque.

— Bref, je suis venue vous voir puisque vous êtes douée pour retrouver tout ce qui a disparu, me dit Jackie. J'ai du fric. Je peux vous payer.

— Stéphanie est la meilleure, dit Lula. Elle peut te retrouver n'importe quoi. Tu veux qu'elle remette la main sur ton mec, c'est comme si c'était fait !

— J'en ai rien à branler de cette ordure, fit Jackie. C'est ma bagnole que je veux. Comment je vais aller bosser, moi ? À pied ? En taxi ? Et où tu veux que je fasse mes passes si j'ai plus ma banquette arrière ? Surtout quand il fait un temps de chien comme aujourd'hui... Si tu crois que tous les clients ont une bagnole, tu te goures. Déjà que les affaires marchent mal...

— Vous avez déclaré le vol à la police ? lui demandai-je.

— De quoi ? s'écria Jackie, une main sur la hanche.

— Votre voiture a peut-être été embarquée par la fourrière, suggérai-je.

— J'ai vérifié, dit Connie. Ce n'est pas ça.

— C'est une Chrysler Le Baron de 92. Bleu foncé. Je l'ai achetée d'occasion y a six mois, dit Jackie en me tendant sa carte grise. Voilà le numéro d'immatriculation. La dernière fois que je l'ai vue, c'était avant-hier.

— D'autres choses ont disparu ? De l'argent ? Des vêtements ?

— Les seuls trucs qui ont disparu, c'est ce gros nul et ma bagnole.

— Il est peut-être en train de faire la tournée des bars, suggéra Lula. Ou de cuver quelque part.

— Non, non, je l'aurais su. Il s'est tiré, je vous dis.

Mon regard croisa celui de Lula. Je craignais que Jackie ait raison.

— On raccompagne Jackie chez elle ? me proposa Lula. On en profitera pour faire un tour et voir si on trouve quelque chose.

Je fus surprise par son sérieux. Elle avait parlé d'une voix douce, posée. Elle n'était plus la Lula/Calamity Jane du centre commercial.

— D'accord, dis-je. Qui sait, on apprendra peut-être du nouveau.

Nous regardions toutes Jackie qui ne décolérait pas d'avoir perdu sa voiture. C'était sa façon d'être.

Lula vissa son chapeau sur sa tête.

— Je reviens après pour finir le classement, dit-elle.

— N'entre dans aucune banque dans cette tenue, lui conseilla Connie.

Jackie louait un deux-pièces à quelques rues de chez Oncle Mo. Comme on était dans le quartier, on en profita pour faire un crochet par Ferris Street.

— Toujours pareil, dit Lula en arrêtant la voiture devant la boutique. Pas de lumière. Rien.

Elle redémarra et emprunta la ruelle qui aboutissait derrière la confiserie. J'allai jeter un coup d'œil dans le garage. Pas de voiture. Pas de lumière dans l'appartement.

— Il s'est passé quelque chose, dis-je. Ce n'est pas normal, tout ça.

Je remontai dans la Firebird et Lula prit la direction de chez Jackie, roulant lentement pour nous permettre de repérer la Chrysler au cas où. On avait ratissé pas mal de rues — en vain — quand on s'arrêta devant chez Jackie.

— T'en fais pas, lui dit Lula. On va la retrouver, ta caisse. Rentre et mets-toi devant ta télé. C'est la seule chose à faire par une journée pareille. Mater ces pouffiasses d'animatrices.

Jackie courut sous la pluie et s'engouffra dans une maison à un étage. La rue était bordée de voitures. Aucune d'elles n'était la Chrysler de Jackie.

— C'est quel genre ? demandai-je à Lula.

— Le mec de Jackie ? Oh, rien de spécial. Il va, il vient. Il deale.

— Il s'appelle comment ?

— Cameron Brown. Dans la rue, on le connaît sous

le nom de l'Asticot, ça te donne une idée du personnage.

— Il serait capable de voler la voiture de Jackie?

— Plutôt deux fois qu'une, répliqua Lula en démarrant. C'est toi l'experte des objets perdus. Qu'est-ce qu'on fait?

— On continue, dis-je. Tu roules. On va écumer les endroits où ce Brown a l'habitude de traîner.

Deux heures plus tard, Lula rata une rue à cause de la pluie et, avant de pouvoir faire demi-tour, on se retrouva au bord de la rivière, dans un labyrinthe de gratte-ciel.

— Je commence à trouver le temps long, dit Lula. Comme si ça suffisait pas de s'user les yeux à essayer de repérer une bagnole à la con, voilà qu'on est paumées, maintenant.

— On n'est pas perdues, on est à Trenton.

— Ouais, mais c'est la première fois que je viens dans ce coin-là. Je me sens pas à l'aise quand je vois pas de slogans tagués par les gangs sur les façades des immeubles. Regarde-moi ça. Aucune fenêtre condamnée. Pas d'ordures dans les caniveaux. Pas de cousins en train de vendre leur came dans les rues. Je me demande comment les gens font pour vivre ici.

Elle plissa les yeux pour mieux voir à travers la pluie et engagea la voiture dans un parking.

— Je fais demi-tour, dit-elle. On retourne à l'agence, je vais faire réchauffer au micro-ondes les hot-dogs qui restent et je finirai mon classement.

Je n'y voyais aucun inconvénient : tourner en voiture sous une pluie battante n'est pas mon activité favorite.

Lula fit demi-tour au bout d'une rangée de voitures et là, devant nous, on vit la Chrysler. Lula pila et on resta un moment immobiles et silencieuses, n'en croyant pas nos yeux. On avait laborieusement écumé toutes les rues et ruelles imaginables des environs, et voilà qu'on la retrouvait là où on s'y attendait le moins.

— Quel enfoiré ! fit Lula.

Je levai les yeux sur le bâtiment au bout du parking. Un cube peu inspiré de sept étages avec des fenêtres indignes de ce nom.

— On dirait que c'est des appart', dis-je.

Lula opina du chef. On reporta notre attention sur la Chrysler, sans être particulièrement pressées de pousser plus loin notre investigation.

— On devrait quand même aller voir, tu crois pas ? finit par dire Lula.

On poussa un soupir synchrone et on descendit de la Firebird. La pluie n'était plus qu'un crachin, et il faisait encore plus froid que tout à l'heure. J'étais gelée jusqu'aux os et la perspective de retrouver Cameron Brown raide mort dans le coffre de la voiture de Jackie n'était pas faite pour me réchauffer.

On regarda prudemment à l'intérieur du véhicule et on essaya d'ouvrir les portières. Verrouillées. L'habitacle était vide. Pas de Cameron Brown. Rien de rien. Pas d'indices visibles... comme un journal intime qui détaillerait ses derniers faits et gestes, par exemple, ou des plans sur lesquels une croix au surligneur orange indiquerait l'endroit où il se planquait. Il ne restait plus que le coffre. On échangea un regard.

— En tout cas, y a pas de sang qui dégouline, dit Lula. C'est bon signe.

Elle alla chercher le cric dans sa voiture, l'insinua dans la rainure du coffre de la Chrysler et l'ouvrit d'un coup sec.

Roue de secours, une couverture jaune sale, deux ou trois chiffons graisseux. Mais toujours pas de Cameron Brown.

Nouveaux soupirs de soulagement jumelés.

— Ça fait combien de temps que Jackie sort avec lui ? demandai-je.

— Cinq ou six mois. Elle a jamais eu de bol côté mecs. Elle ne veut pas voir la vérité en face.

Lula jeta le cric sur le siège de la Firebird, dans laquelle on remonta.

— Et c'est quoi, la vérité, cette fois ? demandai-je.

— Primo, l'Asticot est un junkie. C'est le mac à Jackie et il se sert de sa bagnole pour dealer. Il pourrait s'en payer une, de caisse, seulement il se sert de celle à Jackie parce que tout le monde sait qu'elle tapine, comme ça s'il se fait gauler par les flics et qu'il y a de la came dans le coffre, il dit qu'il est pas au courant, qu'il a emprunté la bagnole de sa copine pute. Et tout le monde sait que Jackie touche à la drogue. Y a que pour ça qu'on fait la pute.

— Tu crois que Brown est venu ici pour vendre de la drogue ?

Lula fit non de la tête.

— Il ne vend pas à ce genre de gens. Seulement aux ados.

— Il a peut-être une petite amie là-haut.

Lula redémarra et sortit du parking.

— Peut-être, fit-elle, mais ça m'a l'air trop classe pour l'Asticot.

Quand j'arrivai chez moi, à cinq heures, j'étais complètement déprimée. Mes chaussures étaient trempées, mon nez coulait, et je ne pouvais m'empêcher de penser à Jackie. Avoir retrouvé sa voiture ne me paraissait pas suffisant. J'avais envie de l'aider à changer de vie. À laisser tomber la drogue. À prendre un vrai boulot. Elle n'était pas idiote, bon sang ! Elle pourrait même faire une psychanalyste acceptable si elle changeait de coiffure.

J'abandonnai mes chaussures dans l'entrée, laissai choir mes vêtements sur le sol de la salle de bains et me mis à dégeler sous la douche. Je me séchai les cheveux et y passai mes mains, histoire de les coiffer. J'enfilai des grosses chaussettes blanches, un pantalon de jogging et un sweat-shirt.

Je pris un soda dans le frigo, un bloc-notes et un stylo sur le comptoir de ma cuisine et m'installai à la table du salon. J'avais en tête de faire le point sur Mo Bedemier, d'essayer de voir ce qui m'avait peut-être échappé.

Je me réveillai à neuf heures, la spirale du bloc-notes imprimée sur ma joue gauche et ses pages aussi vides que ma tête. Je repoussai la mèche de cheveux qui m'était tombée sur les yeux, pressai sur la touche mémoire 4 de mon téléphone et commandai une pizza « classic » plus fromage, olives noires, poivrons et oignons.

Où Mo avait-il bien pu aller? Il n'avait pas emporté de vêtements. Ses tiroirs regorgeaient de chaussettes et de sous-vêtements et ses affaires de toilette étaient au complet. Conclusion la plus logique : il avait un autre appartement... et une autre brosse à dents. Le problème, c'est que la vie est rarement logique.

L'autre possibilité — que Mo ait été kidnappé et que son cadavre soit quelque part, attendant d'être découvert — était vraiment trop déprimante pour que je m'y attarde.

Et son courrier? songeai-je. Je ne me souvenais pas d'en avoir vu dans sa boîte aux lettres. Probable que le facteur entrait dans la boutique pour le lui donner en main propre.

VÉRIFIER AUPRÈS DE LA POSTE, écrivis-je sur mon bloc.

J'entendis la porte de l'ascenseur s'ouvrir et une odeur de pizza me parvint du couloir. Je courus dans l'entrée, ôtai la chaîne, tirai les verrous, ouvris la porte... et me trouvai nez à nez avec Joe Morelli.

— La pizza de madame ! annonça-t-il.

Je le regardai, interloquée.

— J'étais chez Pino quand tu as téléphoné, dit-il.

— C'est vraiment *ma* pizza ?

Morelli entra sans plus attendre et posa la boîte sur le comptoir de ma cuisine.

Il prit deux bières dans le réfrigérateur, mit la boîte de pizza en équilibre sur la paume de sa main, alla au salon et posa le tout sur la table basse. Il saisit la télécommande qui traînait sur le canapé, zappa et finit par sélectionner un match de basket.

— Fais comme chez toi, lui dis-je.

En vérité, je n'étais pas mécontente de le voir. Il irradiait une chaleur communicative et, en tant que flic, il avait des ouvertures qui pouvaient m'être utiles. J'avais aussi d'autres raisons d'être ravie qu'il soit là — ayant plus ou moins rapport avec l'ego et la libido — mais je n'étais pas prête à les admettre.

Je séparai les parts de pizza prédécoupées et en fis glisser une dans chaque assiette.

— Tu connais un certain Cameron Brown ? demandai-je.

— Mac, fit Morelli. Et dealer. Pourquoi ?

— Tu te souviens de Jackie ? La copine de Lula ?

— La pute ?

— Oui. Elle est venue me voir à l'agence aujourd'hui pour me demander de retrouver sa voiture. Il semblerait que ce Cameron Brown, son petit ami, soit parti avec.

— Et ?

— Et Lula et moi avons quadrillé les alentours, et on a fini par retrouver la voiture garée dans le parking des tours RiverEdge.

Morelli, qui s'apprêtait à mordre dans sa part de pizza, arrêta son geste.

— Continue, dit-il.

— C'est tout. Jackie nous a dit clairement qu'elle se fichait pas mal de Cameron. Tout ce qu'elle voulait, c'était sa voiture.

— Alors, où est le problème ?

Je grignotai un bout de pizza.

— Tout ça me semble... louche. Incohérent.

— Ne t'en mêle pas.

— Pardon ?

— C'est le problème de Jackie. Pas le tien. Tu as retrouvé sa bagnole. Restes-en là.

— C'est une amie... en quelque sorte.

— C'est une camée. Elle n'a pas d'amies.

Il avait peut-être raison, mais son ton péremptoire et la dureté de son propos ne m'en surprirent pas moins. Ma petite alarme mentale se déclencha. En général, quand Morelli monte au créneau pour m'empêcher de m'investir dans une affaire, c'est qu'il ne tient pas à ce que j'aille patauger dans des eaux bourbeuses qu'il veut sonder lui-même.

Il se carra dans le canapé en serrant sa canette de bière dans sa main.

— Et où en es-tu côté Mo ? me demanda-t-il.

— Nulle part. Je suis à court d'idées.

J'avais déjà englouti deux parts de pizza et lorgnais la troisième.

— Dis-moi, fis-je, que se passait-il entre Jackie et son mec ? Et pourquoi tu ne veux pas que je m'en mêle ?

— Pour rien. C'est juste que c'est pas ton problème.

Il se pencha, souleva le couvercle de la cage de Rex et laissa tomber des miettes de pizza dans la petite soucoupe en céramique.

— Dis-moi quand même, insistai-je.

— Il n'y a rien à dire. Je trouve que l'ambiance est bizarre en ce moment dans la rue, c'est tout. Les dealers restent en retrait, ils se méfient. On raconte que certains auraient disparu.

J'en étais toujours à peser le pour et le contre concernant la troisième part de pizza.

Je vis un fin sourire se dessiner sur le visage de Morelli.

— Qu'est-ce qu'il y a ? aboyai-je.

— Hé, fit-il en levant les bras au ciel, ce n'est pas ma faute si tu n'as aucune volonté.

— J'ai une volonté de fer ! Pourquoi tu es venu, d'abord ?

— Par amitié.

— Et pour savoir si j'avais du nouveau sur Mo.

— Oui.

Je m'étais attendue à ce qu'il nie. Sa franchise me prit de court. Je ne savais plus trop quel reproche lui faire.

— Pourquoi t'intéresses-tu tant à Oncle Mo ? lui demandai-je.

Il haussa les épaules.

— Tout le monde s'intéresse à lui dans le Bourg, dit-il. J'ai passé pas mal de temps dans sa boutique quand j'étais gosse.

Le jour, caché sous un ciel couvert couleur ciment, tardait à se lever. En guise de petit déjeuner, je finis la pizza et, tandis que je servais des croquettes et des raisins à Rex, le téléphone sonna.

— Putain, quelle sale matinée ! fit Lula. Et ça va pas aller en s'arrangeant.

— Tu veux parler du temps ?

— Ouais, ça aussi. Mais je veux surtout parler de la nature humaine. On a un problème sur les bras. Jackie s'est postée dans le parking des Pète-dans-la-Soie pour choper son mec en flagrant délit. Je lui ai dit de rentrer chez elle, mais elle a rien voulu entendre. Je lui ai dit que son mec était sans doute pas là — qu'est-ce qu'une nana qui a les moyens de vivre dans une résidence comme ça ferait avec un nullos comme lui ? Je lui ai dit que cet enfoiré s'était fait descendre, qu'elle ferait mieux de faire la tournée des bennes à ordures, mais elle a rien voulu entendre.

— Et ?

— Et j'ai pensé que tu pourrais peut-être lui parler. Elle va mourir de froid. Elle y est restée toute la nuit !

— D'accord, dis-je. Je vais voir ce que je peux faire.

Une demi-heure plus tard, j'engageai la Buick dans le parking de la résidence RiverEdge. Jackie était bien là, assise dans sa Chrysler. Je me garai derrière elle, descendis et tapotai contre sa vitre.

— Ouais ? fit-elle d'un ton rogue.

— Qu'est-ce que tu fais ici ? lui demandai-je.

— J'attends que ce connard de voleur de bagnole sorte de là et je vais lui faire un trou dans le bide tellement large qu'un camion pourra y passer !

Je n'y connais pas grand-chose en armes à feu, mais le gros calibre qui était posé sur le siège passager de la Chrysler me semblait capable de réaliser cet exploit.

— Bonne idée, lui dis-je, mais tu m'as l'air d'avoir froid. Et si je te remplaçais un moment ?

— Je te remercie, mais tu l'as déjà retrouvé, c'est à moi de le buter.

— Logique. Je me disais juste que ce ne serait pas plus mal de le buter quand il fera un peu plus chaud. Il n'y a pas le feu, après tout. Ce serait idiot que tu chopes la crève juste pour tuer un mec.

— Ouais, mais j'ai pas envie d'attendre. Je veux le buter le plus tôt possible. En plus, vu ce temps de chien, je ne risque pas de travailler. Il n'y a que les barjes qui sortent pour se faire vidanger le moteur les jours comme aujourd'hui, et j'ai pas besoin de ça !

Alors, autant que je reste ici. Ça vaut mieux que mon bout de trottoir.

Je ne lui donnais pas entièrement tort.

— D'accord, dis-je. Mais fais attention.

Je remontai dans ma Buick et allai à l'agence pour avertir Lula que Jackie était décidée à faire le siège de la résidence RiverEdge.

Vinnie sortit de son bureau comme un diable de sa boîte.

— Alors ? lança-t-il.

Tous les regards convergèrent sur lui. Alors quoi ?

— Où est Mo ? me demanda-t-il. Pourquoi n'est-il pas encore en garde à vue ? Ça ne doit quand même pas être très difficile de choper un vieux marchand de glaces !

— Mo a pris la clef des champs, lui dis-je. Pour l'instant, il reste introuvable.

— T'as cherché où ? Chez lui ? Chez sa sœur ? Chez son petit ami ?

Un silence de mort plana au-dessus de nos têtes. Je fus la première à retrouver l'usage de la parole.

— Son « petit ami » ? répétai-je.

Vinnie sourit de toute la blancheur de ses dents parfaitement alignées qui tranchait sur son teint olivâtre.

— Tu ne savais pas ?

— Oh, mon Dieu ! fit Connie en se signant. Oh, mon Dieu !

— Tu en es sûr ? demandai-je à Vinnie.

Comme si je pouvais douter de sa parole en cette matière.

— Moïse Bedemier est une folle tordue, dit Vinnie hilare, en faisant tinter des pièces de monnaie dans la poche de son pantalon à pinces. Il porte des dessous féminins.

Je me tournai vers Lula.

— Je croyais qu'il faisait partie de tes clients, lui dis-je.

— Tss tss, fit-elle. J'ai dit que le connaissais. Des fois, quand on était au coin de la rue avec Jackie, il passait en bagnole tard le soir et il nous demandait son chemin. Il voulait savoir où trouver Freddie Grosse Bouche ou le Petit Lionel. Je crois qu'il voulait leur acheter de la drogue.

— Oh, mon Dieu ! répéta Connie. Homosexuel et drogué ! Oh, mon Dieu !

— Comment tu sais ça ? demandai-je à Vinnie.

— Des on-dit. Et puis, il y a deux mois, je les ai vus, lui et son petit ami, en train de dîner à New Hope.

— Comment sais-tu que c'était son *petit* ami et pas simplement *un* ami ?

— Tu veux que je te fasse un dessin ? dit Vinnie avec un sourire jouissif.

Je fis la moue et non de la tête.

Connie ferma les yeux très fort.

— Tu as un nom ? demandai-je à Vinnie. Il ressemblait à quoi, ce type ?

— Même âge que Mo. Plus petit, plus mince. Aussi mou. Brun. Dégarni. Je n'ai pas son nom, mais il me suffit de passer quelques coups de fil.

Je n'ajoutai guère foi à la théorie « Mo acheteur de drogue », je ne voulais pas cependant, qu'il puisse être dit que j'avais négligé une piste. Mais ce serait une perte de temps pour moi de quadriller le quartier. Personne ne voudrait me parler. Il ne me restait plus que deux solutions. Lula était l'une. Ranger était l'autre.

4

Soit je demandais à Ranger de faire une petite enquête sur Mo, soit je le demandais à Lula. Un choix cornélien. Je penchais pour Ranger, mais Lula était là, devant moi, prête à partir en chasse, lisant dans mes pensées.

— Alors ? demanda-t-elle.

Elle se balançait d'un pied sur l'autre. Nerveuse. Piaffant d'impatience. En mode rhinocéros. Elle m'en voudrait à mort si je ne lui demandais pas de travailler avec moi.

Du coup, je commençai à entrevoir d'excellentes raisons de faire appel à elle. *À quoi bon la vexer. Je suis sûre qu'elle s'en tirera parfaitement. Ce n'est pas si compliqué que ça de montrer la photo de Mo à quelques dealers et à quelques prostituées. Elle n'est pas très futée. Et alors ? Ce n'est pas un crime.*

— Tu as pas mal de contacts dans Stark Street ? lui demandai-je. Tu pourrais peut-être voir si quelqu'un aurait un tuyau.

Son visage s'éclaira.

— Tu parles ! Sans problème !

— Bonne idée, dit Vinnie. Qu'elle aille prendre l'air. Elle me rend nerveux.

— Je m'y mets tout de suite, dit Lula en enfilant

son cache-poussière. Je vais t'éclaircir ce merdier, moi, vite fait.

Au milieu de ce branle-bas de combat, je ne voyais pas trop ce que je pouvais faire. Je regagnai ma Buick et rentrai chez moi en pilotage automatique.

Je me fis réchauffer du café au micro-ondes et m'installai confortablement pour passer quelques coups de téléphone.

Je commençai par ma cousine Jeanine qui travaille à la poste. Elle me dit que le courrier de Mo était en attente, qu'il ne l'avait pas fait suivre.

J'appelai Lula Shantz, Loretta Beeber et Margaret Molinowsky. Aucune d'elles n'avait grand-chose à dire sur Mo, mais j'appris que mon ennemie jurée, Joyce Barnhardt, avait chopé une infection résistant aux antibiotiques — ce qui me remonta un peu le moral.

Je redécrochai le téléphone et appelai quelques autres pipelettes en me disant qu'il me faudrait des jours pour faire le plein de commérages, mais au moins ça m'occupait.

Vers trois heures et demie, mon oreille avait doublé de volume et je n'étais pas sûre de pouvoir rester encore très longtemps scotchée au téléphone. J'en étais à envisager d'aller faire la sieste quand on frappa à ma porte.

J'ouvris et Lula déboula dans mon entrée.

— Ça caille ! s'écria-t-elle. Je ne peux même plus marcher droit. Mes fesses noires sont bleues de froid.

— Tu veux un chocolat chaud ?

— Un *chocolat* ? J'ai passé l'âge. T'as pas plus fort que ça ?

Je ne bois pas beaucoup. Ça fait un bail que j'ai décidé qu'il valait mieux ne pas vicier les eaux de mon cerveau avec de l'alcool. C'est déjà assez dur pour moi d'y voir clair quand je suis sobre.

— Je n'ai pas grand-chose en alcools, lui dis-je. Bière, vin rouge... eau de Cologne ?

— Laisse tomber. Je voulais juste te dire un truc sur Mo. Carla, qui tapine au coin de la Septième Rue et de Stark Street, elle m'a dit qu'elle l'avait vu y a deux jours. D'après elle, il cherchait Rase-Mottes.

J'en restai comme deux ronds de flan. Mo dans Stark Street avant-hier ! Nom de Dieu !

— Dans quelle mesure on peut croire Carla ? demandai-je.

— Ben, elle tremblait pas du tout ni rien, aujourd'hui, alors je crois qu'elle a bien vu la photo que je lui montrais. Et à moi, elle me raconterait pas de bobards.

— Et ce « Rase-Mottes », tu le connais ?

— On le connaît toutes. Il a le bras long dans Stark Street. Il a une petite entreprise de démolition. J'y aurais bien parlé, mais je ne l'ai pas trouvé.

— Tu crois que Mo l'aurait vu ?

— Va savoir.

— Quelqu'un d'autre a vu Mo ?

— Pas que je sache. J'ai demandé à pas mal de gens, mais avec ce temps, y a pas grand monde qui traîne dans les rues.

Lula tentait de se réchauffer en dansant d'un pied sur l'autre et en battant des bras.

— Bon, je rentre, dit-elle. On est samedi, j'ai un rancard ce soir. Faut que je me refasse une beauté. C'est pas parce que je suis gâtée par la nature que je ne dois pas lui donner un petit coup de pouce de temps en temps !

Je la remerciai d'être passée et la raccompagnai à l'ascenseur. L'information de Lula ne me paraissait pas très fiable. Mais je ne devais négliger aucune piste... aussi peu probable soit-elle. D'autant plus que c'était la seule que j'avais.

Je pris mon téléphone, appuyai sur la touche mémoire correspondant au numéro de Ranger et laissai un message sur son répondeur. Si quelqu'un pouvait mettre la main sur Rase-Mottes, c'était bien lui.

Le dimanche matin, je me levai à dix heures. Je me fis un chocolat chaud avec du pain grillé et portai le tout au salon en glissant la cassette vidéo de *Winnie l'ourson* dans le magnétoscope. Ses aventures dans la forêt se terminèrent vers midi, et je me dis qu'il était temps de me mettre au travail. N'ayant ni vie sociale ni bureau, je pouvais bosser quand je voulais.

Et ce que je voulais aujourd'hui, c'était alpaguer ce gros bêta de Stuart Baggett. J'estimai que je pouvais laisser Mo mijoter mais que Stuart devait tout de suite passer à la casserole.

Je me douchai, m'habillai et déterrai le dossier de Stuart. Il vivait chez ses parents, au 10 Applegate Street, à Merceville. J'étalai mon plan des environs sur la table du salon et localisai Applegate Street. Pas loin du centre commercial où il vendait ses hot-dogs. Pratique.

Il paraît que certains magasins ferment le dimanche. En tout cas, pas dans le New Jersey. On ne supporterait pas. Ici, l'ouverture des commerces sept jours sur sept fait partie de nos droits constitutionnels.

Je garai la Buick dans le parking du centre commercial.

Le stand de hot-dogs était tenu par deux jeunes filles.

— Vous désirez ? me demanda l'une.

— Voir Stuart Baggett.

— Il ne travaille plus ici.

— Oh, zut, quelle guigne ! dis-je. Vous savez ce qui s'est passé ? où je pourrais le trouver ?

— Il est parti. Il a fermé, il y a deux ou trois jours, et il n'est pas revenu. On ne sait pas où il est.

Petit contretemps, mais rien de grave. J'avais l'adresse de ses parents.

Applegate Street est une rue agréable bordée d'arbres feuillus et de maisons individuelles bien entretenues. Celle des Baggett était en bardeaux blancs et à volets et porte bleus. Il y avait deux voitures et un tricycle d'enfant dans l'allée.

Ce fut Mrs. Baggett qui m'ouvrit. Stuart était à peu près du même âge que moi. Sa mère pouvait croire que nous étions amis, aussi décidai-je d'en dire le moins possible et de la laisser penser ce qu'elle voulait.

— Bonjour, madame. Je viens voir Stuart.

Il y eut un moment de flottement qui me parut teinté d'inquiétude — mais peut-être essayait-elle simplement de me situer.

— Navrée, me dit-elle, mais il n'est pas à la maison. Vous aviez rendez-vous avec lui ici ?

— Non. Je passais à l'improviste.

— Il est parti chez un de ses amis. Hier. Il m'a dit qu'il avait un nouveau travail et qu'il allait cohabiter avec un copain à lui.

— Vous avez l'adresse de son ami ? son téléphone ?

— Je n'ai même pas son nom. Stuart a eu des mots avec son père, et il est parti sur un coup de tête. Vous voulez lui laisser un message ?

Je lui tendis ma carte.

— Votre fils ne s'est pas présenté au tribunal au jour dit. Il faut qu'il convienne d'une nouvelle date d'audience le plus rapidement possible. C'est très important.

Mrs. Baggett poussa un soupir désespéré.

— Je ne sais plus quoi faire avec lui. On ne le tient plus.

— Je vous serais reconnaissante de me prévenir si vous aviez de ses nouvelles.

Elle fit oui de la tête.

— Comptez sur moi. Je vous téléphonerai.

Ranger me rappela peu après sept heures pour m'annoncer que Rase-Mottes était parti hiverner dans le Sud. Personne ne l'avait vu depuis plusieurs jours — Oncle Mo non plus.

À huit heures, je me trouvais sur le trottoir en face de la confiserie, plutôt nerveuse. J'avais un double de la clef de l'appartement de Mo, mais certains pourraient considérer que je m'apprêtais à commettre une effraction. Bien sûr, je pourrais toujours dire qu'Oncle Mo m'avait demandé de venir arroser ses plantes, mais si je devais être entendue par un juge, je suppose que mes réponses me placeraient dans la zone dangereuse du « faux témoignage » — et il valait mieux éviter ça, même si dans le New Jersey la loi n'était pas respectée à la lettre mais mesurée à l'aune du bon sens.

Je voyais Mrs. Steeger aller et venir dans son salon. J'attendais qu'elle s'assoie pour m'aventurer à découvert. Elle regarda par sa fenêtre et mon cœur cessa de battre. Elle s'éloigna et je poussai un soupir de soulagement. Des petits points noirs dansaient devant mes yeux. Je portai une main à ma poitrine, oppressée. Cette femme me glaçait les sangs.

Une voiture tourna le coin de la rue, précédée par la lueur de ses phares, et s'arrêta devant chez Mrs. Steeger. Le conducteur donna un coup de klaxon. Mrs. Steeger ouvrit sa porte et fit un signe de la main. Quelques instants plus tard, elle sortait et verrouillait sa porte. Je retins mon souffle en regrettant de ne pas être l'Homme invisible. Mrs. Steeger descendit à pas prudents les marches de sa véranda et gagna la voiture. Elle s'installa sur le siège passager, claqua la portière et la voiture repartit.

C'était mon jour de chance.

Je traversai la rue et essayai d'ouvrir la porte de la boutique de Mo avec la clef de son appartement. En vain. Je fis le tour de l'immeuble et essayai la clef dans la serrure de la porte de service. Même résultat.

En racontant ma première visite à Ranger, je m'étais souvenue que l'arrivée inopinée de Costanza m'avait empêchée de fouiller le magasin. J'étais restée avec une impression de travail inachevé.

Étant donné que la clef de l'appartement n'ouvrait pas la porte de la boutique, je supposai que Mo devait avoir un autre jeu de clefs chez lui. Je montai l'escalier avec autant d'assurance que si j'étais chez moi. Il faut toujours donner l'impression de savoir ce qu'on fait, me dis-je. Surtout quand ce n'est pas le cas. Je sortis une torche électrique de ma poche et frappai deux fois à la porte. J'appelai Oncle Mo. Pas de réponse. J'ouvris, entrai prudemment, allumai ma torche et en promenai le faisceau dans la pièce. Tout paraissait en ordre. Je refermai donc la porte derrière moi et fis un rapide tour de l'appartement. Aucune clef posée sur un meuble ni accrochée au mur. Aucune trace de passage depuis ma dernière visite.

J'allai dans la cuisine. Petite. Éléments blancs au-dessus d'un comptoir gris en formica. Vieil évier blanc en porcelaine. J'ouvris les éléments. Ils contenaient un assortiment de verres, de tasses, d'assiettes et de bols dépareillés. Pas de clefs. Je fouillai les trois tiroirs sous le comptoir. Un pour les couverts. Un pour les torchons. Un pour les films « Fraîcheur », le papier aluminium et les sacs-poubelle. Toujours pas de clefs.

Je regardai les photos au mur à côté du frigo. Des photos d'enfants. Des enfants du Bourg. Je les reconnus pratiquement tous. Je finis par en découvrir une de moi, à douze ans, en train de manger une glace. Je me souvenais du jour où Mo m'avait photographiée.

Je vérifiai le contenu du frigo. Ni tête de chou-fleur judicieusement creusée, ni canette de Coca vide qui auraient pu servir de cachettes.

Dans la chambre, le lit à deux places était recouvert d'un édredon à fleurs jaunes et marron aux couleurs fanées, déformé par des années de bons et loyaux services. Le lit et la table de chevet étaient en ronce de noyer. Un mobilier bas de gamme. Oncle Mo vivait modestement. Les glaces, ça ne doit pas rapporter gros.

J'ouvris le premier tiroir du bureau et, ô miracle, y trouvai un anneau auquel étaient accrochées deux clefs. Je le pris et refermai le tiroir. Comme je m'apprêtais à partir, mon regard fut attiré par une pile de revues. *Hollywood Stars, National Geographic, Gros Nibards.* Wouah ! *Gros Nibards.* Pas le genre de littérature qu'on s'attendrait à trouver dans la chambre d'un homo.

Je coinçai ma torche sous mon aisselle, m'assis par terre et feuilletai les premières pages de *Gros Nibards.* Impressionnant. Je tournai les dernières pages. Tout aussi impressionnant et non moins écœurant. La revue suivante avait un homme en couverture. Il était nu, hormis un masque en latex noir assorti à ses chaussettes. Sa zigounette lui descendait jusqu'aux genoux. À croire qu'il avait été engendré par Tonnerre, l'étalon magnifique ! Je fus tentée de regarder les pages intérieures, mais ne réussis pas à les décoller. Je découvris d'autres revues dont je n'avais jamais entendu parler, essentiellement consacrées à des photos de personnes à divers stades de nudité dans des postures plus ou moins embarrassantes légendées « Mary, Frank et les autres » ou « Rebecca Sue fait sa popote ». Au bas de la pile se trouvaient des catalogues de photos qui me firent penser que j'avais vu des boîtes de pellicules non ouvertes dans le réfrigérateur... et que j'étais censée faire une fouille des lieux et non pas des comparaisons anatomiques avec des femmes en porte-jarretelles, colliers de chien et pinces à sein.

Je remis la pile de magazines en ordre, quittai la pièce et ressortis de l'appartement en me disant que Mo était un type vraiment bizarre.

Je me dirigeai vers la porte de l'arrière-boutique et essayai une des deux clefs que j'avais trouvées. Pas la bonne. J'essayai l'autre et réprimai un rire nerveux en entendant le pêne glisser hors de la gâche. Une partie de moi n'avait pas très envie que la porte s'ouvre — la partie la plus sage, sans doute, celle qui me disait que je ne paierais pas de mine en tenue de taularde...

Je me retrouvai dans un petit couloir le long duquel s'espaçaient trois portes. De là où j'étais, j'avais vue sur toute la longueur de la boutique et, à travers la vitrine, sur les fenêtres éclairées de l'immeuble d'en face — ce qui signifiait que les voisins pouvaient, eux aussi, voir s'il y avait de la lumière dans la confiserie. Il allait me falloir être prudente. Je balayai vite fait le couloir et la boutique du faisceau de ma torche pour être sûre que j'étais seule. J'ouvris la première porte sur ma droite. Elle donnait sur un escalier qui menait au sous-sol.

— Holà ! criai-je. Il y a quelqu'un ?

Pas de réponse. Je refermai la porte. Ma fouille de la cave s'arrêterait là. Courageuse, mais pas téméraire !

La deuxième porte était celle des toilettes.

La troisième, celle d'un placard à balais.

J'éteignis ma torche et attendis quelques secondes que mes yeux s'habituent à l'obscurité. Ça devait bien faire deux ou trois ans que je n'avais pas mis les pieds dans la confiserie, mais je m'en souvenais bien et je savais que le décor n'avait pas changé. Rien ne changeait jamais chez Oncle Mo.

Sur tout un côté courait un comptoir dont la première partie était constituée de deux vitrines : l'une pour les glaces, l'autre pour les bonbons. La seconde partie du comptoir était aménagée en bar. Les clients pouvaient s'asseoir sur des tabourets fixés au sol. Mo y avait installé deux plaques chauffantes pour le café, un distributeur de jus de fruits frais et un distributeur de cornets de glace.

J'ouvris le tiroir-caisse. Vide. Pas un kopeck. Dans l'appartement non plus, je n'avais pas trouvé d'argent.

Une ombre se dessina dans la lumière qui filtrait à travers la vitrine. Je m'accroupis derrière le comptoir. L'ombre passa et, sans perdre de temps, je filai au fond de la boutique. Je m'arrêtai dans le couloir, à l'écoute.

Des bruits de pas résonnèrent sur l'allée en ciment. Le souffle court, je vis la poignée de la porte de l'arrière-boutique tourner. La porte résista. Je l'avais refermée à clef. J'entendis un cliquètement de clef et je me figeai, en proie à une peur panique. Si ce n'est pas Mo, me dis-je, je suis dans de beaux draps !

Je reculai prudemment de deux pas, raide comme un piquet. La clef ne marchait pas. Peut-être que ce n'est pas une clef ! songeai-je. Peut-être que quelqu'un essaie de forcer la serrure !

Dingue ! Combien y avait-il de chances pour que deux personnes entrent chez Mo par effraction le même jour à la même heure ?

Je me glissai dans les toilettes, refermai la porte sans bruit et retins mon souffle. J'entendis la serrure céder et la porte s'ouvrir. Deux pas. La personne s'était arrêtée dans le couloir, attendant sans doute que son regard se soit accoutumé à la pénombre.

Fonce tout droit au tiroir-caisse et tire-toi, me dis-je. Pique toutes ces putains de glaces. Organise une fiesta.

Bruits de pas traînants sur le parquet... la porte à côté fut ouverte... celle de la cave... silence assez long, le temps que la personne scrute l'obscurité... puis la porte fut doucement refermée...

Le crocheteur faisait exactement la même chose que moi un peu plus tôt. Je fus prise d'un vertige nauséeux devant la certitude que la prochaine porte qu'il allait ouvrir serait celle des toilettes ! Je ne pouvais pas la fermer de l'intérieur et il n'y avait pas de fenêtre par laquelle j'aurais pu m'échapper.

Je tenais ma torche électrique dans une main et ma bombe lacrymogène dans l'autre. J'avais mon revolver dans mon sac, mais je savais d'expérience que j'étais trop lente pour m'en servir avec efficacité. En outre, je n'étais plus très sûre de me rappeler comment on le chargeait. Autant jouer la carte de la bombe lacrymo. Je me sentais prête à gazer la terre entière.

Je regardais fixement la poignée de la porte des toilettes. Je la vis tourner lentement sur elle-même et, dans la seconde, la porte fut tirée violemment. J'allumai illico ma torche électrique que je braquai à hauteur du visage de l'intrus, saisissant son regard noir de colère. Mon plan était de l'aveugler le temps de l'identifier et, de là, de décider quel parti prendre.

La faille de mon plan, c'était d'avoir supposé que la cécité impliquait la paralysie.

Moins d'un millième de seconde après avoir appuyé sur l'interrupteur de ma torche, je fus projetée en arrière et allai m'écraser contre le mur du fond. Je vis trente-six chandelles et me sentis glisser le long du mur, glisser, glisser, puis ce fut le noir complet.

Je dus faire un effort surhumain pour rouvrir les yeux. Je ne savais plus où je me trouvais. J'étais dans le noir. Il faisait nuit. Je portai une main à mon visage. J'avais la joue poisseuse. Du sang, me dis-je. Un accident de voiture ? Et puis tout me revint : j'étais chez Mo, couchée sur le sol des toilettes de sa boutique, les jambes entortillées autour de la cuvette des W.-C., la tête sous le lave-mains !

Aucun bruit. Je demeurai immobile, à l'écoute, tentant de percer le silence, attendant d'avoir les idées plus claires. Je fis courir ma langue sur mes dents : aucune n'était cassée. Je touchai timidement mon nez. Il me parut intact.

Je me rendis compte que j'étais couchée dans une flaque de sang. Il devait bien venir de quelque part.

Je roulai sur moi-même, me mis à quatre pattes, et je vis alors l'origine du sang : un corps allongé face contre terre dans le couloir, faiblement éclairé par le halo d'un réverbère de la ruelle, qui entrait par la porte ouverte de l'arrière-boutique.

C'était le type qui m'avait balancée contre le mur.

Je m'avançai jusqu'à lui à croupetons pour l'examiner de plus près et je vis, dans le dos de sa chemise, le trou qu'avait fait la balle en entrant. J'en vis un autre dans sa nuque. Sur ma droite, le mur était tapissé de sang, de matière cervicale et de la moitié gauche du visage du mort. Son œil droit était intact, écarquillé et aveugle. Sa bouche était entrouverte, comme s'il était légèrement surpris par tout ça.

Je réprimai un cri et une envie de vomir, et m'éloignai précipitamment en battant des bras, cherchant une prise qui n'existait pas. Je me laissai retomber par terre et m'adossai contre le mur, haletante, incapable de réfléchir, uniquement consciente du fait que le temps passait. Je ravalai de la bile, fermai les yeux et un espoir s'insinua dans cette horreur... le pire n'est pas toujours sûr... l'homme pouvait être sauvé... un miracle pouvait se produire...

Je rouvris les yeux et mes espoirs s'envolèrent en fumée. L'homme étalé sur le sol était au-delà de tout secours médical. J'avais des morceaux de cervelle et des fragments osseux collés à mon jean. Mon agresseur avait été assassiné et moi, inconsciente dans les chiottes, je n'avais rien vu ! C'était dingue !

Et l'assassin ? Dieu du ciel, où était-il ? Mon cœur se contracta à m'en faire mal. *Si ça se trouve, il est là, caché dans l'ombre, en train de me regarder.* Mon sac se trouvait sous le lave-mains. Je farfouillai à l'intérieur et finis par trouver mon revolver. Il n'était pas chargé. *Oh, ce que je suis conne !*

Je m'accroupis et regardai par l'entrebâillement de la porte de l'arrière-boutique. L'arrière-cour était éclairée en partie, tout comme le couloir. J'étais transie — et ça n'avait rien à voir avec le froid. J'étais moite de peur. Je m'essuyai les mains sur mon jean. Tu fonces dehors, me dis-je, et tu cours jusqu'à Ferris Street.

Je serrai les dents, m'élançai, sautai par-dessus le cadavre qui me barrait le chemin, franchis la porte et piquai un sprint jusqu'au coin de l'immeuble. Je tournai, traversai la rue et m'arrêtai dans un renfoncement obscur, à bout de souffle, regardant de tous côtés, craignant d'apercevoir un voisin ou l'éclair d'un revolver ou de la boucle d'un ceinturon.

Une sirène résonna au loin, de plus en plus proche, et soudain, au bout de la rue, je vis le gyrophare d'une voiture de police, puis d'une autre. Quelqu'un avait appelé les flics. Les deux véhicules stoppèrent devant chez Mo. Des policiers en descendirent et braquèrent le faisceau de leurs torches électriques à travers la vitrine de la boutique. Je ne reconnus aucun d'eux.

Sans les quitter des yeux, je sortis mon téléphone portable de ma poche et composai d'une main tremblante le numéro de Morelli. En mettant de côté tout sentiment personnel à son égard, c'était un très bon flic. Et je voulais qu'il soit le premier de la brigade criminelle à arriver sur les lieux du crime.

Il était plus de minuit quand Morelli me ramena

chez moi. Il gara son Toyota sur le parking et m'escorta jusqu'à mon immeuble. Il monta dans l'ascenseur avec moi, appuya sur le bouton de mon étage et demeura silencieux. On n'avait pas échangé une parole depuis qu'on avait quitté le poste. On était vannés.

Je lui avais fait un premier rapport sur le lieu du crime, puis on m'avait envoyée à l'hôpital St. Francis pour me faire examiner la tête, extérieur et intérieur. Conclusion : j'avais une commotion cérébrale et une bosse. Après l'hôpital, j'étais rentrée chez moi pour me doucher et me changer, puis des policiers étaient venus me chercher et m'avaient conduite au poste pour un interrogatoire. J'avais fait de mon mieux pour me souvenir d'un maximum de détails — en omettant toutefois de préciser la façon dont je m'étais procuré la clef de l'appartement de Mo.

En pensée, je ne cessais de revoir mon agresseur. Yeux noirs aux paupières tombantes, peau mate, dreadlocks, moustache et bouc. Grand. Plus grand que moi. Fort. Très fort. Et rapide. Quoi d'autre ? Mort. Très mort. Une balle dans le dos et une dans la nuque tirées à bout portant par un .45.

Mobile du meurtre : inconnu.

Raison pour laquelle j'avais été épargnée : inconnue.

C'était Mrs. Bartle, qui habitait en face de chez Mo, qui avait appelé la police. Une première fois, pour dire qu'elle voyait une lumière bizarre dans la boutique de Mo ; une seconde fois, quand elle avait entendu des coups de feu.

Je sortis de l'ascenseur, talonnée par Morelli. J'ouvris la porte de mon appartement et allumai l'entrée. Rex arrêta de tourner dans sa roue et nous regarda en clignant des yeux.

Morelli lança un coup d'œil dans la cuisine, passa au salon et alluma une lampe. Il fit un saut dans la chambre, dans la salle de bains et me rejoignit.

— Par acquit de conscience, dit-il.

— Au cas où l'assassin fantôme aurait eu la bonne idée de venir chez moi ? fis-je en me laissant tomber dans un fauteuil. Je n'étais pas sûre que tu m'avais crue. On ne peut pas dire que j'aie un alibi en béton.

— Tu n'en as même aucun, mon chou. Si je ne t'ai pas bouclée pour meurtre, c'est uniquement parce que j'étais trop crevé pour remplir la paperasse.

— Tu sais très bien que je ne l'ai pas tué, dis-je.

— Je ne sais rien du tout. Je me suis fait une opinion, c'est tout. Et selon moi, ce n'est pas toi qui as tué ce type. Malheureusement, il n'y a aucun fait qui vienne étayer cette thèse.

Morelli était en jean, boots et blouson kaki genre surplus de l'armée doté de tas de poches à rabats et râpé aux poignets et au col. Le jour, Morelli a l'air d'un prédateur, mais parfois le soir, quand la fatigue et une barbe naissante adoucissent ses traits, il paraît plus fragile, plus vulnérable. Et il se trouve que ce Morelli-là m'attire dangereusement. Par chance, ce soir-là, Morelli n'avait pas ce visage. Ce soir-là, Morelli n'était qu'un flic fatigué.

Il alla dans la cuisine, souleva le couvercle de ma boîte à biscuits et regarda à l'intérieur.

— Où est ton flingue ? me demanda-t-il. Tu ne l'as pas sur toi, et il n'est pas chez toi.

— Je... je l'ai... perdu, je crois.

Je l'avais « perdu » à quelques centaines de mètres de chez Mo, dans un buisson d'azalées. J'avais appelé Ranger de chez moi quand j'étais venue prendre ma douche pour lui demander d'aller le récupérer.

— Tu crois ? répéta Morelli. Pff !

Je le raccompagnai à la porte que je refermai derrière lui. Je tirai le verrou, mis la chaîne de sécurité et me traînai jusqu'à ma chambre. Je me laissai tomber sur le lit sans me déshabiller, sans éteindre les lampes, et je finis par m'endormir quand les rayons du soleil s'immiscèrent entre les pans de mes doubles rideaux.

À neuf heures, je fus réveillée par des coups frappés à ma porte. Je ne bougeai pas, espérant que l'esprit frappeur partirait de lui-même si je l'ignorais.

— Police ! cria l'esprit frappeur. Ouvre, Stéphanie !

C'était Eddie Gazarra. Mon deuxième meilleur ami de lycée, devenu flic et époux de ma cousine Shirley.

Je roulai sur moi-même, me levai et allai ouvrir à pas traînants.

— Qu'est-ce qu'il y a ? dis-je.

— Bon Dieu ! fit Gazarra. Tu ne paies pas de mine ! On dirait que tu as dormi tout habillée.

Ma tête m'élançait et j'avais l'impression d'avoir du sable plein les yeux.

— Ça fait gagner du temps, le matin, lui répondis-je. Ça simplifie la vie.

— Tss, tss, tss, fit Gazarra en secouant la tête.

J'avisai le sac en papier qu'il tenait dans sa main potelée. Je reconnus le sigle d'une boulangerie.

— Des beignets ? demandai-je en montrant le sac.

— Et comment !

Gazarra alla chercher deux assiettes dans la cuisine, prit des serviettes en papier et porta le tout au salon.

— Alors, fis-je. Que me vaut l'honneur ? Ton amitié ? Ta commisération ? Ton soutien ?

— Les trois à la fois, plus un point météo que tu ne tiens pas de moi, OK ?

— J'espère que le temps est au beau fixe.

Gazarra s'empara d'une serviette et frotta sa chemise.

— Certains dans le service veulent te faire porter le chapeau du meurtre, dit-il.

— C'est n'importe quoi ! Je n'ai pas de mobile. Je ne le connaissais même pas, ce type.

— Il s'agit d'un certain Ronald Anders. Arrêté le

11 novembre pour trafic de stupéfiants et possession d'armes prohibées. Il devait passer en jugement quinze jours plus tard. Il ne s'est pas présenté au tribunal. En cavale jusqu'à... hier soir. Devine qui a avancé sa caution ?

— Vinnie.

— Bravo.

Touché-coulé. Personne ne m'avait dit que la victime était un DDC. Pas même Morelli.

Les beignets ne passaient plus tout à coup.

— Et Morelli ? demandai-je. Lui aussi veut m'inculper ?

— Je ne sais pas. Je ne suis pas au courant de tout. Je voulais juste te prévenir pour que tu saches à quoi t'en tenir.

Je le raccompagnai à la porte.

— Tu es un véritable ami.

— Ouais, fit-il. Je sais.

Je refermai la porte sur lui et appuyai mon front sur le montant. J'avais une barre derrière les yeux qui irradiait dans tout mon crâne. C'était justement au moment où il aurait fallu que j'aie les idées claires que j'étais complètement dans le brouillard. J'essayai de réfléchir, mais aucune idée géniale, aucune brillante déduction ne se fit jour dans mon esprit. Au bout d'un moment, je craignis de m'être assoupie.

On gratta à ma porte. Je fis glisser ma tête sur le battant jusqu'à ajuster mon œil au judas. C'était Morelli.

Oh non, pas lui !

5

— Ouvre ! dit Morelli. Je sais que tu es là. Je t'entends respirer.

Un mensonge éhonté, étant donné que je retenais ma respiration depuis l'instant où j'avais entendu ses phalanges racler le battant de ma porte.

Il frappa de nouveau.

— Allez, Stéphanie, dit-il. Ta bagnole est au parking. Je sais que tu es chez toi.

Morelli sortit de mon champ de vision. J'attendis, l'œil collé au judas. Les portes de l'ascenseur s'ouvrirent et se refermèrent, puis ce fut le silence. Ouf. Morelli partait.

J'ignorais ce qu'il voulait, mais je préférais ne pas le savoir, juste au cas où il aurait la lubie de m'arrêter. Je courus à la fenêtre de ma salle de bains qui offrait une vue plongeante sur le parking. Je regardai par l'interstice entre les rideaux et vis Morelli sortir de l'immeuble et monter dans sa voiture banalisée.

Je continuai à l'observer, mais rien ne se passa. Il restait là. Il décrocha son téléphone de voiture. Quelques secondes s'écoulèrent et le mien sonna. Tiens donc, me dis-je, je me demande qui ça peut être ! Je laissai le répondeur s'enclencher. Pas de message. Je regardai Morelli. Il avait raccroché. Il ne démarra pas pour autant. Manifestement, il comptait rester là.

Je me douchai, m'habillai, donnai à manger à Rex et retournai jeter un coup d'œil par la fenêtre de la salle de bains. Morelli était toujours là. Zut !

Je téléphonai à Ranger.

— Allô, fit-il.

— C'est Stéphanie.

— J'ai un truc qui t'appartient.

— Tu me rassures, dis-je, mais ce n'est pas mon problème le plus urgent. Joe Morelli est sur le parking de chez moi.

— Il arrive ou il s'en va ?

— Il y a un petit risque qu'il soit venu m'arrêter.

— Il y a de meilleures façons de commencer sa journée, baby.

— Je crois que je peux sortir par la porte de devant sans qu'il me voie. Tu peux me retrouver dans une demi-heure chez Bessie ?

— J'y serai.

Je raccrochai et appelai Lula à l'agence.

— Parlez, c'est vous qui raquez ! claironna-t-elle.

— C'est Stéphanie. Tu peux venir me prendre en bagnole ?

— Encore un plan « chasseuse de primes » ? fit-elle.

— Ouais. Merdique, en plus. Il faut que tu sois devant chez moi dans dix minutes précises. Ne va pas te garer au parking. Tu roules devant l'immeuble, tu me verras, je serai sur le trottoir.

Je pris mon blouson, mon sac et sortis. Je descendis à pied, franchis la porte et me plaquai contre la façade de l'immeuble en essayant de me faire la plus petite possible dans mon blouson. Pas de Lula à l'horizon.

Difficile de croire que Morelli était venu m'arrêter, mais dans le doute... Des erreurs judiciaires, il s'en commet tous les jours, pensais-je. Il était plus probable qu'il veuille juste me soumettre à un nouvel interrogatoire, mais ça non plus ne me disait rien qui vaille.

J'entendis Lula avant de la voir — ou, plus exactement, je sentis des vibrations dans mes plantes de pieds et ma cage thoracique. La Firebird s'arrêta en douceur devant moi. Lula dodelinait de la tête et remuait les lèvres au rythme de la musique.

Je sautai sur le siège passager en lui faisant signe de démarrer. La Firebird s'élança dans le flot du trafic.

— On va où ? cria Lula.

Je baissai le volume.

— Chez Bessie. J'ai rendez-vous avec Ranger.

— Ta Buick aussi a un pépin ?

— Non, elle va très bien. C'est moi qui ai un pépin. Tu es au courant du meurtre qui a eu lieu chez Mo hier soir ?

— Quoi ! C'est toi qu'as refroidi Ronald Anders ? Tu parles si je suis au courant ! Tout le monde ne parle plus que de ça.

— Ce n'est pas moi qui l'ai « refroidi » ! J'étais dans les vapes. Assommée, KO ! Quelqu'un l'a tué pendant que j'étais inconsciente.

— Ouais, c'est ce qu'on raconte, mais je pensais... tu sais... question de vie ou de mort, quoi.

— C'est pas vrai !

— OK, OK, pas la peine de monter sur tes grands chevaux ! Bon, comment ça se fait que tu ne pouvais pas y aller toute seule, chez Bessie ?

— Joe Morelli est en planque sur mon parking. Il veut me parler. Moi, non.

« Chez Bessie » est un petit coffee-shop situé à un coin de rue, non loin des bureaux de l'aide sociale. Un endroit miteux, au sol et aux vitres sales, fréquenté par des chômeurs chroniques et autres abonnés des services sociaux. Toujours plein à craquer, c'est l'endroit idéal pour boire un café infâme et pas cher, et surtout pour se fondre dans la masse.

Lula me déposa devant, remonta à fond le volume de son autoradio et redémarra sur les chapeaux de roues. Je jouai des coudes jusqu'au fond de la salle où Ranger m'attendait, assis sur le dernier tabouret de bar, adossé au mur. Je grimpai sur le tabouret à côté de lui.

— J'ai un problème, lui dis-je. Je ne sais pas comment m'en sortir.

— C'est pas nouveau, baby.

Je commandai un café.

— Cette fois, c'est différent. Il se peut que je sois soupçonnée de meurtre. Celui de Ronald Anders, le type qu'on a retrouvé chez Mo. Un des DDC de Vinnie.

— Raconte.

— Je suis allée faire une reconnaissance chez Mo...

— Minute. Tu veux dire que t'es entrée par effraction ?

— Plus ou moins. J'avais une clef, mais... techniquement, je dirais que c'est quand même une effraction.

— Super.

Je lui racontai dans le détail tout ce qui s'était passé chez Mo.

— Ça veut dire que pendant que t'étais KO, quelqu'un est arrivé et l'a buté.

— Mais qui aurait fait ça ?

Nos regards se croisèrent. Nous pensions tous deux à la même personne : Mo.

— Non, dis-je. C'est impossible.

Ranger haussa les épaules.

— Ridicule, insistai-je. Mo n'est pas du genre tonton flingueur.

— Qui d'autre aurait pu tuer Anders ?

— N'importe qui.

— Voilà qui limite le nombre des suspects, remarqua Ranger en faisant glisser un billet de cinq dollars sur le comptoir. Je vais voir ce que je peux trouver.

— Et mon revolver ?

Il fit passer mon .38 de sa poche à mon sac.

— Il ne te sera d'aucune utilité si tu ne le charges pas, me dit-il.

— Autre chose. Tu pourrais me déposer à l'agence ?

Connie se leva d'un bond quand je franchis la porte.

— Ça va ? me demanda-t-elle. Lula m'a raconté que quelqu'un t'avait assommée, hier soir.

— Oui, ça va. Oui, quelqu'un m'a assommée. Et non, ce n'est pas moi qui ai tué Ronald Anders.

Vinnie surgit de son bureau.

— Tiens donc, s'exclama-t-il, regardez qui nous arrive ! Je suppose que tu veux ta comm' pour avoir buté Anders.

— Je ne l'ai pas buté ! hurlai-je.

— Ouais, c'est ça, fit Vinnie. Bref. Enfin, la prochaine fois, essaie quand même de ne pas tuer ton DDC en lui tirant dans le dos. Ça la fiche mal.

Pour toute réponse, je brandis mon majeur, mais Vinnie avait déjà battu en retraite dans son bureau.

Je racontai à Connie le peu qu'il y avait à raconter. Mon récit terminé, Lula poussa un soupir dégoûté.

— Ça tient pas debout, ton histoire, fit-elle. Les flics vont être après toi comme des mouches sur de la merde.

— Si j'ai bien compris, dit Connie, tu n'as pas vu l'assassin. Tu n'as pas senti son parfum ? entendu sa voix ? Tu n'as pas le plus petit indice sur son identité ?

— Tout ce que je sais, c'est qu'il est venu de l'extérieur, dis-je. Et je pense que Ronald Anders le connaissait, que c'est lui qui l'a fait entrer dans la boutique.

— Peut-être que c'était Pinocchio, fit Lula. Si ça se trouve, Ronald Anders avait une méga-ardoise, et comme il ne pouvait pas payer pour ses sucettes, Mo lui a balancé la purée.

— Oh, c'est dégoûtant, dit Connie. Et ce n'est même pas drôle.

— Tu as une meilleure idée ?

— Oui, répondit Connie. Que tu te mettes au travail plutôt que de dire des imbécillités sur Oncle Mo.

— Moi, je ne demanderais pas mieux, dis-je, mais je suis dans l'impasse. Je suis nulle comme chasseuse de primes.

— Mais non, rétorqua Connie. Tu as quand même fait une arrestation cette semaine : Ronald Anders.

— Il était mort !

— Ce sont des choses qui arrivent, dit Connie en sortant une pile d'enveloppes en papier kraft d'un tiroir de son bureau. Bon, tu es au point mort sur Mo, tu n'as qu'à prendre d'autres affaires.

Elle ouvrit la première enveloppe de la pile.

— Tiens, fit-elle, voilà un cas intéressant. Leroy Watkins. Tout frais d'hier. Il n'y a encore personne sur le coup. Tu le veux ?

— Pas un mec sympa, j'espère ? dis-je. Mon image de marque en a pris un sacré coup. Je ne veux plus d'affaires où le DDC est l'ami public numéro un.

— Je connais Leroy, dit Lula. On l'appelle Serpent à sonnette, à cause que sa queue...

— Je ne veux pas le savoir ! l'interrompis-je.

Je me tournai vers Connie.

— Pourquoi a-t-il été arrêté ? lui demandai-je.

— Il a essayé de vendre de la drogue à un agent de la brigade des stups.

— Il est du genre à opposer de la résistance quand on l'arrête ?

— Pas que je sache, dit Connie. Son dossier ne spécifie pas qu'il ait tiré sur des flics.

Je le lui pris des mains. Si Leroy Watkins était moche, autant m'en assurer tout de suite. Je cherchai sa photo. Hou là ! Plus moche, tu meurs.

— D'accord, dis-je. Je vais voir si je peux le trouver.

On resta silencieuses quelques secondes, soupesant mes chances de réussite.

— Je peux venir avec toi si tu veux, dit Lula. On passera inaperçues.

Passer inaperçues ? Avec Lula ?

— Tu penses qu'il est dangereux ? demanda Connie à Lula.

— Ben, c'est pas un boy-scout, c'est sûr, mais est-ce qu'il serait capable de tirer sur nous... Oh, je pense qu'il a pris la tangente juste pour se faire un maximum de blé dans la rue avant d'aller derrière les barreaux. Je connais sa nana, Shirlene. On pourrait aller lui parler.

— OK, dis-je. On essaie ça.

Shirlene habitait dans un immeuble au bout de Stark Street, au deuxième étage sans ascenseur. Le perron était jonché de sel de carrière qui avait rongé la neige de la veille, laissant comme un napperon de gadoue grise.

— On se croirait dans un frigo de boucherie ici, dis-je.

— C'est exactement ça, renchérit Lula d'un ton râleur. Un frigo de boucherie. Normal puisque, dans Stark Street, n'y a que de la viande fraîche.

On arriva sur le palier du deuxième étage, à bout de souffle.

— Il faut vraiment que j'améliore ma forme, dis-je. Je vais m'inscrire dans un club de gym, c'est pas possible...

— Hmm, moi ça va, c'est juste l'altitude qui me porte sur le cœur...

Elle contempla la porte de l'appartement de Shirlene.

— Qu'est-ce qu'on fait si Serpent à sonnette est là ? Je préfère demander, vu que tu n'aimes pas la violence, sauf quand tu es dans les vapes.

— Tu veux dire que Serpent à sonnette habite ici lui aussi ?

Lula me regarda en clignant de ses yeux ronds comme des soucoupes.

— Ben, évidemment, t'avais pas compris ? fit-elle.

— Je croyais qu'on allait chez sa petite amie.

— Ben ouais, mais il se trouve qu'il vit avec elle.

— Oh, c'est pas vrai !

— T'inquiète, fit Lula. S'il nous cherche, il va me trouver. Je lui écrase la tête, au Serpent, moi. (Elle frappa à la porte.) Sonnette ou pas sonnette ! ajouta-t-elle.

Personne ne vint ouvrir. Lula frappa de nouveau, plus fort cette fois.

— HÉÉÉ ! beugla-t-elle.

On attendit un moment en silence puis, tout près, de l'autre côté de la porte, résonna un petit déclic : celui du levier d'ouverture du magasin d'un fusil à pompe.

Mon regard croisa celui de Lula pendant une fraction de seconde. On pensait bien à la même chose. MEEEERDE ! On tourna les talons, on se précipita dans l'escalier qu'on descendit quatre à quatre et on dérapa en arrivant sur le palier.

BOUM ! Une cartouche passa à travers la porte de chez Shirlene et alla se ficher dans le mur d'en face, faisant voler le plâtre en éclats.

— Grouille ! cria Lula. Pourvu que je ne glisse pas !

On s'élança vers le rez-de-chaussée. J'avais une petite longueur d'avance, mais Lula rata la première marche, fit du tape-cul et me renversa comme une quille. On roula l'une sur l'autre en criant jusqu'à ce qu'on s'arrête dans le hall.

On se releva dare-dare et on tira la porte si fort que

je crus qu'on allait l'arracher de ses gonds. On fonça dehors et on piqua un sprint jusqu'à la Firebird de Lula, garée à deux rues de là. On démarra sur les chapeaux de roues et on retourna à l'agence.

— C'est pas que j'avais peur, dit Lula. Mais j'avais pas envie qu'il y ait du sang sur mon nouveau jogging.

— Ouais, fis-je, toujours haletante. Dur, le sang.

— Bon, d'accord, je reconnais que j'ai peut-être eu un peu peur. Putain, c'est vrai, quoi, il aurait pu nous tuer, cet enfoiré ! Qu'est-ce qui lui a pris ? Il délire, le mec ?

— Je vais changer de boulot, dis-je. J'ai horreur qu'on me tire dessus.

— Rien que d'y repenser, ça me fout en rogne, je te dis pas. Il se prend pour qui ? Je vais l'appeler et lui dire deux mots à ce connard, ça va pas traîner !

Je lui tendis le dossier.

— Ne te gêne surtout pas. Son numéro est sur la première page. Et pendant que tu y es, dis-lui qu'il a intérêt à se pointer ici, et fissa, parce que la prochaine fois, on lui envoie Ranger.

— Tu l'as dit ! Ouais ! Et il va lui arracher sa petite queue ! Il va lui démolir la gueule !

Lula poussa la porte de l'agence d'un coup d'épaule.

— Je ne me laisse pas faire, moi, quand on me traite comme ça ! cria-t-elle.

— Moi non plus ! m'écriai-je dans l'enthousiasme du moment. La place de cette ordure est en prison.

— Ouais, fit Lula. Et c'est nous qui allons l'y mettre !

Bon, là, je n'en aurais pas mis ma main au feu, mais je me gardai de la contredire et on entra côte à côte dans l'agence tels deux soldats marchant au pas.

— On vient de nous tirer dessus, annonça Lula à Connie en faisant la moue, sa lèvre inférieure s'avançant sur cinq bons centimètres. Tu te rends compte ?

J'ai connu des fusillades en bagnole, mais là, c'était autre chose. C'était à moi qu'on en voulait. Et ça, j'apprécie pas. Mais alors, pas du tout. Tu vois ce que je veux dire ?

— Leroy Watkins ? s'enquit Connie.

— Il a tiré à travers la porte de son appartement, lui expliquai-je.

— Et ? fit Connie.

— Et on s'est sauvées, dis-je. Lula ne voulait pas que son jogging neuf soit taché de sang.

Lula, qui tenait toujours le dossier Watkins en main, décrocha le téléphone de Connie.

— Il ne va pas s'en tirer comme ça, fit-elle. J'appelle ce trou du cul et je vais lui dire ce que je pense... Je veux parler à Leroy, dit-elle dans le combiné.

Elle écouta la réponse qu'on lui fit.

— Comment ça, pas possible ? fit-elle. Il a failli me trouer la peau et il est pas disponible pour me parler ? Je vais le rendre disponible, moi !

Elle raccrocha au bout de cinq minutes de discussion.

— Serpent à sonnette dit qu'il savait pas que c'était nous, dit-elle. Et qu'il veut bien nous suivre au tribunal si on retourne le chercher.

— Il pensait tirer sur qui ? demandai-je.

— Il m'a dit qu'il ne savait pas. Qu'on n'est jamais trop prudent de nos jours.

— Il a démoli sa porte !

— J'imagine que, quand on fait le boulot qu'il fait, on se méfie.

— OK, finissons-en, dis-je en mettant mon sac en bandoulière.

— Tu as du classement en retard, dit Connie à Lula. Ça ne va pas te prendre toute la journée, hein ?

— Oh, non, fit Lula. On sera de retour avant l'heure du déjeuner.

J'enfilai des gants mais renonçai à mettre un chapeau dès le matin. Je ne tenais pas à avoir l'air cruche toute la journée. Ce n'était pas la peine d'en rajouter.

On fonça jusqu'à Stark Street, chacune perdue dans ses pensées. Les miennes me portaient sur des plages ensoleillées où des hommes à moitié nus me servaient des boissons fraîches. D'après l'expression fermée de Lula, je soupçonnais les siennes d'être bien plus sombres.

Elle se gara devant chez Shirlene et on s'extirpa de la Firebird. On leva la tête vers les fenêtres du deuxième étage.

— Il a dit que cette fois, il ne tirerait pas, c'est bien ça ? demandai-je.

— C'est ce qu'il a dit.

— Tu l'as cru ?

Lula haussa les épaules.

Ranger, lui, rentrerait arme au poing, mais ce n'était pas mon style. Je me sentais conne avec un revolver à la main. Après tout, à quoi cela servait-il ? Allais-je tirer sur Leroy Watkins s'il refusait de nous suivre ? J'étais loin d'en être sûre.

On entra dans l'immeuble et on monta l'escalier à pas lents, l'oreille aux aguets, à l'affût d'un déclic suspect.

En arrivant au deuxième étage, on tomba sur Shirlene qui contemplait sa porte fracassée. C'était une femme de taille moyenne, menue, maigre même, qui pouvait avoir entre vingt et cinquante ans. Elle portait des pantoufles en éponge rose, un vieux pantalon de survêtement rose trop petit pour elle et un sweat-shirt rose maculé de diverses taches dont aucune ne semblait très récente. Elle avait les cheveux coupés très court, les coins de la bouche tombants, le regard inexpressif. Elle tenait un morceau de contreplaqué dans une main et un marteau dans l'autre.

— Tu vas rien pouvoir planter dans cette porte, lui dit Lula. Il te faut des chevilles. Y a que ça qui fera tenir ton contreplaqué.

— J'en ai pas, dit Shirlene.

— Où est Leroy ? demanda Lula. Il ne va pas me retirer dessus, hein ?

— Il risque pas, fit Shirlene. Il est pas là.

— Pas là ? Comment ça, pas là ?

— Pas là, pas là, répondit Shirlene.

— Il est allé où ?

— Je sais pas.

— Il va rentrer quand ?

— Je sais pas non plus.

— Bon, tu sais *quoi,* au juste ? tonna Lula.

— Que je dois réparer cette porte, répliqua Shirlene, et que vous êtes là, à me faire perdre mon temps.

Lula entra dans l'appartement.

— Ça t'ennuie pas si je fais un petit tour ? dit-elle.

Shirlene ne répondit pas. Elle et moi savions que seul un coup de fusil pourrait l'empêcher de visiter l'appartement. Elle disparut dans la pièce du fond et y resta un bon moment.

— C'est vrai, dit-elle en refaisant son apparition. Il n'est plus là. Il a pris des fringues ? Tu crois qu'il est parti pour longtemps ?

— Il a pris son sac de gym et tu sais bien ce qu'il contient.

Je décochai un regard interrogateur à Lula. Elle fit mine de tenir un flingue.

— Oh, dis-je.

— Hé, qu'est-ce qu'il s'imagine, ton mec ? dit Lula à Shirlene. Que je n'ai rien de mieux à faire que de monter ces étages ?

Je donnai ma carte à Shirlene et redescendis par l'escalier, talonnée par Lula qui n'arrêtait pas de râler.

— Monter, descendre, monter, descendre, marmonnait-elle. Il a intérêt à ce que je le retrouve pas, Leroy.

Une fois dans la rue, je me dis que je n'étais pas mécontente de n'avoir pas fait cette arrestation qui m'aurait obligée à aller au poste de police. Or, c'était bien le dernier endroit où j'avais envie d'aller en ce moment.

— On pourrait faire la tournée des bars, proposai-je sans enthousiasme.

— Serpent à sonnette va pas au bar dans la journée, dit Lula. On aurait plus de chances de le trouver faisant la sortie des écoles, pour voir où en sont ses équipes de vendeurs.

Cette perspective me galvanisa.

— OK, dis-je. Voyons les écoles.

Une heure plus tard, nous étions passées devant toutes les écoles. Pas de trace de Serpent à sonnette.

— Tu as une autre idée ? demandai-je à Lula.

— Quels noms y a dans son dossier ?

— Celui de Shirlene.

— C'est tout ? Pas de môman ?

— Non. Juste Shirlene.

— Je ne sais pas, fit Lula. Normalement, un mec comme lui, il zone dans la rue, même par un temps pareil.

On roulait lentement dans Stark Street.

— Y a pas un rat, dit-elle. Personne à qui on pourrait poser des questions.

On passa devant le bout de trottoir de Jackie. Elle non plus n'était pas là.

— Elle est peut-être avec un client, dis-je.

Lula secoua la tête.

— Non, non, dit-elle, elle est pas en train de faire une passe. Elle est dans ce parking de riches à attendre son mec. J'en mets ma main à couper.

Lula fit le tour de mon immeuble pour que je puisse voir si Morelli était toujours là. Je ne vis pas sa voiture, ni personne qui ressemblât de près ou de loin à un flic. Je demandai donc à Lula de me déposer devant l'entrée. Je me glissai dans le hall, sur mes gardes, pas tout à fait convaincue que Morelli avait quitté les lieux. Je jetai un rapide coup d'œil alentour et m'élançai dans l'escalier que je grimpai sur la pointe des pieds. J'entrouvris tout doucement la porte de mon étage, regardai à droite et à gauche... le couloir était désert. Ouf. Pas de Morelli.

Je ne pourrais pas l'éviter *ad vitam aeternam,* mais au moins assez longtemps, espérais-je, pour trouver de nouveaux indices et me sortir de ce guêpier.

J'ouvris ma porte et fus accueillie par le bruit de la roue de Rex. J'accrochai mon blouson à la patère que j'avais installée depuis peu dans ma petite entrée et allai à la cuisine. Le voyant lumineux de mon répondeur clignotait.

Le premier message était de Morelli.

« Rappelle-moi. »

Un certain agacement transparaissait dans sa voix.

Le deuxième message n'était pas moins laconique.

« Laisse Mo tranquille. Sinon... »

Une voix d'homme. Déguisée. Non identifiable.

Super. Juste ce qu'il me faut. Un message de menaces anonyme.

Le troisième message était du garage Nissan pour me dire que mes vis platinées et mes bougies avaient été changées, que l'allumage était réglé et que ma voiture était prête.

Le quatrième était de ma mère.

« Stéphanie ! Tu es là ? Tu vas bien ? Qu'est-ce que c'est que cette histoire de coup de feu ? Allô ? Allô ? »

Les nouvelles allaient bon train dans le Bourg. Les mauvaises encore plus vite que les bonnes.

Je me fis un sandwich thon-cornichons que je mangeai au comptoir de ma cuisine.

Je mis Rex dans la baignoire pendant que je nettoyais sa cage. Puis je lavai la salle de bains, passai l'aspirateur dans le salon, la serpillière dans la cuisine. Je récurai la cuisinière au cas où on viendrait m'arrêter. Je n'avais pas envie que ma mère vienne chez moi et trouve que c'était sale.

À trois heures, j'estimai que j'avais fait assez de ménage et j'appelai chez mes parents. Occupé.

Je téléphonai à Sue Ann pour les derniers scoops — sur moi et autres. Elle, au moins, était toujours joignable : elle avait le double appel.

— Tu as déjà entendu dire qu'Oncle Mo était... bizarre ? lui demandai-je.

— Bizarre ?

— Sur le plan sentimental.

— Tu as appris quelque chose ! piailla-t-elle. Quoi ? Quoi ? Quoi ? Quel est le secret d'Oncle Mo ? Il a une liaison avec qui ?

— Je n'en sais rien. Je me posais la question, c'est tout. Oublie ce que je t'ai dit.

Je raccrochai et tentai de nouveau de joindre ma mère. Toujours occupé. Il était quatre heures. Le soir tombait. J'allai regarder par la fenêtre. Aucun signe de Morelli.

— Qu'en penses-tu ? demandai-je à Rex. Je continue à essayer de les joindre par téléphone ou j'y vais d'un coup de voiture ?

Je pris mon sac, mon blouson, collai mon œil au judas. Personne à l'horizon. J'entrouvris la porte, lorgnai à droite, à gauche... personne. Je filai.

Les places de parking les plus proches de l'entrée sont toujours occupées par les « seniors ». J'avais garé ma Buick à l'autre bout du parking, à côté de la benne à ordures.

Les échos du trafic me parvenaient de St. James Street où les lampadaires venaient de s'allumer. Au moment où j'arrivais à la hauteur de ma Buick, une Jeep Cherokee noire surgit sur le parking à toute allure et pila à ma hauteur.

La vitre teintée côté chauffeur descendit et un homme, le visage dissimulé sous une cagoule, me regarda, pointa un .45 et tira deux balles qui ricochèrent sur le bitume à dix centimètres de mon pied. Je restai figée sur place, paralysée par la peur et la surprise.

— En guise d'avertissement, dit l'homme d'une voix étouffée. Arrête de faire chier Mo. La prochaine fois, c'est ta cervelle que je fais sauter.

Il tira trois autres coups dans le flanc de la benne à ordures. Je me baissai instinctivement. Une quatrième balle siffla au-dessus de ma tête.

La vitre remonta et la voiture repartit pleins gaz.

6

Une fois que j'eus repris ma respiration, je me relevai et regardai prudemment par-dessus la benne à ordures. Mrs. Karwatt, ma voisine de palier, venait vers moi en zigzaguant pour éviter les plaques de verglas. Elle tenait un petit sac-poubelle en plastique serré contre sa poitrine.

— Vous avez vu ça ? dis-je d'une voix suraiguë.

— Quoi ?

— Cet homme, dans la voiture. Il m'a tiré dessus !

— Non !

— Vous n'avez pas entendu ?

— Mon Dieu, mais c'est affreux ! Je croyais que c'était une voiture qui avait du mal à démarrer.

Je fis courir un doigt tremblant sur les impacts des balles le long de la paroi de la benne.

— C'est la deuxième fois de la journée qu'on me tire dessus !

— Si ça continue comme ça, on ne pourra bientôt plus sortir de chez soi, entre les coups de fusil et le verglas !

Mrs. Karwatt jeta son sac-poubelle dans la benne et repartit en direction de l'immeuble. Je l'aurais bien suivie, mais j'avais les jambes en compote. J'étais incapable de faire un pas.

J'ouvris la portière de la Buick et m'effondrai sur le siège, les deux mains sur le volant. Bon, me dis-je, ressaisis-toi. Ce sont deux mauvais hasards... le premier, c'était une erreur sur la personne... et le deuxième, c'était... quoi ? une menace de mort. Je pris mon téléphone portable dans mon sac et appelai Morelli.

— On vient de me tirer dessus ! hurlai-je avant qu'il ait eu le temps de parler. J'allais prendre ma voiture quand un type encagoulé est arrivé en bagnole. Il m'a dit d'arrêter de chercher Mo, et puis il m'a tiré dessus. En guise d'avertissement. Et il est parti.

— Tu es blessée ?

— Non.

— Tu es en danger de mort, là ?

— Non.

— Tu as fait dans ta culotte ?

— À peine.

On se tut quelques instants, mesurant les implications de l'événement.

— Tu as relevé son numéro d'immatriculation ? me demanda Morelli. Tu peux me le décrire ?

— J'étais trop paniquée pour penser à relever son numéro. Quant au gars... heu... taille moyenne... blanc... c'est tout.

— Ça va aller ?

— Ouais. Je me sens mieux maintenant. Il fallait que je le dise à quelqu'un.

— Pendant que je t'ai au bout du fil...

Zut ! J'en avais oublié que je fuyais Morelli ! Je refermai le portable d'un coup sec, coupant la communication. Pas de panique, me dis-je, mais il vaut mieux que je ne m'attarde pas ici. Deux solutions : soit je vais chez mes parents comme j'en avais l'intention, soit je remonte chez moi et je me planque dans ma penderie.

Bon, me dis-je. Je dîne d'abord, je me planque ensuite.

Ma mère m'ouvrit. Elle faisait une tête !

— Alors ? fit-elle.

— Ce n'est pas moi.

— Oh, ce n'est jamais toi !

— Croix de bois, croix de fer, dis-je. Je n'ai tiré sur personne, je n'ai tué personne. Je me suis fait assommer accidentellement, et quand je suis revenue à moi, j'ai vu que je partageais le couloir avec un cadavre.

— Assommer ! s'écria ma mère en se tapant le front du plat de la main. Une fille du Bourg se fait assommer, et il faut que ce soit la mienne !

Mamie Mazur vint se planter à côté de nous.

— Tu es sûre que tu n'as pas tiré sur lui ? Une fois ? Une petite fois ? demanda-t-elle. Je sais tenir ma langue.

— Je ne l'ai pas tué !

— Tu me déçois beaucoup, me dit ma grand-mère. Moi qui croyais avoir une bonne histoire à raconter aux copines chez l'esthéticienne.

— Tu restes dîner ? me demanda ma mère. J'ai fait un cake aux épices pour le dessert.

— Ouais, sympa, fis-je.

J'aidai ma grand-mère à mettre le couvert pendant que ma mère finissait de préparer le repas. Au moment où nous allions passer à table, on sonna à la porte.

J'allai ouvrir et me retrouvai nez à nez avec Morelli. Qui me fit un grand sourire.

— Surprise, dit-il.

— Qu'est-ce que tu veux ?

— Je te donne la liste longue ou la courte ?

— Ni l'une ni l'autre.

Je voulus refermer la porte mais il entra de force.

— Fiche le camp ! criai-je. Tu choisis mal ton moment.

Il fit la sourde oreille et entra dans le salon de sa démarche chaloupée.

— Pain de viande aux olives, lui annonça ma grand-mère. Ça vous tente ?

— Je ne voudrais pas m'imposer, dit Morelli.

Je faillis éclater de rire.

Ma mère alla chercher une chaise qu'elle plaça à côté de la mienne. Elle mit un couvert de plus.

— Il n'est pas question qu'on vous laisse partir sans dîner, dit-elle à Morelli.

— Ah bon, pourquoi ? dis-je.

Ma mère me donna un coup de cuillère en bois sur la caboche.

— Silence, miss Rabat-Joie.

Morelli se servit deux grosses tranches de pain de viande ainsi qu'une bonne ration de purée et de haricots verts. Il devisa aimablement avec ma mère et ma grand-mère et commenta quelques résultats sportifs avec mon père. Il semblait détendu et souriant, mais, par moments, je le surprenais en train de me regarder avec l'intensité faussement indifférente du caméléon pour un insecte à son goût.

— Alors, qu'est-ce qu'il y a entre vous et ma petite-fille ? lui demanda ma grand-mère. Comme vous êtes venu dîner, je suppose que c'est du sérieux.

— C'est très sérieux, répondit Morelli.

— Nous avons des rapports strictement professionnels, dis-je.

Morelli se carra dans sa chaise.

— Tu ne devrais pas raconter des salades à ta grand-mère. Tu sais bien que tu es folle de moi.

— Oh, écoutez ça, fit ma grand-mère apparemment sous le charme. C'est-y pas mignon !

Morelli se pencha vers moi et me glissa à l'oreille :

— En parlant de travail, j'aimerais te dire deux mots en privé. On pourrait faire une petite balade en voiture, toi et moi, après le dîner, hm ?

— Bien sûr. *Tu parles !*

J'aidai ma mère et ma grand-mère à débarrasser la table.

— Découpe le cake, dis-je à ma mère. Je vais faire le café.

Une fois seule dans la cuisine, je m'esquivai par la porte de derrière. Je n'avais nullement l'intention de faire une virée qui se terminerait par une fouille au corps complète — même si ce ne serait pas une première avec Morelli. Il m'avait soumise à cette procédure à divers âges et avec divers degrés de réussite. Le hic, c'est que je craignais que, cette fois, la fouille au corps soit effectuée par une gardienne de prison — une perspective encore moins alléchante que de tomber entre les pattes de Morelli.

Je traversai l'arrière-cour de mes parents, piquai un sprint et arrivai en claquant des dents chez Mary Lou, qui habitait à deux pâtés de maisons. Mary Lou est ma meilleure amie. Elle est mariée depuis six ans et plus ou moins heureuse en ménage avec Leonard Stankovic, de Stankovic & fils, plombiers-chauffagistes. Elle a deux enfants, une maison à crédit et un travail de comptable à mi-temps chez le concessionnaire Oldsmobile.

J'entrai sans frapper et déboulai au beau milieu de son salon en battant la semelle et en me frottant les bras pour me réchauffer.

— Il caille !

Mary Lou, à quatre pattes, ramassait des voitures et des personnages en plastique.

— Les manteaux ont fait leurs preuves, me dit-elle.

— J'étais chez mes parents. Morelli est venu. J'ai dû me sauver par la porte de derrière.

— Désolée, je ne marche pas. Si tu étais avec Morelli, il te manquerait autre chose que ton manteau.

— Je suis sérieuse. J'ai peur qu'il veuille m'arrêter.

Mikey, le petit dernier âgé de deux ans, arriva de la

cuisine d'une démarche encore mal assurée et s'accrocha à la jambe de sa mère. J'aime bien les gosses, mais de loin.

— Tu devrais arrêter de descendre des types, me dit Mary Lou. Si tu continues comme ça, les flics vont finir par voir rouge.

— Ce n'est pas moi qui l'ai tué cette fois.

Lenny et leur fils aîné, âgé de quatre ans, regardaient la télé — une rediffusion de *La Famille Adams.* Lenny est un type très bien mais qui a une fâcheuse tendance à souffler comme un bœuf. Lenny n'est pas un idiot congénital, mais disons qu'il n'a pas inventé l'eau sucrée.

Mary Lou laissa tomber voitures et personnages dans une corbeille à linge pleine de jouets, et le petit Mikey se mit à glapir en tendant les bras vers Dieu sait quoi. Il pleurait, la bouche grande ouverte, les yeux fermés, et, entre deux hoquets, hurlait :

— Non, non, nooooon !

Mary Lou sortit un cracker de sa poche et le lui donna.

Mikey l'enfourna dans sa bouche et continua à pleurer comme un veau en se frottant les yeux de ses menottes potelées. Du cracker mâché se mêla à ses larmes, à sa morve, se colla à ses cheveux.

— Il est fatigué, décréta Mary Lou.

J'ai bien raison, me dis-je. Les gosses, c'est pas mal, mais un hamster, c'est mieux.

— Je peux téléphoner à mes parents ? demandai-je.

Mary Lou essuya le visage de son fiston avec le pan de sa chemise.

— Oui, bien sûr, vas-y, me dit-elle.

Je les appelai de la cuisine en me bouchant l'oreille pour ne plus entendre le vacarme provenant du salon.

— Morelli est toujours là ? demandai-je à ma mère.

— Il vient de partir.

— Tu en es sûre ? Il ne rôde pas autour de la maison ?

— J'ai entendu sa voiture s'éloigner.

J'empruntai un sweat-shirt à Mary Lou et repartis chez mes parents au pas de course. Je coupai par l'arrière-cour et courus jusqu'au portail pour regarder la rue. Apparemment, pas de Morelli à l'horizon. J'entrai par la porte de la cuisine.

— Alors, fit ma mère, quelle mouche t'a piquée ?

— J'avais des raisons de partir comme ça, dis-je d'une voix geignarde. D'excellentes raisons.

— Lesquelles ?

— Morelli était venu pour m'arrêter... peut-être.

Ma mère vacilla.

— T'arrêter ? fit-elle.

— Il y a un tout petit risque que je sois accusée de meurtre.

Ma mère se signa.

Mamie Mazur ne parut pas particulièrement contrariée.

— Il y avait une femme, l'autre jour à la télé, qui racontait qu'elle avait été arrêtée avec de la drogue sur elle. Les policiers l'ont enfermée dans une petite cellule, et puis ils l'ont regardée sur une télévision en circuit fermé en attendant qu'elle aille aux toilettes. Elle disait qu'il y avait une chaise percée en acier inoxydable dans un coin juste au-dessous de la caméra, sans abattant, pour qu'ils aient une vue imprenable sur la chose.

J'eus une crampe d'estomac et des petits points noirs dansèrent devant mes yeux. Je me demandai si j'avais assez d'argent sur mon compte pour m'acheter un aller simple pour le Brésil.

— Et elle expliquait, poursuivit ma grand-mère avec un air finaud, que ce qu'il fallait faire avant d'être arrêtée, c'était boire beaucoup d'élixir parégorique, comme ça, avant que tu ailles faire caca, tu es déjà libérée sous caution.

Je m'assis et me pris ma tête dans les mains.

— Voilà ce que tu gagnes à travailler pour le neveu de ton père, décréta ma mère. Tu es intelligente. Tu pourrais faire un vrai métier. Institutrice, tiens !

Je revis le marmot de Mary Lou, le visage barbouillé de bouillie de cracker, et me dis que j'aimais encore mieux être chasseuse de primes.

— Il faut que je rentre, dis-je en enfilant mon blouson. J'ai beaucoup de travail demain. Il vaut mieux que je me couche tôt.

— Tiens, me dit ma mère en me tendant un sac en papier. C'est le pain de viande. Il en reste assez pour te faire un bon sandwich.

Je regardai à l'intérieur du sac. Pas de cake.

— Merci, dis-je.

— Accusée de meurtre ! s'écria ma mère. Mais comment est-ce possible !

Exactement la question que je me posais. Et que je continuai à me poser jusque chez moi sans pouvoir y répondre. Je n'étais pas une mauvaise fille. Je truandais un peu les impôts mais je payais à temps la plupart de mes factures. Je n'insultais pas les personnes âgées (du moins, pas en face). Je ne me droguais pas. Alors, pourquoi une telle déveine ?

J'engageai ma Grande Bleue sur le parking de chez moi. Il était tard. Les bonnes places étaient prises. Je me retrouvai de nouveau à côté du conteneur des poubelles. Au moins, je suis à l'abri d'un autre tireur fou, me dis-je. Je devrais peut-être me garer là tout le temps.

Je levai la tête vers les fenêtres de mon appartement et constatai que les lumières étaient allumées. Curieux, j'étais quasiment certaine d'avoir éteint en partant. Je descendis de voiture et, arrivée au milieu du parking, relevai la tête vers chez moi. Vraiment bizarre. Je devenais folle ou quoi ? Parano ? Ou les deux ?

Une silhouette traversa mon salon. Mon cœur cessa de battre. Il y avait quelqu'un chez moi. Bonne nouvelle : je n'étais pas folle. Restait quand même un problème. Je n'avais pas le cœur à mener moi-même ma petite enquête, avec le risque de me faire tirer dessus pour la troisième fois de la journée. La solution serait d'appeler la police, mais vu que j'étais à court d'élixir parégorique, ce n'était malheureusement pas une bonne solution.

La silhouette reparut.

Celle d'un homme.

Un homme qui s'approcha de ma fenêtre.

Un homme dont je pus voir le visage.

Un homme qui n'était autre que Joe Morelli.

Quel culot ! Il avait forcé ma porte ! Il mangeait quelque chose... et je soupçonnais fort que ce soit MA part de cake aux épices !

— Salaud ! hurlai-je. Ordure !

Il ne parut pas m'entendre. *Je parie qu'il regarde la télévision, en plus.*

Je fis le tour du parking et ne tardai pas à repérer son 4×4 noir. Je flanquai un bon coup de pied dans le pare-chocs arrière, ce qui déclencha l'alarme.

Des têtes apparurent aux fenêtres de plusieurs appartements. Mrs. Karwatt ouvrit la sienne et se pencha à l'extérieur.

— Qu'est-ce qui se passe ? cria-t-elle.

Le canon d'une carabine pointa à la fenêtre de chez Mr. Weinstein.

— C'est quelle alarme ? fit-il. Celle de ma Cadillac ?

La seule fenêtre où personne n'était apparu, c'était la mienne. *Sans doute parce que Morelli dévale les escaliers quatre à quatre.*

Je me mis à courir vers ma voiture, clef de contact en main.

— Écartez-vous de cette voiture ou je tire ! cria Mr. Weinstein.

— C'est maaaaaaa voiture ! lui criai-je.

— Tu parles ! fit Mr. Weinstein de derrière ses lunettes à triple foyer.

BOUM !

Le pare-brise de la voiture garée à côté de la mienne vola en éclats.

Je m'élançai vers la rue, traversai le terre-plein central au triple galop et fonçai vers les maisons d'en face. Je m'arrêtai et me retournai. Morelli allait et venait au pied de l'immeuble, plaqué contre la façade, et criait à Mr. Weinstein d'arrêter le tir. Apparemment, il n'osait pas s'aventurer sur le parking par crainte de se faire tirer comme un lapin.

Je me glissai dans l'ombre entre deux maisons, sautai par-dessus la palissade d'une arrière-cour et me retrouvai dans Elm Street que je traversai pour répéter la même opération et atterrir dans Hartland Street que je remontai au petit trot. Je traversai Hamilton Avenue et me plaquai contre le mur en brique d'une épicerie ouverte toute la nuit.

Joe Echo, l'ancien propriétaire, avait vendu son fonds de commerce en novembre à un Asiatique du nom de Sam Pei qui avait rebaptisé l'épicerie : « L'Amérique ». Je trouvais le nom particulièrement bien choisi. L'Amérique proposait tous les produits dont les Américains pouvaient avoir besoin, trois fois plus chers qu'ailleurs.

Je sortis mon bonnet de laine de ma poche et me l'enfonçai jusqu'aux oreilles. La batterie de mon téléphone portable était à plat. Je farfouillai dans mon sac en quête d'une pièce de vingt-cinq *cents,* finis par en trouver une et la glissai dans la fente à monnaie d'une cabine téléphonique.

Morelli décrocha à la quatrième sonnerie.

Je réussis à desserrer suffisamment les dents pour articuler quelques mots.

— Qu'est-ce que tu fous chez moi ?

— Je t'attends.

— Tu mangeais quoi au juste ?

— Du cake aux épices. Il en reste encore un peu, si tu te dépêches...

Je reposai le combiné.

J'achetai un Snickers chez Mr. Pei, que je mangeai en marchant. Sois réaliste, me dis-je. Morelli est nettement plus fort que toi au jeu du gendarme et du voleur. S'il avait voulu m'arrêter ou me passer à la question, il l'aurait fait depuis belle lurette. Alors, pourquoi me harcèle-t-il ? Que veut-il ? Des infos que je lui cacherais selon lui ? Peut-être croit-il pouvoir me tirer les vers du nez dans un cadre moins officiel qu'un poste de police ? Ou peut-être veut-il me menacer sans témoin ? Ou bien peut-être qu'il veut simplement me sauter ?

Je tournai dans Hartland Street et décidai que je devais aller lui parler. Il ne s'agissait plus seulement d'alpaguer un DDC. Mo n'avait toujours pas refait surface. Un homme avait été tué. J'avais reçu des menaces de mort, et en plus, j'avais caché certains détails à Morelli quand on m'avait interrogée au poste.

Quand je retraversai le parking de mon immeuble, tout semblait être rentré dans l'ordre. Il y avait toujours de la lumière chez moi. La voiture de Morelli n'avait pas bougé. Quelques personnes étaient rassemblées autour de la Chrysler que Mr. Weinstein avait prise pour cible. Le sniper de service était là, tenant une bâche et un rouleau de gros scotch.

— Sans moi, il volait la voiture, dit-il. Alors, qu'est-ce qu'il vaut mieux ? Une voiture volée ou un pare-brise cassé ? Je vous le demande !

— C'est sûr, dit Arty Boyt. Une chance que vous ayez eu votre arme à portée de main.

Tout le monde opina du bonnet. Oui, une chance, dirent-ils d'une seule voix.

Je me glissai dans mon immeuble, me dirigeai vers la cabine téléphonique au fond du petit hall d'entrée, y glissai une pièce et appelai chez moi.

— C'est re-moi, dis-je à Morelli.

— Tu es où ?

— Très loin.

— Menteuse.

J'entendais son sourire dans sa voix.

— Je t'ai vue traverser le parking, ajouta-t-il.

— Pourquoi tu me poursuis ?

— Il faut qu'on parle.

— Qu'on parle ? C'est tout ?

— Tu as envie d'autre chose ?

— Non, non...

On resta silencieux pendant un petit moment, envisageant « l'autre chose ».

— Bon, dis-je, tu veux qu'on parle de quoi ?

— De Mo, et pas par téléphone.

— Il paraît que certains ne seraient pas contre l'idée de m'arrêter.

— Exact. Mais je ne suis pas de ceux-là.

— J'ai ta parole ?

— Je ne t'arrêterai pas ce soir. Je ne peux t'en donner l'assurance à perpétuité.

Il attendait sur le seuil de chez moi quand l'ascenseur s'ouvrit.

— Tu as l'air frigorifiée et fatiguée.

— C'est épuisant d'éviter les balles. Je me demande comment vous arrivez à faire ça tous les jours, vous, les flics.

— Je suppose que tu fais allusion à Mr. Weinstein ?

— À lui et aux autres, dis-je en me débarrassant de

mon blouson et de mon sac. Tout le monde me tire dessus en ce moment.

Je me coupai une grosse tranche de cake aux épices et racontai à Morelli ma mésaventure avec Serpent à sonnette.

— Qu'en penses-tu ? lui demandai-je.

— J'en pense qu'on devrait faire passer un permis à ceux qui veulent devenir chasseurs, ou « chasseuses » de primes, comme tu dis. Et j'en pense que tu n'aurais pas ce permis.

— J'apprends sur le tas.

— Eh bien, espérons que tu ne vas pas te faire descendre avant que tu sois arrivée au terme de ta formation.

En temps ordinaire, je me serais sentie insultée par cette remarque, mais en fait, je n'étais pas loin de partager son opinion.

— C'est quoi le binz avec Oncle Mo ? demandai-je.

— Je ne sais pas. Au début, j'ai pensé qu'il était mort. Maintenant, je ne sais plus trop.

— Vous avez relevé des empreintes à la confiserie ?

— Les tiennes, celles de Mo, et celles d'Anders sur les poignées des portes de l'arrière-boutique. On ne s'est pas occupés de la salle, on y aurait trouvé les empreintes de la moitié des habitants du Bourg.

— Les voisins ont vu quelque chose ?

— Seulement la dame d'en face qui a vu le faisceau de ta torche électrique. D'autres questions ?

— Est-ce que tu sais qui a tué Anders ?

— Non. Et toi ?

— Non.

Je rinçai mon assiette, la mis dans le lave-vaisselle et me tournai vers Morelli qui me regardait, nonchalamment appuyé contre le comptoir de ma cuisine, bras croisés sur ses pectoraux.

— Comment Anders est-il entré dans la boutique ?

lui demandai-je. J'ai cru qu'il avait une clef, mais apparemment il n'arrivait pas à ouvrir. Alors, je me suis dit qu'il devait essayer de forcer la serrure.

— Il n'y a aucune trace d'effraction.

— Bon, on pourrait faire le point... officieusement ?

— J'allais te le proposer.

— Je ne parle pas au flic, là, hein, d'accord ?

— D'accord.

Je me servis un verre de lait.

— Pour le moment, je n'ai que des hypothèses et des points d'interrogation. Premièrement, il est possible que Mo connaissait Anders, étant donné qu'il fréquentait Stark Street. Peut-être que toute cette histoire a un rapport avec la drogue ? Peut-être que Mo allait dans Stark Street pour s'approvisionner ? Hé, peut-être qu'il en revendait ?... Quand tu étais à la brigade des mœurs, tu as entendu parler d'un éventuel trafic de drogue passant par chez Mo ?

— Tout le contraire. Mo est connu pour être un militant anti-drogue. Tout le monde sait ça.

— Militant au point de tuer un dealer ? demandai-je.

Morelli me décocha son regard « flic insondable ».

— Voilà qui serait inattendu, dit-il. Le gentil marchand de glaces bedonnant devenu justicier. La vengeance d'un petit commerçant.

Anders avait été abattu de deux balles dans le dos. Il avait un revolver sur lui que la police avait trouvé en retournant le corps, coincé sous la ceinture de son pantalon. Difficile pour le tueur de plaider la légitime défense.

— C'est tout ce qu'on a ? demandai-je à Morelli.

— Pour le moment.

Il enfila son Bomber.

— Prière de ne pas partir à l'étranger ces prochains jours, dit-il.

— Oh, moi qui avais déjà pris un billet pour Monaco !

Il me donna une pichenette sous le menton, me sourit et partit.

Je contemplai la porte close. Une pichenette sous le menton. Que devais-je en conclure ? Avant, il essayait de me fourrer sa langue au fond de la gorge. Ou, au mieux, il me faisait une proposition malhonnête. Une pichenette sous le menton... Bizarre. En y repensant, il se comportait en gentleman depuis qu'il m'avait livré la pizza.

Je fonçai devant le miroir. Mes cheveux étaient toujours écrasés sous mon bonnet. Pas vraiment sexy, mais ça n'avait jamais arrêté Morelli par le passé. J'ôtai mon couvre-chef et mes cheveux jaillirent... aïe !... une bonne chose que je ne l'aie pas retiré avant.

J'allai à la cuisine et appelai Ranger.

— Allô ? fit-il.

— Quelqu'un s'est vanté d'avoir tué Ronald Anders ?

— Personne ne se vante plus de rien, baby. Le calme règne dans les rues.

— Et la guerre des secteurs ?

— Je ne sais pas. Deux ou trois putes manquent à l'appel. Deux ou trois junkies sont morts. Y a un caïd qui fait du vide.

— Overdoses ?

— C'est ce qui est écrit sur les actes de décès.

— Tu n'y crois pas ?

— Je crois que tout ça n'est pas clair.

Je raccrochai. Une minute plus tard, mon téléphone sonnait.

— On a un problème, dit Lula.

— Lequel ?

— Jackie vient de m'appeler, je ne comprends rien à ce qu'elle raconte. Son mec l'a encore doublée, ou je ne sais quoi.

— Elle est où ?

— Toujours dans la cité des Pète-dans-la-Soie. Elle y est restée toute la journée et toute la nuit. Elle a l'air d'avoir pété les plombs. Je lui ai dit de pas bouger, qu'on allait arriver.

Un quart d'heure plus tard, je m'engageais sur le parking de la résidence RiverEdge. Le ciel était d'un noir épais au-dessus des flaques de lumière régulièrement espacées de l'éclairage de rue. La rivière n'étant pas loin, le brouillard givrant engluait les réverbères et les voitures.

Jackie, debout à côté de sa Chrysler, gesticulait en hurlant quelque chose à Lula qui lui répondait sur le même ton.

— Du calme ! criait Lula. Cool !

— Il est mort ! cria Jackie. Mort, mort, mort, mort. Mooooort ! Complètement mort. Quel salaud !

Je regardai Lula d'un air interrogateur. Elle me répondit par un haussement d'épaules.

— Je viens d'arriver, dit-elle. Elle ne fait que répéter que cet enfoiré est mort. Elle a peut-être sniffé trop de coke. Faudrait peut-être lui filer un truc pour la faire redescendre.

— Je suis pas défoncée, grognasse, s'emporta Jackie. Ça fait deux heures que je te dis qu'il est mort, et tu n'écoutes pas !

— Il est mort ici ? demandai-je en regardant autour de moi.

J'avais vraiment envie qu'elle me réponde non. J'avais déjà atteint mon quota de morts pour le millénaire.

— Tu vois le gros buisson à côté de la benne à ordures ?

— Oui.

— Tu vois pas le pied de ce connard qui dépasse ?

J'hallucine ! Elle a raison ! Il y a un pied qui dépasse du buisson.

— Merde, Jackie, dis-je. C'est pas toi qui l'as tué ?

— Non, c'est pas moi, c'est ce que je n'arrête pas de dire. Quelqu'un m'a doublée. Je suis restée plantée là à me les geler pour descendre ce salopard, et quelqu'un m'a prise de vitesse. C'est pas juste !

Jackie partit à fond de train vers le conteneur, Lula et moi sur les talons.

— J'ai voulu nettoyer la bagnole, expliqua-t-elle, alors je suis venue ici pour balancer des merdes, je les fous dans le conteneur, et je vois comme un reflet de lumière. J'y regarde de plus près, et je vois que c'est une montre. Et pire, je vois qu'elle est autour d'un poignet. Et alors, je me dis, putain, mais je la connais, cette montre, et je le connais, ce poignet. Alors, je farfouille un peu et regardez ce que je trouve. Regardez ce que je déterre de ce putain de conteneur.

Elle s'arrêta devant le buisson, se baissa, attrapa le pied et tira le corps d'un homme à découvert.

— Regardez ça, dit-elle. Il est mort. Et comme si ça suffisait pas, il est complètement gelé, l'enfoiré. Genre Findus. J'aurai même pas la chance de le voir pourrir.

Elle laissa retomber la jambe et flanqua un bon coup de pied dans la cage thoracique de Cameron.

Lula et moi fîmes un bond en arrière, le souffle coupé.

— Et c'est pas fini, dit Jackie. Je suis restée plantée là pour le buter, alors vous allez voir ce que je vais faire.

Elle ouvrit son manteau, sortit un Beretta 9 mm de la ceinture de son pantalon et vida la moitié de son chargeur dans le cadavre de Cameron Brown. Cameron tressauta à chaque impact, mais les balles n'eurent pour effet que de faire quelques trous supplémentaires dans diverses parties du corps.

— Tu es barje ? s'écria Lula. Il est mort ! Tu es en train de descendre un mort !

— C'est pas ma faute, geignit Jackie. J'aurais bien voulu le buter vivant, mais quelqu'un m'a doublée. Je me rattrape comme je peux !

— Tu as picolé, dit Lula.

— Encore heureux. Je serais morte de froid si j'avais pas bu un petit coup de temps en temps.

Jackie brandit son arme, prête à vider le restant de son chargeur dans le cadavre de son ex-amant.

— Attends, fit Lula. J'entends des sirènes de police.

On tendit l'oreille. Effectivement.

— Ils viennent par ici ! dit Lula. Tirons-nous d'ici !

On courut chacune à sa voiture, on démarra au même moment et on faillit s'emplafonner en sortant du parking.

7

On fonça jusqu'au parking de chez Dunkin, le vendeur de beignets, à moins d'un kilomètre de la résidence RiverEdge. On se gara côte à côte et on descendit de voiture pour tenir conseil.

— Je mangerais bien un beignet, dit Jackie. Un de ceux avec des petites paillettes de toutes les couleurs dessus, vous savez.

— C'est plutôt une beigne qu'il te faudrait ! cria Lula. Tu viens de canarder un mort. Tu es malade ou quoi ?

— J'ai le droit de tirer sur qui je veux, rétorqua Jackie en cherchant de la monnaie dans ses poches.

— Tss tss, fit Lula. Y a des lois. Faut respecter les morts.

— Ce mort-là, il ne méritait pas le respect. Il avait volé ma caisse.

— On a tous droit au respect une fois qu'on est mort, dit Lula. C'est comme ça.

— Qui a dit ça ?

— Dieu.

— Sans blague ? Ben Dieu, il devrait revoir ses lois, c'est moi qui te le dis.

— Ne parle pas de Dieu comme ça, pauvre pute !

s'écria Lula en roulant des yeux. Je vais pas rester là à écouter tes blasphèmes.

— Stop ! criai-je. Et pour les flics, qu'est-ce qu'on fait ?

— Qu'est-ce qu'ils ont, les flics ? fit Jackie.

— Il faut qu'on les appelle.

Jackie et Lula me regardèrent comme si j'étais une extraterrestre.

— Quelqu'un a tué Cameron Brown avant que Jackie le troue comme une passoire, leur rappelai-je. On ne peut pas le laisser comme ça, à côté d'une benne à ordures.

— T'en fais pas pour ça, me dit Lula. Ça grouille de flics là-bas. Ils vont s'occuper de lui.

— Oui, mais tirer sur un mort est un délit. Ce qui nous rend complices si on ne fait pas de déposition.

— Je vais pas voir les flics, dit Jackie. Pas question.

— Il le faut, insistai-je. C'est la meilleure solution.

— La pire, ouais !

— Steph a raison, dit Lula. C'est la coke et l'alcool qui te brouillent les idées et qui te font blasphémer. Il faut que tu fasses quelque chose... une cure de désintox. Soit tu vas en cure, soit on te dénonce aux flics. Pas vrai, Steph ?

— Ouais, fis-je. C'est ce qui t'attend si tu passes en jugement, de toute façon. Alors, la clinique de Perry Street est encore préférable à la prison.

Au début, ce furent de petits coups frappés à ma porte. Puis, comme je ne répondais pas, on frappa à coups redoublés. Je regardai par le judas et vis Morelli faire les cent pas dans le couloir en marmonnant dans sa barbe. Il s'arrêta devant ma porte et la martela de nouveau.

— Allez, Stéphanie, réveille-toi ! cria-t-il. Ouvre !

Il était huit heures et demie, j'étais debout depuis

une heure et j'étais fin prête. Si je n'ouvrais pas à Morelli, c'est tout simplement que je n'avais pas envie de lui parler. Je le soupçonnais de revenir de la résidence RiverEdge.

Je l'entendis tripatouiller ma serrure. Qui se débloqua. La porte s'ouvrit mais fut arrêtée par la chaîne de sécurité.

— Je sais que tu es là, dit Morelli. Je sens ton shampooing. Ouvre, ou je reviens avec une scie à métaux.

Je libérai la chaîne.

— Qu'est-ce qu'il y a encore ?

— On a retrouvé Cameron Brown.

J'écarquillai les yeux, feignant une surprise maximale.

— Non !

— Si. Congelé. Mort depuis plusieurs jours. Sur le parking de la résidence RiverEdge.

— Je vais prévenir Jackie.

— Ce qui est bizarre, c'est que l'assassin avait mis le corps dans la benne à ordures, puis quelqu'un est venu hier soir, l'en a ressorti et a vidé son chargeur dans le cadavre.

— Non !

— Si. Et le plus drôle, c'est que deux locataires de la résidence ont déclaré avoir entendu des femmes se disputer sur le parking, hier soir tard, puis plusieurs coups de feu. Et quand ils ont regardé par la fenêtre, devine ce qu'ils ont vu ?

— Quoi ?

— Trois bagnoles démarrer sur les chapeaux de roues. Dont une vieille Buick. Ils croient se souvenir qu'elle était bleue avec un toit blanc.

— Ils ont relevé le numéro ? Ils ont vu les femmes en question ?

— Non.

— Oh, ça c'est dur pour vous, les gars.

— Je ne sais pas pourquoi, j'ai pensé que tu pourrais peut-être me refiler un tuyau sur ce coup-là.

— Je parle au flic ce matin ?

— Oh, fais chier, change de disque.

— C'est interdit par la loi de tirer sur quelqu'un s'il est déjà mort ?

— OUI !

Je ne pus réprimer une petite grimace.

— C'est bien ce que je pensais, dis-je.

— Mais je suis sûr qu'il y avait des circonstances atténuantes ?

— Une femme bafouée.

— Cette femme va-t-elle daigner faire une déposition ?

— Elle va faire une cure de désintoxication.

— Je croyais que tu étais chasseuse de primes, pas assistante sociale.

— Je t'offre un café ?

Il fit non de la tête.

— J'ai de la paperasse qui m'attend. Et ensuite, une autopsie.

Il s'éloigna dans le couloir et s'engouffra dans l'ascenseur. Il faut que je sois idiote pour penser que je peux parler à Morelli officieusement, me dis-je. Les flics ne cessent jamais d'être flics. C'est sans doute le plus dur métier du monde. À Trenton, les flics ont tous plusieurs casquettes : médiateurs, travailleurs sociaux, gardiens de la paix, baby-sitters, garants de la sécurité publique. Ils gagnent un salaire de misère pour un job dangereux, épuisant, mal considéré. Leur budget est ridiculement bas et le pantalon de leur uniforme trop serré à l'entrejambe. Mais année après année, ils empêchent Trenton de sombrer.

Rex, dans sa boîte de conserve, à demi enterré sous des copeaux de bois, faisait sa sieste du matin. Je cassai une noix et la laissai tomber dans sa cage. Au bout de quelques secondes, les copeaux remuèrent, Rex sortit à reculons, s'empara de la moitié de la noix et la porta dans sa boîte de conserve. J'attendis quelques minutes. Plus rien ne se produisit. Fin du show.

Je passai en revue le contenu de mon sac pour être sûre que j'avais tout mon attirail de guerre : bip, mouchoirs en papier, laque, torche électrique, menottes, rouge à lèvres, pistolet, téléphone portable, boîtier paralysant, brosse à cheveux, chewing-gums, lime à ongles. *Qui a dit que je ne suis pas faite pour être chasseuse de primes ? Hein ?*

Je pris mes clefs et enfilai mon blouson. Première étape : passer à l'agence. Je voulais m'assurer que Jackie respectait sa part du contrat.

Le ciel était bas et lourd au-dessus du parking. Il faisait un froid de canard. Je me glissai au volant, vérifiai ma visibilité par la vitre et décidai que ça irait si je ne roulais pas trop vite. La Chrysler de Jackie était garée devant l'agence. Je me mis juste derrière et me hâtai de rentrer. Jackie faisait les cent pas devant le bureau de Connie.

— Je ne vois pas pourquoi je devrais faire ça, disait-elle. C'est pas que je ne peux pas me contrôler, c'est pas que je ne peux pas arrêter si je voulais, c'est que j'aime bien en prendre de temps en temps. Où est le problème ?

— Je n'en prends pas, dit Connie.

— Moi non plus, dit Lula.

— Ni moi, dis-je.

— Tu seras heureuse une fois que tu auras décroché, ajouta Lula.

— Ah ouais ? Je suis heureuse, moi. Je suis tellement heureuse que j'ai du mal à le supporter. Des fois, ça me fait triper.

— Si on ne chope pas Mo d'ici cinq jours, on perd la caution, me dit Connie.

Je pris le dossier sur son bureau et le feuilletai une nouvelle fois, m'arrêtant sur la photographie. Jackie la regarda par-dessus mon épaule.

— Hé, mais c'est Pinoc', fit-elle. Tu le cherches ? Je viens de le voir.

On se tourna toutes vers elle.

— Ah ouais... ouais, ouais, c'est bien lui, dit-elle en faisant glisser un interminable faux ongle rouge sang sur la photo. Il a une Honda bleue, comme bagnole. Je l'ai vu sortir de l'immeuble à côté de la mission, dans Montgomery Street.

Lula et moi, on se regarda, estomaquées.

— Il était seul ? demandai-je à Jackie.

— J'ai pas fait attention. J'ai vu personne d'autre.

— Je vais conduire Jackie à la clinique de Perry Street, dit Lula. L'aider à commencer.

Le problème de cette clinique, c'est qu'elle regorge de camés. Du coup, la rue regorge de dealers. En allant chercher leur dose quotidienne de méthadone, les accros doivent traverser un véritable supermarché spécialisé dans les substances illicites. L'endroit où l'on peut être sûr de trouver de la drogue dans n'importe quelle ville, c'est aux abords des centres de désintoxication.

Lula accompagnait Jackie non pour l'aider à démarrer sa cure, mais pour s'assurer qu'elle ne ferait pas une overdose avant d'avoir eu le temps de remplir sa fiche d'admission.

Lula et Jackie me suivirent jusque chez mes parents et attendirent que j'aie garé la Buick dans l'allée. Puis elles me déposèrent au garage Nissan.

— Les laisse pas t'embobiner avec le pick-up, hein, me fit Lula. Tu fais un essai de conduite, et tu leur dis que tu vas leur enfoncer la jauge à huile dans l'cul s'il est pas réparé.

— Ne t'en fais pas, je ne compte pas me faire avoir.

Je leur fis au revoir de la main et partis en quête du patron du garage.

— Alors ? lui demandai-je. Vous avez pu réparer le pick-up ?

— Il est de nouveau flambant neuf.

— Super, dis-je, soulagée de ne pas avoir à faire de « jauge-fucking ».

Jackie prétendait avoir vu Mo dans Montgomery Street, une rue située au sud-est du Bourg — un quartier commerçant qui s'échinait à rester prospère. Pas une piste en béton, mais toujours mieux que rien, me dis-je. Ça mérite d'aller y voir de plus près.

Je fis le tour du pâté de maisons, à l'affût d'une Honda bleue. Je n'en vis aucune. L'immeuble en question avait un parking souterrain. Il fallait une carte magnétique pour y accéder. Pas de problème. J'allais me garer et descendre dans le parking à pied.

Mon plan était de visiter le parking, de vérifier les noms sur les boîtes aux lettres, puis de rester un moment en planque dans mon pick-up.

Il y avait soixante-douze boîtes aux lettres. Aucune au nom de Moïse Bedemier. Le parking était aux deux tiers vide. Je vis deux Honda bleues, mais pas la bonne.

Je retournai m'asseoir dans mon pick-up et regardai passer les piétons et les automobilistes. Personne que je connaisse.

À une heure, j'allai manger un sandwich chez Sal.

À quatre heures, je descendis de mon pick-up et allai me poster dans l'entrée de l'immeuble pour montrer la photo de Mo aux locataires.

À sept heures, j'étais à court de locataires et d'idées. Et personne n'avait reconnu Mo.

À huit heures, je décidai de plier bagage. J'avais froid. J'avais faim. Je débordais d'énergie contenue. Je rentrai au Bourg et pris la direction de la pizzeria Pino.

Là, je me plantai au bar et me tapai une bière pression, un sandwich poulet/frites, une pizza au pepperoni. L'échec m'ouvre toujours l'appétit.

La pizzeria Pino est le lieu de rendez-vous des flics de Trenton. Un, parce que la moitié d'entre eux habitent au Bourg; deux, parce que la pizzeria est très bien placée; trois, parce que deux des fils du gérant sont flics et que les flics sont solidaires; quatre, parce que les pizzas sont hyperbonnes.

Je vis Morelli à l'autre bout du bar. Il me regarda, mais ne fit pas mine de me rejoindre. Quand mes plats arrivèrent, il vint s'asseoir sur le tabouret à côté du mien.

— Laisse-moi deviner, dit-il en inspectant le contenu de mes assiettes. Tu as passé une mauvaise journée.

« Couci-couça », lui répondis-je en langage des signes.

Il avait une barbe de deux jours, si ce n'est trois. Malgré l'obscurité de la salle, je voyais le faisceau de fines rides qui apparaissent toujours au coin de ses yeux quand il est fatigué. Il s'accouda au comptoir et piocha dans mes frites.

— Si tu avais une vie sexuelle digne de ce nom, tu n'aurais pas besoin de compenser comme ça, me dit-il avec un grand sourire.

— Ma vie sexuelle va très bien, merci.

— Ouais. Mais... c'est bien aussi d'avoir un partenaire de temps en temps.

— Et à part ça, l'autopsie était intéressante? dis-je en tirant mes frites hors de sa portée.

— Repoussée à demain matin. Le toubib espère que Cameron Brown aura dégelé d'ici là.

— Tu connais la cause du décès? Le calibre de la balle qui l'a tué?

— On ne saura ça que demain. Pourquoi tant d'intérêt?

— Simple curiosité de ma part, répondis-je en avalant une bouchée de sandwich au poulet que je fis descendre avec une gorgée de bière. Ça ne fait que le deuxième trafiquant de drogue assassiné sur lequel je tombe depuis que je recherche Mo. De là à penser que ces meurtres sont liés...

— Tes copines et toi, vous ne l'avez pas descendu ?

— Non !

Il se leva, me tira gentiment les cheveux, s'éloigna, prit son Bomber suspendu près de la porte et partit.

Je le regardai, abasourdie. *D'abord, une pichenette sous le menton, et maintenant, il me tire les cheveux !*

Je me résignai à partir de la pizzeria à neuf heures et demie, broyant du noir. Je m'assis au volant et mis le contact. Le moteur tourna, tourna... et cala.

— Merde !

Mes parents habitaient à trois rues de là. Je jouai de l'embrayage en virtuose pendant tout le trajet et ce fut avec soulagement que je pus garer cette bagnole pourrie contre le trottoir en face de chez eux.

La Buick, garée dans l'allée, semblait me regarder d'un air narquois. Ça n'a jamais aucun problème de moteur, les Buick !

La sonnerie du téléphone me tira d'un sommeil de plomb. Le réveil à affichage numérique posé sur la table de chevet indiquait deux heures du matin.

— Salut, fit une voix de jeune fille. C'est Gillian.

Gillian ? Connais pas.

— Erreur de numéro, articulai-je.

— Je ne suis pas chez Stéphanie Plum ?

Je me redressai sur un coude.

— Si, c'est moi.

— Je suis Gillian Wurtzer. Vous m'avez donné votre carte et vous m'avez dit de vous appeler si je voyais Oncle Mo.

Oh, Gillian, l'ado qui habite en face de la confiserie !

— Mon petit ami est venu ce soir, dit-elle en gloussant. Pour m'aider à faire mes devoirs. Il vient de partir. Et pendant qu'on se disait au revoir, j'ai remarqué qu'il y avait de la lumière chez Mo. À mon avis, c'était celle de l'arrière-boutique. Et j'ai vu quelqu'un à l'intérieur. Je peux pas vous dire à coup sûr que c'était Mo, mais j'ai pensé qu'il valait mieux vous appeler.

— Il y a toujours de la lumière ?

— Oui.

— Je suis là dans dix minutes. Continuez de surveiller, mais ne sortez pas de chez vous. J'arrive.

Je portais une chemise de nuit rouge en flanelle et une paire de grosses chaussettes. Je sautai dans un jean, chaussai mes Doc Martens, pris mon blouson, mon sac et fonçai dans le couloir en appelant Ranger sur mon portable.

Le temps d'arriver à ma Buick, je lui avais expliqué de quoi il retournait. Il bruinait. Il avait gelé. Toutes les voitures étaient recouvertes de givre. Un air de déjà vu.

Je sautai en voiture, démarrai et roulai le nez collé au pare-brise.

Ne pars pas avant que j'arrive, ne pars pas avant que j'arrive, ne pars pas avant que j'arrive...

J'avais vraiment envie d'arrêter Mo. Non par appât du gain, mais par curiosité. Je voulais savoir ce qui se passait. Je voulais savoir qui avait tué Ronald Anders. Et pourquoi.

Le calme régnait dans le Bourg à cette heure de la nuit. Les maisons étaient plongées dans l'obscurité. Les rues, désertes. Les réverbères, flous sous la pluie. Je roulai au pas devant la boutique de Mo. Il y avait de la lumière dans l'arrière-boutique, comme Gillian me l'avait dit. Aucun signe de Ranger. Pas de Honda bleue garée à proximité. Personne à l'horizon. Je tournai dans King Street et m'engageai dans la ruelle qui menait au garage de Mo. Toujours ouvert. Je vis une voiture à l'intérieur. Une Honda.

Je coupai mes phares et me garai devant l'entrée de façon à empêcher la Honda de sortir. Je restai immobile un moment, ma vitre entrouverte, aux aguets. Je descendis de voiture sans faire de bruit, rejoignis King Street par la ruelle, puis Ferris Street. Je me postai dans un coin d'ombre pour attendre Ranger, attendre que la lumière s'éteigne dans la boutique, attendre que quelqu'un en sorte.

Je regardai l'heure à ma montre. Si, dans trois minutes, Ranger n'est pas là, me dis-je, je vais me poster à la porte de derrière. J'avais mon revolver dans une poche, ma bombe lacrymo dans l'autre.

Les phares d'une voiture trouèrent la nuit dans King Street. Au moment où elle s'engageait dans Ferris Street, la lumière s'éteignit dans la boutique. Je piquai un sprint vers la BMW de Ranger et arrivai à sa hauteur au moment où il la garait en douceur au bord du trottoir.

— La lumière vient de s'éteindre, soufflai-je à Ranger. Sa voiture est dans son garage. Il va sortir par-derrière.

Ranger était en noir de la tête aux pieds. Jean noir. Chemise noire. Gilet noir avec les mots « AGENT D'APPRÉHENSION » écrits en lettres jaunes dans le dos. Ses cheveux noirs étaient lissés en arrière et coiffés en catogan, comme d'habitude. Il mit le pied sur le trottoir, arme à la main. S'il en avait après moi, je ferais dans ma culotte illico.

— Je prends l'arrière, dit-il en s'éloignant. Tu couvres côté rue.

Pas de problème. J'adore jouer les utilités.

Je filai me poster d'un côté de la porte de la boutique, me plaquant contre la façade. J'avais une bonne visibilité sur la salle, et j'étais bien placée pour choper Oncle Mo s'il déboulait dans Ferris Street.

Un chien aboya au loin, seul bruit dans le quartier endormi. Ranger devait être arrivé à la porte de derrière, mais je n'entendais aucun écho d'arrestation. J'étais tendue, dans l'expectative. Plusieurs minutes s'écoulèrent. Soudain, la boutique fut inondée de lumière. Je penchai la tête vers la vitrine et regardai à l'intérieur. Je vis Ranger dans le couloir du fond. Personne d'autre.

Il ouvrait les portes de l'arrière-boutique, tout comme moi quelques jours plus tôt. Il cherchait Mo, et mon intuition me disait qu'il n'allait pas le trouver. Mo s'était sauvé. Et c'était entièrement ma faute. J'aurais dû agir plus tôt, sans attendre Ranger.

Un bruit de respiration haletante me fit me retourner brusquement et je faillis me cogner à Mo. Son visage était dans l'ombre, mais je voyais tout de même qu'il était de fort méchante humeur.

— Tu m'empêches de sortir ma voiture, me dit-il. Et maintenant, ton factotum furète dans ma boutique. Si tu continues comme ça, tu vas tout gâcher !

— Vous ne vous êtes pas présenté au tribunal ! Je ne sais pas pourquoi, mais je peux vous dire que ce n'est pas une bonne idée. Venez avec moi au commissariat pour convenir d'une nouvelle date de comparution.

— Je ne suis pas encore prêt. C'est trop tôt. Vois ça avec mon avocat.

— Vous avez un avocat ?

— Oui.

Son regard se fixa sur la BMW de Ranger dont la portière ouverte offrait une vue imprenable sur... la clef de contact.

— Oh, ça fera l'affaire, dit-il.

— Mauvaise idée.

— On dirait la Batmobile, dit-il avec un sourire amusé.

— Batman ne roule pas en BMW. Et je ne peux pas vous laisser partir. Vous allez devoir me suivre.

Mo tenait un sac en plastique dans une main et une mégabombe lacrymogène dans l'autre. Il se rembrunit et me visa avec sa bombe.

— Ne m'oblige pas à m'en servir, me menaça-t-il.

J'avais vu des gens recevoir du gaz lacrymo à bout portant. Je préférais éviter.

— C'est Bond qui a une BM, dis-je. Bonne route.

— Oh, ouais, Bond. James Bond.

Il sauta dans la voiture, mit le contact et fila.

Ranger déboula au coin de l'immeuble et se figea au beau milieu de la chaussée, regardant les feux arrière de sa BMW s'éloigner dans la nuit.

— Mo ? demanda-t-il.

Je confirmai d'un « oui » de la tête.

— Je suppose que tu avais une bonne raison de ne pas l'empêcher de partir.

— Sa bombe lacrymo est trois fois plus grosse que la mienne.

On demeura immobiles un moment, scrutant la nuit, mais la voiture de Ranger ne réapparut pas.

— Je vais être obligé de le tuer, déclara Ranger, l'air de rien.

Je n'étais pas sûre que ce soit une plaisanterie.

Un jour, je lui avais demandé comment il pouvait se payer des voitures aussi chères. Il m'avait répondu qu'il avait fait de très bons placements. Je n'étais pas certaine d'avoir compris ce qu'il entendait par là. Un portefeuille d'actions, ça me semblait un peu « soft » pour Ranger. Je pencherais plutôt pour des ventes d'armes à des trafiquants étrangers.

— Tu as trouvé quelque chose dans la boutique ? lui demandai-je. Un cadavre, par exemple ?

— Rien. Il a dû te voir dans la rue. Il est sorti sans même prendre le temps de fermer la porte de service à clef.

Tandis qu'on se dirigeait vers ma voiture, je le mis au courant pour Cameron Brown, et lui racontai que Jackie avait vu Mo sortir d'un immeuble de Montgomery Street devant lequel j'étais restée en planque pour rien.

Ranger regarda mes cheveux en désordre, avisa ma chemise de nuit sous mon blouson.

— Tu joues à quoi, là ? fit-il.

— J'étais pressée.

— Tu vas tailler une mauvaise réputation aux chasseurs de primes si tu continues à sortir comme ça.

J'ouvris la portière passager pour Ranger, m'installai au volant et mis le contact.

— Je te dépose où ?

— Montgomery Street.

Entièrement d'accord avec lui. La BMW s'était éloignée vers le sud-est. Vers Montgomery Street.

— Personne, me dit Ranger après avoir fait le tour du parking souterrain.

— On attend ?

— Baby, avec cette bagnole, on ne peut pas dire qu'on passerait inaperçus.

Pas de problème. J'étais morte de froid et de fatigue. J'avais envie de rentrer chez moi, de me mettre sous ma couette et de dormir jusqu'en juillet.

— Bon, qu'est-ce qu'on fait ? demandai-je.

— Tu peux me déposer au coin de la Douzième Rue et de Major Avenue.

Personne ne sait où Ranger habite. J'avais déjà demandé à Norma de faire une recherche à partir de ses plaques minéralogiques, mais la seule adresse qu'elle avait trouvée était celle d'un terrain vague.

— Tu ne vas pas vraiment le tuer, hein ? demandai-je.

— Il a volé ma BMW, il mérite la mort.

— C'est Oncle Mo.

— C'est un barje.

— Ouais, mais c'est le mien. Je te serais reconnaissante de ne pas le tuer avant que j'aie eu le temps de le coincer et de lui faire préciser deux ou trois points de détail. Qui a tué Ronald Anders, entre autres choses.

— Déontologie oblige.

— Merci.

— Tu as des indices ?

— Non.

— On va travailler tous les deux sur ce coup. Je passe te chercher tout à l'heure à cinq heures.

— Du matin ?

— Ça te pose un problème ?

— Non, pourquoi ?

Trenton n'est pas une ville rassurante à trois heures du matin. Elle semble à l'abandon. La vie paraît s'être repliée derrière des vitres noires et des murs couverts de tags. Même les noctambules habituels, les ivrognes et les bandes d'ados sont rentrés se coucher, laissant les flaques de lumière à quelques pigeons insomniaques qui picorent sur les trottoirs.

Qui croise-t-on dans les rues à une heure pareille ? Des flics, des ouvriers postés, des mauvais garçons, des chasseurs de primes.

Je garai la Buick sur le parking et coupai le moteur.

Au moment où je m'éloignais de la voiture, j'entendis une portière s'ouvrir et se refermer derrière moi. Mon cœur s'emballa. Je regardai l'entrée de l'immeuble et vis deux silhouettes surgir de l'ombre. J'avais toujours mon revolver dans ma poche. Je le sortis et fis volte-face en le tenant à bout de bras. Je faillis en donner un grand coup dans le nez d'un petit gars maigrelet.

Il fit un bond en arrière, mains en l'air.

— Du calme, dit-il.

Du coin de l'œil, je vis que les deux autres s'étaient arrêtés et avaient, eux aussi, levé les mains en l'air. Le trio portait des cagoules et des bleus de travail par-dessus des vêtements de ville.

— Qui êtes-vous ? demandai-je. Qu'est-ce que vous me voulez ?

— On est des citoyens inquiets, me répondit le gringalet. On ne te veut pas de mal, mais si tu continues à tracasser Mo, on va devoir prendre des dispositions.

Il sortit une enveloppe de la poche poitrine de son bleu.

— Tu es une femme d'affaires, on comprend ça. On te propose un marché. L'argent qui est dans cette enveloppe correspond à la commission que tu toucherais si tu ramenais Mo à Vinnie, plus une prime de deux cents dollars. Prends ça et paye-toi un billet d'avion pour la Barbade.

— Un, je ne veux pas de votre argent. Deux, je veux que vous répondiez à certaines questions.

Le gringalet fit un signe du bras, la voiture derrière lui s'avança, les phares s'allumèrent et la portière arrière s'ouvrit.

— Si vous montez dans cette voiture, je tire, lui dis-je.

— Je n'ai pas d'arme. Tu ne vas quand même pas tirer sur un homme sans défense.

Il avait raison. De toute façon, je n'avais pas eu l'intention de mettre ma menace à exécution, alors...

J'avais réglé mon réveil sur 4 :55. Je ne m'étais pas accordé le temps de prendre une douche. Je me brossai les dents, enfilai les vêtements qui traînaient par terre et descendis au radar.

Ranger m'attendait au parking. Il sortit une feuille de papier pliée en quatre de la poche de son blouson et me la tendit.

— Liste des locataires de l'immeuble de Montgomery Street, m'annonça-t-il. Il y a un nom qui te dit quelque chose ?

Je ne lui demandai pas comment il avait obtenu cette liste. Je n'avais pas envie de connaître les dessous de ses connections. J'avais idée que ses méthodes d'obtention de renseignements comprenaient parfois des bris d'os et des trous laissés par des balles de petit calibre.

— Non, lui répondis-je en lui rendant la liste.

— Dans ce cas, on va faire du porte à porte à partir de neuf heures.

Génial !

— Entre-temps, on va surveiller l'entrée et le parking.

Son idée était qu'il se poste dans le hall d'entrée et moi dans le garage, près des ascenseurs, et qu'on interroge les locataires quand ils partiraient travailler. À neuf heures, étant bredouilles, on décida de passer à la phase « porte à porte ».

Les trois premiers étages furent un bide complet.

— On perd notre temps, dis-je à Ranger. On a parlé à des tas de gens et on n'a rien à se mettre sous la dent.

— Les gens ne s'occupent pas de leurs voisins, dit Ranger en haussant les épaules. Surtout dans un immeuble comme celui-là. Ils n'ont pas le sens de la communauté. Et il y a une autre raison pour laquelle personne ne l'aurait vu.

— Que Jackie se soit trompée.

— On ne peut pas dire que ce soit un témoin sûr.

On monta au quatrième, on frappa aux portes, on

montra la photo de Mo. Au troisième appartement, on décrocha le jackpot.

La femme qui nous ouvrit avait une soixantaine d'années et était joliment vêtue.

— Je l'ai vu ici, dit-elle en examinant la photographie. Mais je ne sais plus... ah ! si, attendez, je crois bien qu'il était avec Stanley Larkin. Oui, oui, oui.

— Larkin habite à cet étage ? demandai-je.

— Deuxième porte de ce côté, la numéro 511. Vous... vous dites que vous êtes des agents d'appréhension. Ça veut dire quoi, au juste ?

Je lui servis la version minimale — la non-réponse à la convocation du tribunal — et elle parut satisfaite.

Ranger frappa chez Larkin et on s'aplatit contre le mur de chaque côté de la porte pour qu'il ne puisse pas nous voir par le judas.

Quelques instants plus tard, il ouvrait.

— Ouais ? Qu'est-ce que c'est ?

Ranger lui brandit son badge sous le nez.

— Agence de cautionnement. On peut entrer pour vous poser quelques questions ?

— Je ne crois pas, non, fit Larkin. C'est à quel sujet ?

Larkin avait dans les soixante-dix ans, grand, cheveux blond-roux. Clairsemés.

— Ça ne sera pas long, dit Ranger en le poussant gentiment par le coude vers l'intérieur de son appartement.

J'en profitai pour entrer chez lui et jeter un coup d'œil. Petit appartement. Beaucoup de meubles. Moquette vert olive. Doubles rideaux sortis tout droit des années soixante-dix. Je voyais la cuisine de là où je me trouvais. Un verre à orangeade et un bol dans l'évier. Une tasse de café et un journal sur la table.

Ranger montra la photo de Mo à Larkin en lui demandant s'il le connaissait. Larkin secoua la tête.

— Non, dit-il. Je ne le connais pas. Mrs. Greer se trompe. J'ai des amis de mon âge. De loin, elle a dû confondre.

J'entrai mine de rien dans la chambre. Lit une place. Fait au carré et recouvert d'un dessus-de-lit vert foncé. Quelques photographies sous verre posées sur la commode. Radio-réveil sur la table de chevet.

Ranger donna sa carte à Larkin.

— Au cas où. Si vous le voyez, appelez-moi.

— Je n'y manquerai pas.

— Qu'en dis-tu ? demandai-je à Ranger une fois dans le couloir.

— J'en dis qu'il faut interroger tous les locataires. Si personne d'autre n'a vu Mo avec Larkin, je pencherais pour laisser tomber. J'ai pas eu l'impression que Larkin avait quelque chose à cacher.

8

On regagna le Bronco.

— Fausse alerte, dis-je.

Ranger garda le silence.

— Désolée pour la voiture.

— C'est qu'une bagnole, baby. Je peux en avoir une autre.

Je notai que Ranger avait dit qu'il pouvait en « avoir », et non pas en « acheter », une autre.

— On reste en planque devant l'immeuble ? lui demandai-je.

Ranger regarda la rue.

— On peut toujours... un petit moment.

On se carra dans nos sièges qu'on recula pour être plus à l'aise. Ranger ne disait jamais rien quand on faisait une planque. Il avait à peine plus de conversation que Rex. Ça me convenait très bien. Je réfléchis à toute cette histoire.

Je trouvais curieux que Mo soit revenu à la boutique. Pourquoi avait-il pris ce risque ? Mo tenait un sac en plastique à la main. Que contenait-il ? Des vêtements de rechange ? Des esquimaux ? Il dégageait une vague odeur de pourri, de sueur. Il était sale. Soit il avait travaillé au jardin, soit il vivait dans la rue.

À midi, Ranger alla nous acheter à boire et à manger chez Sal.

— Bedemier doit bien crécher quelque part, dit Ranger. Tu as vérifié s'il avait un autre appart' ?

— C'est ce que j'ai fait en premier. Un coup pour rien.

— Tu as écumé les motels ?

Je le regardai, yeux écarquillés, bouche bée. Merde ! Je n'y avais même pas pensé.

— Ça passerait le temps, dit-il.

Humour de Ranger.

— Peut-être que Mo vit dans la rue, dis-je. La dernière fois que je l'ai vu, il sentait l'égout.

— Je nous vois mal faire la tournée des égouts. Je préfère les motels.

— Comment on s'y prend ?

Ranger sortit de sa poche des pages jaunes arrachées à un annuaire.

— Tu fais la première moitié de l'alphabet, je fais le reste. Tu montres la photo, tu demandes s'ils ont vu la BMW. Et si tu le trouves, tu ne fais rien. Tu m'appelles.

— Et si ça ne donne rien ?

— On élargira notre zone de recherches.

Une demi-heure plus tard, j'étais au volant de ma Buick. J'avais numéroté les motels en fonction de leur emplacement. Je commencerais par les plus proches et m'éloignerais vers Bordentown au fur et à mesure.

À cinq heures, j'avais fait deux fois le plein d'essence et visité les motels de A à J.

Comme je n'avais pas envie de jouer au gibier l'estomac vide, je fis un détour par chez mes parents.

Ma mère sortit sur le perron pendant que je me garais au bord du trottoir.

— Quelle bonne surprise ! dit-elle. Tu restes dîner ?

J'ai fait du jambon cuit et un pudding au caramel pour le dessert.

— Tu as mis de l'ananas et des clous de girofle dans le jambon ? Tu as fait de la purée ?

Mon portable, accroché à ma ceinture, sonna ; c'était Ranger.

— Tu parles à qui ? voulut savoir ma grand-mère.

— À Ranger.

Elle fit des yeux ronds comme des soucoupes.

— Le chasseur de primes ? s'écria-t-elle. Qu'est-ce qu'il veut ?

— Faire le point sur une enquête. Rien d'important.

— Dis-lui donc de venir dîner.

Je posai le combiné sur ma poitrine.

— Je ne crois pas que ce soit une bonne idée. Et de toute façon, il est pris.

— Et il est trop occupé pour venir dîner ? dit ma mère, un brin offusquée. Et puis quoi encore ? Un homme doit manger. Dis-lui que je mets son couvert.

— Ma mère met ton couvert, dis-je à Ranger.

Il y eut un long moment de silence à l'autre bout du fil.

— Que se passe-t-il si je ne viens pas ? me demanda Ranger.

— Je préfère ne pas te le dire.

— Merde.

Mon père est un âpre défenseur de l'égalité des chances. Il ne priverait aucun homme de ses droits. Et la haine, il ne connaît pas. Il sait seulement au fond de son âme que les Italiens sont des êtres supérieurs, que c'est Dieu qui a créé les stéréotypes et que tout automobiliste digne de ce nom conduit une Buick.

Il dévisageait Ranger avec l'ahurissement de quelqu'un dont la maison viendrait d'être bombardée sans raison.

Ranger était dans son trip « black » ce soir-là. Un double anneau d'or pendait à chacune de ses oreilles; son T-shirt noir moulait ses biceps et ses pectoraux; il portait une montre de plongée au bracelet noir et un pantalon de treillis noir enfoncé dans des Rangers noires. Il arborait au cou assez de chaînes en or pour payer une caution pour meurtre avec préméditation.

— Prenez du jambon, lui dit ma grand-mère en lui tendant le plat. Vous êtes de race noire?

Ranger ne cilla pas.

— Je suis cubain.

Ma grand-mère parut déçue.

— Dommage, dit-elle. Je leur en aurais bouché un coin, aux copines, chez l'esthéticienne, si je leur avais dit qu'on avait eu un Noir à dîner à la maison.

Ranger sourit en prenant une bouchée de purée.

Ça fait belle lurette que j'ai décidé de ne plus être gênée pour ma famille. Autre avantage d'habiter dans le New Jersey : on peut faire des gaffes sans que cela déteigne sur ses proches. En fait, gaffer est presque une condition requise pour vivre dans le New Jersey.

Je voyais que ma mère faisait des efforts désespérés pour trouver un sujet de conversation sans risque.

— Ranger..., dit-elle. Ce n'est pas courant comme nom. C'est un surnom?

— Un nom de guerre, pour la rue, répondit Ranger. J'étais ranger dans l'armée.

— Oh, fit ma grand-mère. J'ai vu un reportage sur eux l'autre jour, à la télé. Il paraît qu'ils font ça avec des chèvres.

Mon père s'étrangla avec un bout de jambon. Ma mère se figea, fourchette en l'air.

— C'est de la légende, expliquai-je à ma grand-mère. Ça ne se passe pas dans la vie réelle.

Je me tournai vers Ranger en quête d'une confirmation. Il se fendit d'un autre sourire.

J'aidai ma mère à débarrasser la table et raccompagnai Ranger à la porte. Son téléphone portable sonna. La conversation fut brève.

— On me signale un DDC dans un bar de Stark Street, me dit-il. Tu m'accompagnes ?

Une demi-heure plus tard, on se garait devant chez Ed, un bar standard de Stark Street : une petite salle avec deux ou trois tables en formica au plateau écaillé ; le comptoir au fond. L'atmosphère était confinée et enfumée. Ça sentait la bière, la sueur et la frite. Les tables étaient inoccupées. Une poignée d'hommes étaient installés au bar, ignorant les trois tabourets. Ils tournèrent tous les yeux vers nous quand on franchit la porte.

Le barman fit un signe de tête imperceptible. Son regard glissa jusqu'à un renfoncement à un bout du bar où une plaque métallique écornée indiquait « TOILETTES ».

— Reste ici et couvre la sortie, me souffla Ranger à l'oreille.

Pardon ? Couvrir la sortie ? Moi ? Je fis coucou aux hommes plantés au bar en remuant le petit doigt. Aucun d'eux ne daigna me répondre. Je sortis mon .38 de ma poche et le coinçai sous la ceinture de mon jean. Pas plus de réaction.

Ranger disparut dans le renfoncement. Je l'entendis frapper à une porte. Il recommença, plus fort. Je l'entendis tourner la poignée de la porte, puis frapper de nouveau, puis défoncer la porte à coups de pied.

Ranger jaillit dans la salle.

— Il a filé par la fenêtre qui donne sur la ruelle.

Je le suivis à l'extérieur. On s'arrêta un millième de seconde pour écouter un éventuel bruit de course, puis Ranger s'élança dans la ruelle qui menait derrière le bar. Je le suivis, glissant sur des plaques de verglas, évitant des détritus. J'étais à bout de souffle. Je trébuchai sur une planche et tombai à genoux. Je me relevai avec peine et boitillai en pestant jusqu'à ce que la douleur s'estompe.

On déboucha dans la rue à l'autre bout de l'allée. Une silhouette s'engouffrait dans une maison cinq cents mètres plus bas. On piqua un sprint dans cette direction. Ranger se précipita dans la maison tandis que je continuais à courir en direction de l'allée transversale, quelques mètres plus bas, pour empêcher un possible repli par-derrière. Je haletais et j'en étais toujours à essayer de sortir ma bombe lacrymo de ma poche quand j'atteignis la porte... qui s'ouvrit avec fracas sur Melvin Morley III, lequel me rentra dedans de plein fouet.

Morley était une armoire à glace. Il était accusé de vol à main armée. Il était rond comme une barrique et sentait la vinasse à plein nez.

On s'étala par terre de tout notre long. Lui dessous, moi dessus. En un geste réflexe, je le pris par le col de son blouson.

— Hé, mon gros, dis-je.

Il grogna et me poussa d'une chiquenaude comme si j'étais un grain de poussière. Je roulai sur le côté et l'attrapai par une jambe de son pantalon.

— À l'aide ! criai-je. À l'aide !

Morley me souleva du sol en me prenant par-dessous les aisselles jusqu'à ce que mes yeux arrivent à hauteur des siens. Mes pieds ne touchaient plus terre.

— Connasse de salope de Blanche, dit-il en me secouant comme un prunier.

Je crus que ma tête allait se dévisser.

— A-a-a-gent d'a-a-a-p-préhension, dis-je. J-j-je vous a-a-a-arrêteeeee.

— Personne arrête Morley, dit-il. Et si quelqu'un essaie, je le bute !

Je battais des bras et des jambes et, mystérieusement, la pointe de ma chaussure cogna le genou de Morley.

— Aïe ! glapit-il.

Ses grosses pattes me lâchèrent et il se plia en deux. Je trébuchai en arrière et tombai aux pieds de Ranger.

Morley, par terre en position foetale, respirait par à-coups en se tenant le genou.

— Elle m'a cassé mon genou, dit-il dans un souffle. Elle m'a cassé mon genou, putain !

— Si tu étais là depuis tout à l'heure, dis-je à Ranger, pourquoi tu n'es pas venu m'aider ?

— Parce que tu ne me semblais pas avoir besoin d'aide, baby. Et si tu allais chercher la bagnole pendant que je baby-sitte Mr. Morley ? Il va falloir que je lui réapprenne à marcher.

Il était près de dix heures quand Ranger me déposa devant chez mes parents, dans High Street. Poochie, le caniche nain tricentenaire de Mrs. Crandle, la voisine d'en face, était assis sur la véranda, en attendant de faire un dernier pipi pour la nuit. Pas de lumière chez Mrs. Ciak. Se coucher et se lever avec les poules, voilà le secret de la vieille Mrs. Ciak. Ma mère et ma grand-mère ne donnaient pas l'impression d'avoir besoin d'aide pour garder les yeux ouverts : elles avaient le nez collé au carreau de la contreporte, scrutant l'obscurité.

— Elles doivent être plantées là depuis que tu es partie, me dit Ranger.

Je lui fis au revoir de la main et me dirigeai vers la véranda.

— Il reste un peu de pudding, me dit ma mère comme je franchissais le seuil.

— Tu as tué quelqu'un ? me demanda ma grand-mère.

— On n'a tué personne. On ne tue jamais personne. Enfin, rarement.

Dans le salon, mon père se pencha sur le côté de son fauteuil.

— C'est quoi cette histoire de tuerie ? demanda-t-il.

— Stéphanie n'a tué personne aujourd'hui, lui dit ma mère.

Mon père nous regarda comme s'il réfléchissait aux avantages de faire une croisière de six mois sur un porte-avions, puis il reporta son attention sur la télé.

— Je ne peux pas rester, dis-je à ma mère. Je suis juste passée vous dire que tout allait bien.

— Bien ? se récria ma mère. Tu sors au beau milieu de la nuit à la poursuite de criminels, et tu trouves que tout va bien ? Mais regarde-toi ! Ton jean est déchiré !

— J'ai glissé.

Ma mère pinça la bouche.

— Bon, fit-elle, tu veux du pudding ou tu n'en veux pas ?

— Bien sûr que j'en veux !

Quand j'ouvris les yeux, il faisait nuit noire dans ma chambre et j'eus la désagréable sensation que je n'étais pas seule. Une intuition. Je ne savais pas ce qui m'avait réveillée. Peut-être un bruissement d'étoffe ? Un mouvement ? Mon cœur battait la chamade. J'attendis, immobile, à l'affût d'un bruit, d'une odeur, d'un signe qui confirmerait ma peur.

Mon regard balayait l'obscurité mais je ne distinguais que les formes familières de mes meubles. Mon réveil affichait 5 :30. Mon regard se braqua sur ma commode au moment où j'entendis un bruit de tiroir qu'on faisait coulisser, et j'aperçus l'intrus.

Un pantalon de jogging vola dans les airs et me tomba sur la tête.

— Si tu veux qu'on bosse ensemble, il faut que tu sois en forme, dit l'intrus.

— Ranger ?

— Je t'ai fait du thé. Il est sur ta table de nuit.

J'allumai ma lampe. Eh oui, il y avait bien une tasse de thé fumant sur ma table de chevet. *Il va falloir que je revoie à la baisse ma théorie Stéphanie Plum, chasseuse de primes aux sens aiguisés.*

— J'ai horreur du thé, dis-je en humant le breuvage nauséabond. Berk ! Il est à quoi ?

— Au ginseng.

— C'est dégueu.

— C'est excellent pour la circulation. Ça oxygène le sang.

— Qu'est-ce que tu es venu faire dans ma chambre ?

D'ordinaire, j'aurais été intéressée de savoir comment il était entré, mais avec Ranger, c'était inutile : il avait ses méthodes.

— Te tirer du lit.

— Il est cinq heures et demie !

— Je vais m'échauffer au salon. Tu m'y rejoins.

Je le regardai sortir de ma chambre. *Il plaisante ? S'échauffer ? Pourquoi ?* J'enfilai le pantalon de jogging et gagnai le salon au radar. Ranger faisait des pompes sur un bras.

— On commence par une série de cinquante, me dit-il.

Je m'allongeai par terre et tentai de me relever à la force des bras. Au bout de cinq minutes, Ranger avait déjà fini sa série que je ne l'avais pas encore commencée.

— OK, fit Ranger, en sautillant sur place. On sort !

— Je veux mon petit déj' !

— On fait d'abord un jogging rapide de huit kilomètres et on petit-déjeune au retour.

Huit kilomètres ? Il est tombé sur la tête ? Il est cinq heures et demie du matin. Il fait nuit. Il fait froid. J'allai regarder par la fenêtre. *Il neige en plus !*

— Super, dis-je. C'est du gâteau !

J'enfilai ma doudoune, fourrai dans mes poches des tas de mouchoirs en papier et du Dermophil indien, vissai un bonnet sur ma tête, nouai une écharpe autour de mon cou, mis des gros gants en laine et suivis Ranger qui descendit l'escalier quatre à quatre.

Il courait à grandes foulées, enfilant plusieurs rues, sans effort, très concentré sur sa course. Je suivais péniblement... j'avais le nez qui coulait, du mal à reprendre mon souffle, et j'étais très concentrée sur ma survie.

On courut en silence jusque chez moi, on traversa le parking en courant, on rentra dans le hall de l'immeuble en courant. Il monta par l'escalier en courant. Je pris l'ascenseur.

Il m'attendait dans le couloir quand les portes de l'ascenseur s'ouvrirent.

— Comment comptes-tu rattraper les bandits si tu ne cours pas plus vite qu'eux ?

— Ceux-là, Connie te les réserve. Moi, j'ai les obèses et les non-sportifs.

Ranger sortit un sachet de mon frigo et en versa le contenu dans mon mixer qu'il mit en route. Le contenu du bol vira au rose. J'en bus une gorgée. Pas mauvais.

— Ça manque de quelque chose, dis-je. Ça manque de... de chocolat.

— Bon, je rentre chez moi, déclara Ranger. Je dois prendre une douche et passer quelques coups de fil. Je reviens dans une heure.

Pour faire honneur à notre partenariat, je m'habillai comme Ranger. Boots noires, jean noir, pull noir, petits anneaux d'argent à l'oreille.

Il me jaugea quand, une heure plus tard, je lui rouvris ma porte.

— Fine mouche, dit-il.

Je lui décochai un sourire que j'espérais énigmatique.

Il portait un blouson de cuir noir. Des franges ornées de perles de verre bleues et noires couraient sur toute la longueur des manches.

J'enfilai le mien. Il n'avait ni franges ni perles, mais plus de fermetures Éclair que celui de Ranger, alors on était à égalité sur ce coup.

— Que fait-on ? demandai-je en vissant une casquette de base-ball Metallica sur mes cheveux que je venais de laver.

— On part à la recherche de Mo.

Il neigeait toujours, mais il faisait bon dans le Bronco de Ranger. On quadrilla les rues, en quête de la Batmobile. On visita les parkings, les quartiers résidentiels. Il neigeait de plus en plus dru et le trafic ralentissait.

— Mo ne va pas sortir par ce temps, dit Ranger. Autant fermer boutique pour aujourd'hui.

Je n'y voyais aucune objection. Il était midi. Je crevais de faim, et je n'avais pas envie de me contenter de carottes crues et de fromage de soja.

Ranger me déposa devant chez moi. Je montai l'escalier quatre à quatre et courus jusqu'à ma porte. Mon appartement me parut être un havre de paix. Rex dormait. J'allumai la télévision et me glissai sous les draps en compagnie de ma télécommande.

À six heures et demie, j'arrivais au bout d'un marathon MTV et je me sentais proche d'un état végétatif. J'essayais de choisir entre un classique avec Lana Turner ou les infos, quand une pensée se forma dans mon esprit.

Mo a un avocat.

Depuis quand ? Son dossier précisait qu'il avait refusé les services d'un avocat. Je ne voyais que Morelli pour me renseigner.

— Ouais ? fit-il en décrochant.

Pas même « allô ».

— Tu as passé une mauvaise journée ? lui demandai-je.

— Pas spécialement bonne.

— Est-ce que tu sais qui est l'avocat de Mo ?

— Il n'en a pas.

— Si. Je suis tombée sur lui, il m'a dit qu'il en avait un.

Silence au bout du fil.

— Tu es « tombée » sur Mo ?

— À sa boutique.

— Et ?

— Et il s'est enfui.

— Il paraît qu'ils embauchent à la fabrique de boutons.

— J'ai au moins appris qu'il avait un avocat, moi ! Tu ne peux pas en dire autant.

— Un point pour toi. Je vais me renseigner au tribunal, demain, mais pour autant que je sache, on ne nous a pas signalé qu'il avait pris quelqu'un pour assurer sa défense.

Autre question à ajouter à la liste. Pourquoi Mo prendrait-il un avocat ? Parce qu'il avait l'intention de se constituer prisonnier. Il y avait sans doute d'autres raisons, mais lesquelles ?

Je jetai un coup d'œil par la fenêtre. Il ne neigeait plus, les rues semblaient désertes. Je fis les cent pas dans ma chambre. Je fis les cent pas dans mon salon. Je m'assis à table et notai sur mon bloc : « Mo a pris un avocat », puis « Deux personnes ont cru apercevoir Mo dans Montgomery Street ».

Montgomery Street... OK, me dis-je, j'y vais. De toute façon, je n'ai rien de mieux à faire.

Je m'habillai et cheminai dans la nuit jusqu'à ma Buick. J'arrivai dans Montgomery Street et me garai pratiquement à la même place que lors des séances d'espionnage.

Juste pour le plaisir, je braquai mes jumelles sur les fenêtres allumées et sans rideaux de l'immeuble. Je ne vis personne en tenue d'Adam, aucun meurtre en cours. Je ne vis surtout pas Mo. Ça ne vaut même plus le coup de jouer les voyeurs.

Il n'y avait pas de lumière à la mission, mais l'église contiguë donnait des signes d'activité. Les gens qui entraient dans l'église avaient plutôt l'air normaux. Aucun d'eux ne portait de banderoles ni de seaux pleins de sang. Beaucoup de familles. Quelques hommes seuls. Je comptai vingt-six personnes en moins d'une demi-heure, puis la réunion ou l'office avait dû commencer car le flot des arrivants se tarit. Ce n'était pas un groupe ethnique très diversifié — pas étonnant car c'était un quartier de Blancs appartenant à la classe moyenne. Même dans la prière, qui se ressemble s'assemble.

Le magasin d'électroménager et le café de Sal fermaient à neuf heures. Une fois encore, je balayai la façade de l'immeuble à la jumelle et m'arrêtai sur les fenêtres du deuxième étage. Soudain, on cogna à ma vitre côté passager.

C'était Carl Costanza dans son uniforme de flic. Il me regarda et secoua la tête. J'ouvris la portière et Carl s'assit à côté de moi.

— Tu as vraiment besoin de te faire des amis, me dit-il.

— Je croirais entendre ma mère.

— Quelqu'un a appelé au commissariat pour se plaindre qu'un pervers assis dans une Buick espionnait les gens à la jumelle.

— Je surveille une planque de Mo.

Costanza me prit les jumelles des mains et les braqua sur l'immeuble.

— Et tu comptes rester en planque encore longtemps ?

— Non. J'en ai marre. Je ne sais pas pourquoi je suis revenue ici ce soir. Une intuition, je suppose.

— Aucune femme ne se déshabille dans cet immeuble ? fit Costanza en faisant glisser les jumelles d'une fenêtre à une autre. Tu as parlé au révérend Bill ?

— Pas encore.

— Fais ça pendant que je surveille ici. Il y a un appart au premier qui me paraît prometteur...

— Tu as vu Mo ?

— Non, une nana qui va se désaper, je crois... Vas-y, baby, enlève ton T-shirt, enlève-le pour Oncle Carl...

— Tu es complètement malade.

— Je suis au service des citoyens.

Je traversai la rue et essayai de voir quelque chose à travers les rideaux qui masquaient les deux baies vitrées de l'église de la Liberté. Je ne vis pas grand-chose. J'ouvris la porte et entrai.

Le rez-de-chaussée était composé d'une vaste salle aménagée en auditorium. Quelques chaises pliantes étaient disposées en rangs et une estrade était accolée au mur du fond. Un lutrin était planté en son centre. Je supposai qu'il faisait office de chaire.

Un homme était en train d'empiler des livres dans un coin de l'estrade. Il était de taille moyenne, de corpulence moyenne. Il avait une tête en boule de bowling, des lunettes rondes à monture d'écaille, une peau rose à force d'être récurée, et l'air du ravi de la crèche. Je le reconnus pour avoir vu plusieurs fois sa photo dans le journal : c'était le révérend Bill.

Il se redressa et se tourna vers moi en souriant. Il me salua d'une voix douce et mélodieuse. Je le voyais bien en soutane ; je le voyais mal en train de balancer du sang de bœuf sur une femme — mais bon, quand la rage nous prend...

— Oh oui, bien sûr que je connais Oncle Mo, me dit-il, affable. Tout le monde connaît Oncle Mo.

— Plusieurs personnes ont déclaré l'avoir vu dans le quartier récemment.

— Depuis sa disparition, vous voulez dire ?

— Comment êtes-vous au courant ?

— Certains de mes paroissiens viennent du Bourg. Tout le monde se fait du souci pour lui. C'est un comportement plutôt étrange pour un homme aussi équilibré qu'Oncle Mo.

— Si vous le voyez, dis-je au révérend en lui tendant ma carte, téléphonez-moi.

— Bien sûr. (Il lut ma carte, l'air pensif, et ajouta :) J'espère qu'il ne lui est rien arrivé.

9

Pour que Ranger ne surgisse pas à nouveau dans ma chambre aux aurores, je vérifiai que j'avais bien fermé mes fenêtres et tiré mes verrous. J'empilai des marmites et des casseroles devant ma porte d'entrée pour que, au cas où quelqu'un parviendrait à l'ouvrir, je sois réveillée par l'effondrement de cette pyramide. J'avais déjà eu recours à ce stratagème par le passé en utilisant des verres. Ça avait super bien marché, sauf que j'avais mis un temps fou à ramasser les éclats de verre qui avaient jonché le sol de mon entrée et que j'en avais été quitte pour boire dans des gobelets en plastique jusqu'à la réception de mon chèque suivant.

À cinq heures du matin, marmites et casseroles s'écroulèrent dans un fracas de tonnerre. Je m'éveillai en sursaut et courus dans mon entrée en nuisette. Ranger était là.

— Salut, baby.

Je zigzaguai entre les récipients et m'approchai de ma porte pour l'examiner. Les deux verrous étaient intacts, la serrure était fermée, la chaîne de sécurité mise. J'en conclus que Ranger avait fait tomber les casseroles en passant sous la porte.

— Je suppose qu'il est inutile de te demander comment tu es entré ?

— Un jour, quand on aura le temps, je t'apprendrai le B-A BA, me dit-il.

— Et les sonnettes, tu ne connais pas ?

Ranger ne se départit pas de son sourire.

Bon, d'accord, dans ce cas-là, je n'aurais pas ouvert. J'aurais regardé par le judas, vu que c'était Ranger et serais retournée me coucher.

— Je ne VEUX pas faire de jogging, lui dis-je. J'en ai fait un hier. J'ai détesté. Je ne veux plus en faire, plus jamais !

— L'exercice stimule la vie sexuelle.

Je n'avais pas du tout l'intention de partager mes secrets d'alcôve avec Ranger. Ma vie sexuelle ne décolle pas du plancher. On ne peut pas améliorer quelque chose qui n'existe pas !

Je repartis aussi sec dans ma chambre dont je claquai la porte. J'enfilai un caleçon long, un pantalon de jogging, mis mes baskets et regagnai mon hall d'entrée. Je me plantai devant Ranger.

— Ne compte pas sur moi pour m'amuser à faire ça tous les matins ! lui dis-je entre les dents. C'est juste pour te clouer le bec !

Une heure plus tard, je rentrai chez moi en titubant et m'écroulai sur le canapé en me demandant si le revolver posé sur ma table de chevet était chargé. J'envisageais de flinguer Ranger. Ou de ME flinguer. Un autre jogging à cinq heures du matin, et je serais morte de toute façon, alors ! Autant en finir tout de suite !

— Je suis prête à prendre un boulot à la fabrique de serviettes hygiéniques, dis-je à Rex qui se cachait dans sa boîte de conserve. Pas la peine d'être en forme pour fourrer des tampons dans une boîte. Je pourrais peser cent cinquante kilos que ça ne me gênerait pas dans mon travail.

J'enlevai mes baskets avec effort et ôtai mes chaussettes humides.

— Et tout ça pour retrouver un vieux marchand de glaces.

Rex sortit de sa boîte à reculons et me regarda, moustaches frétillantes.

— Tu as tout à fait raison, lui dis-je. C'est débile.

J'allai me faire un café à la cuisine. Ranger avait renoncé à superviser le petit déjeuner, c'était déjà ça.

Quand j'étais enfant, je rêvais d'être un renne — un qui vole comme ceux du père Noël. J'ai passé quelques années à galoper en cherchant du lichen et en fantasmant de rencontrer un renne-garçon. Puis, un jour, je découvris Wonder Woman. Elle ne volait pas, mais elle avait des gros nichons à l'étroit dans sa combinaison bionique hypermoulante. Si je devais citer le personnage qui m'a le plus influencée, ce serait elle, sans conteste. Puis, entre quinze et vingt ans, j'ai voulu devenir une rock-star, sauf que je n'avais pas de voix.

Enfin, pendant une très brève période, mes rêves me portèrent vers l'Amérique des affaires. Je me voyais bien vêtue d'un tailleur très chic en train d'aboyer des ordres à des hommes à ma botte, pendant que ma limousine m'attendait au bord du trottoir. Dans la réalité, je tirais plutôt le diable par la queue.

Actuellement, j'ai du mal à me fixer sur un rêve. Il faut dire que la vie n'a pas été tendre avec moi : elle m'a appris que jamais je ne pourrais remplir le Wonderbra de Wonder Woman.

Bref, dans la triste réalité qui est actuellement la mienne, il ne me reste qu'un seul et modeste objectif : retrouver l'Oncle Mo.

Ma prochaine étape était de passer à l'agence pour voir s'il y avait du nouveau et en profiter pour faire une petite recherche sur Stanley Larkin, le locataire de Montgomery Street qui aurait été vu en compagnie de Mo.

J'enfilai à la hâte quelques vêtements chauds, descendis à la hâte, grattai à la hâte la toute dernière couche de givre de la Buick et partis pour l'agence.

Lula et Connie étaient déjà en plein boum. La porte du bureau de Vinnie était fermée.

— Il est là ? demandai-je.

— Je ne l'ai pas vu, me répondit Connie.

— Peut-être que quelqu'un lui a enfoncé un pieu dans le cœur hier soir et qu'on ne le verra plus jamais, fit Lula.

Le téléphone sonna. Connie décrocha puis tendit le combiné à Lula.

— C'est pour toi. Une certaine Shirlene.

Je regardai Lula d'un air interrogateur. Shirlene, la petite ami de Leroy Watkins ?

— Oui ! s'écria Lula en raccrochant. C'est reparti, la chance nous sourit ! Shirlene m'a dit que Leroy était rentré hier soir, puis qu'ils s'étaient engueulés, et qu'il l'avait tabassée et foutue dehors. Alors, Shirlene m'a dit qu'elle nous le laissait.

— Allons-y, dis-je en prenant les clefs de la voiture.

— Ça va être facile, me dit Lula quand on arriva dans Stark Street. On va le prendre par surprise. Il va croire que c'est Shirlene qui rentre. J'espère seulement qu'il ne va pas venir ouvrir en montrant trop son bonheur, si tu vois ce que je veux dire...

Je voyais tout à fait, et je préférais ne pas imaginer. Je garai la Buick juste devant chez Leroy, et on resta un moment sans bouger et sans rien dire.

— Bon, dit finalement Lula, y a des chances qu'il ne veuille pas abîmer sa porte une deuxième fois. Il a dû se faire passer un savon par son proprio. Les portes, ça court pas les rues.

— Si ça se trouve, il n'est même pas là, dis-je après réflexion. Quand est-ce que Shirlene l'a vu ?

— Hier soir.

On continua notre sit-in.

— On pourrait attendre qu'il sorte, suggéra Lula. Rester en planque dans la bagnole.

— Ou téléphoner pour voir s'il est là.

On leva la tête vers les fenêtres du deuxième étage.

— Bonne idée.

On laissa passer quelques minutes.

— OK, dis-je en prenant une profonde inspiration. On y va.

— Croisons les doigts, fit Lula.

Dans le hall d'entrée, on s'immobilisa, à l'écoute. Une télévision hurlait. Un bébé pleurait. On monta la première volée de marches à pas mesurés, sur nos gardes. On s'arrêta sur le palier du premier étage, inspirant profondément.

— Non, non, je suis OK.

— Ouais, moi aussi.

En arrivant au deuxième étage, on ne respirait plus du tout.

On resta sans bouger, à contempler la porte qui avait été réparée avec du carton et deux morceaux de contreplaqué. Je fis signe à Lula de se mettre d'un côté. Elle se plaqua contre le mur. Je fis de même de l'autre côté de la porte et frappai doucement.

— C'est la pizza que vous avez commandée ! criai-je.

Pas de réponse.

Je frappai plus fort et la porte s'ouvrit. Lula et moi ne respirions toujours pas. Mon cœur battait à tout rompre. On resta parfaitement immobiles pendant une bonne minute, plaquées contre le mur, sans faire aucun geste ni aucun bruit.

— Leroy ? criai-je. C'est Lula et Stéphanie Plum. Vous êtes là, Leroy ?

Pas de réponse.
— Ne bouge pas, lui dis-je. Je vais voir à l'intérieur.
— À toi l'honneur. J'ai pas envie de servir de cible vivante.
Je fis quelques pas dans l'appartement. Le silence était total. Pas de trace d'une présence. Je lançai un coup d'œil dans la chambre. Personne.
— Alors ? me cria Lula du palier.
— Vide, apparemment.
— Dommage, fit-elle en entrant. Moi qui avais envie d'action...
Je m'approchai de la porte de la salle de bains, bombe lacrymo en main. Je l'ouvris en la poussant de toutes mes forces et bondis en arrière. Le battant cogna contre le mur et Lula s'accroupit derrière le canapé. Je regardai à l'intérieur. Personne. Je me retournai vers Lula.
— Je vérifiais mes réflexes, dit-elle en se relevant. J'essayais une nouvelle technique.
— Vraiment ?
— Oh, c'est pas que j'aie peur. C'est pas un mec comme ce Leroy qui va me foutre la trouille. Je vais te faire voir si j'ai peur. Moi aussi, je suis capable d'ouvrir des portes !
Elle marcha à grands pas vers la penderie et l'ouvrit à la volée, exposant des vêtements, manteaux et autres, serrés sur une tringle... des vêtements qui s'écartèrent et Leroy Watkins, nu comme un ver, un trou au milieu du front, tomba en avant, aussi raide que la créature de Frankenstein, entraînant Lula dans sa chute.
— Jésus, Marie, Joseph ! m'exclamai-je.
— Haaaaaaaa ! hurla Lula qui se débattait comme une diablesse, coincée sous le cadavre de Leroy Watkins.
— Relève-toi ! Relève-toi ! lui criai-je en tournico-

tant autour d'elle, ne sachant trop par quel bout la prendre.

— Tire-le ! hurlait-elle. Tire-le !

Je pris le mort par un bras et tirai un grand coup. Lula bondit sur ses pieds et se secoua comme un chien mouillé.

— Han ! fit-elle. C'est dégueu ! Berk !

On baissa les yeux sur Leroy.

— Mort, remarquai-je. Indubitablement mort.

— Comme tu dis. Et on n'a pas tiré sur lui avec un pistolet à air comprimé. Il a un trou dans le front aussi grand que Rhode Island.

— Il sent mauvais.

— Il s'est vidé dans le placard, j'crois, dit Lula.

D'un commun accord tacite, on courut à la fenêtre qu'on ouvrit toute grande et on se pencha à l'extérieur pour prendre un bol d'air frais. Une fois que j'eus repris mes esprits, je me dirigeai vers le téléphone et appelai Morelli.

— J'ai un client pour toi, lui dis-je.

— Encore ? fit-il, incrédule.

Je ne pouvais pas lui en vouloir : c'était le troisième cadavre en trois jours.

— Leroy Watkins vient de tomber d'un placard sur Lula. Et tous les chevaux et serviteurs du roi ne pourront pas le remettre sur pied.

Je lui donnai l'adresse, raccrochai et allai attendre sur le palier. Deux policiers en uniforme arrivèrent en premier. Trente secondes plus tard, ce fut le tour de Morelli. Je lui racontai les circonstances de notre macabre découverte et restai en plan pendant qu'il inspectait la scène du crime.

Leroy était nu et son corps n'était pas ensanglanté. Son assassin l'avait peut-être surpris sous sa douche ? Je n'avais pas vu de traces de sang dans la salle de bains, mais il est vrai que je n'avais pas regardé derrière le rideau de douche.

Morelli me rejoignit après avoir inspecté l'appartement. Il me fit signe de le suivre jusqu'au premier étage, loin des techniciens du crime qui faisaient leurs relevés, et il me fit répéter mon histoire.

— Bon, c'est enregistré. Je n'ai plus besoin de toi... pour l'instant, me dit Morelli en remontant la fermeture éclair de mon blouson.

Lula descendit l'escalier en trombe et me lança, en passant à ma hauteur :

— Je me tire. J'ai du classement à faire !

— Les flics la rendent nerveuse, dis-je à Morelli.

— Ouais, fit-il. Je comprends ça. Moi aussi, ils me rendent nerveux.

— Qui a buté Leroy, à ton avis ?

— Comment savoir ? Sa mère ?

— N'est-ce pas inhabituel que trois dealers se fassent tuer la même semaine ?

— Pas s'il y a une guerre des gangs.

— C'est le cas ?

— Pas que je sache.

Une autre brigade déboula dans l'escalier. Du pouce, Morelli indiqua l'étage supérieur. Les policiers grommelèrent leur assentiment et continuèrent à monter.

— Il faut que j'y aille, me dit Morelli. À un de ces quatre.

À un de ces quatre ? C'est tout ? Bon, d'accord, il y avait un cadavre à l'étage au-dessus et l'immeuble grouillait de flics. Je devrais être ravie que Morelli soit aussi pro ; ravie de ne pas avoir à repousser ses avances... N'empêche, ce « à un de ces quatre » ne me disait rien qui vaille. Ça sentait un peu le « On vous rappellera ».

— Tu as des soucis en ce moment ? lui demandai-je.

Mais il avait déjà filé et s'était fondu dans le groupe de flics qui occupaient le palier du deuxième étage.

Je devrais peut-être perdre quelques kilos, songeai-je en descendant mollement les marches. Peut-être que je devrais me faire faire des mèches ? Rousses ?

Lula m'attendait dans la voiture.

— Enfin, ça aurait pu être pire, me dit-elle. Au moins, on ne s'est pas fait tirer dessus.

— Comment trouves-tu mes cheveux ? Tu ne crois pas que je devrais me faire des reflets roux ?

Lula prit du recul et considéra mes cheveux.

— Ce serait géant !

Je déposai Lula à l'agence et rentrai chez moi pour voir si j'avais des messages sur mon répondeur et mon relevé bancaire dans ma boîte aux lettres. Aucun message et une poignée de dollars au crédit de mon compte.

Je repartis aussi sec en direction du centre commercial où j'usai de tout mon charme pour convaincre monsieur Alexandre de me prendre entre deux clientes. Trois quarts d'heure plus tard, j'étais sous le séchoir, mes cheveux imbibés de colorant chimique et hérissés d'une multitude de papillotes en papier aluminium. Stéphanie Plum en créature venue de l'espace. J'essayais depuis un moment de lire un magazine, mais la chaleur et l'ammoniaque me faisaient monter les larmes aux yeux. Je les tamponnai et regardai la galerie marchande à travers la porte grande ouverte du salon.

On était samedi. Le centre commercial était noir de monde. Les badauds me lançaient des regards vides en passant. Des mères de famille et leurs rejetons. Des ados qui traînaient leurs guêtres. Stuart Baggett. *Nom d'un chien !* Cette andouille de Stuart Baggett !

Nos regards se croisèrent. Il me reconnut... et piqua un sprint. Je repoussai le casque du séchoir et jaillis de mon siège comme un boulet hors de la gueule d'un canon.

On se trouvait au niveau inférieur du centre commercial. Stuart avait une bonne longueur d'avance sur moi. Il atteignit l'escalator, bousculant des gens en s'excusant avec un grand sourire, charmeur en diable.

Je sautai sur l'escalator et jouai des coudes à travers la foule, gagnant du terrain.

Stuart quitta l'escalator et s'enfonça au pas de course dans la galerie marchande. Je me contins mais piaffai d'impatience en essayant de ne pas le perdre de vue. Vingt secondes plus tard, j'arrivais en haut de l'escalator. Je repartis à fond de train, mes papillotes en alu battant à mes tempes, toujours engoncée dans la blouse du salon de coiffure.

Soudain, plus de Stuart Baggett. Il avait disparu dans la cohue. J'arrêtai de courir, scrutai la foule, l'intérieur des boutiques. Je traversai le magasin Macy au petit trot. Rayons sports, cosmétiques, chaussures. J'atteignis la sortie et jetai un coup d'œil dans le parking. Aucun signe de Stuart.

J'aperçus mon reflet dans un miroir et m'arrêtai net. Je ressemblais à Miss Papier Tue-Mouches version Alu. Une allumée pète les plombs au centre commercial ! *Je vois d'ici les gros titres ! Si je tombe sur quelqu'un que je connais, je m'évanouis !*

Il fallait que je retraverse tout Macy pour regagner la galerie marchande, dont une incursion au rayon cosmétiques où je pouvais rencontrer Joyce Barnhardt, la reine du changement de look. Hors de question de prendre ce risque dans mon état.

J'avais laissé mon sac au salon de coiffure, donc impossible de m'acheter un foulard. Je pouvais toujours retirer quelques papillotes de mes cheveux, mais comme j'avais payé soixante dollars pour qu'on me les y mette !

Je risquai un autre coup d'œil dans le miroir. *Bon, d'accord, je me fais faire un balayage, et alors ? Où est le problème ?* Je redressai le menton, comme j'avais vu ma mère et ma grand-mère le faire mille milliards de fois. Quand on se sent menacé, rien de tel que de passer à l'attaque !

Je retraversai le magasin la tête haute et pris la direction de l'escalator. Il y eut bien quelques clients pour me suivre des yeux, mais la plupart d'entre eux mirent un point d'honneur à ne pas me regarder.

Monsieur Alexandre faisait les cent pas devant son salon, regardant de tous les côtés et marmonnant dans sa barbe. Quand il me vit, il leva les yeux et les bras au ciel.

Monsieur Alexandre porte toujours du noir. Ses cheveux longs étaient lissés en arrière et coiffés en catogan. Une petite croix d'or pendillait à son oreille.

— Où étiez-vous passée ? me demanda-t-il en pinçant les lèvres.

— Je poursuivais un malfaiteur. Malheureusement pour moi, il m'a semée.

Monsieur Alexandre ôta une de mes papillotes en alu.

— Malheureusement pour vous, dit-il, j'aurais dû vous rincer il y a dix minutes !

Il fit un signe à une de ses assistantes.

— Miss Plum est prête, dit-il. Rincez-la tout de suite.

Il déroula une autre papillote.

— Oh, fit-il.

— Quoi ?

— Je décline toute responsabilité.

— Quoi ? Qu'est-ce qu'il y a ?

Monsieur Alexandre refit un geste impatient de la main.

— Rien, c'est bien, c'est très bien... un peu plus spectaculaire que nous ne l'avions imaginé au départ.

C'est bien, le spectaculaire, me répétai-je pendant tout le processus de rinçage et de coiffage.

— Vous allez adorer une fois que vous vous y serez habituée, me dit monsieur Alexandre de derrière un nuage de laque.

Je regardai mon reflet dans le miroir. Mes cheveux paraissaient orange. *Bon, pas de panique. Ça doit être l'éclairage.*

— Mes cheveux font un peu orange, dis-je à monsieur Alexandre.

— « Coucher de soleil californien », dit-il.

Je bondis de mon siège et m'approchai du miroir.

— Moi, j'appelle ça orange, ORAAAAAANGE ! criai-je.

Je quittai le centre commercial à cinq heures. Comme tous les samedis, ma mère m'attendait à six heures pour le rôti braisé. Triste rôti. Rôti de la fille sans mari. De la fille qui n'est même pas invitée par un mec le samedi soir. Son rendez-vous amoureux, elle le passe avec deux kilos de culotte de bœuf.

Je garai la Buick devant chez mes parents et jetai un coup d'œil à mes cheveux dans le rétro. Je ne vis pas grand-chose dans l'obscurité.

Ma mère m'ouvrit dans un silence résigné. Derrière elle, ma grand-mère se hissait sur la pointe des pieds pour mieux me voir.

— Hou là, fit-elle, mais tu as les cheveux carrément orange. Et ils paraissent plus épais. On dirait que tu portes une perruque de clown. Qu'est-ce que tu as fait ?

— Un balayage, mais on m'a oubliée sous le séchoir. Du coup, mes cheveux ont un peu frisé.

Et viré à l'orange.

— Il faudra que j'essaie ça, dit ma grand-mère. Ça me plairait bien d'avoir une tignasse fauve. Ça mettrait un peu de lumière dans cette maison. Tu es seule ? Pas de petit ami avec toi, ce soir ? J'ai beaucoup aimé ton dernier. Très beau gosse.

— Je suis navrée, mamie, mais je suis seule ce soir.

— On pourrait lui téléphoner ? C'est tellement chouette d'avoir un beau mâle à sa table.

— Oh, pitié ! fit mon père qui arrivait du salon, le guide TV dans une main. On entend assez d'horreurs à la télévision, s'il faut en plus supporter une vieille bique chez soi qui parle de « beau mâle ».

— C'est qui que vous traitez de vieille bique ? dit ma grand-mère en fusillant mon père du regard.

— Vous ! Vous ne sauriez même pas quoi faire d'un « beau mâle » si on en mettait un dans votre lit !

— Je suis vieille, c'est vrai, mais je ne suis pas gaga. Et je saurais très bien quoi faire d'un BEAU MÂLE, merci ! D'ailleurs, je devrais peut-être sortir m'en trouver un !

— Mon Dieu, soupira mon père.

— Oui, insista ma grand-mère. Je crois que je vais m'inscrire dans une de ces agences de rencontres. Je pourrais peut-être me remarier.

Une lueur d'espoir s'alluma dans le regard de mon père. Mamie Mazur remariée et hors de chez lui ? Était-ce possible ? N'était-ce pas trop demander ?

Je rejoignis ma mère à la cuisine. Un gâteau de riz refroidissait sur la table.

— On m'a donné un tuyau sur Mo, lui dis-je. On l'aurait vu sortir d'un immeuble de Montgomery Street, celui à côté de l'église. Tu connais des gens qui y habitent ?

— Non. Margaret Laskey avait visité un appartement. Elle trouvait que les robinets n'avaient pas assez de pression.

— Et l'église ? Tu sais quelque chose ?

— Que ce qu'en dit le journal.

— Il paraît que le révérend Bill est un homme

remarquable, dit ma grand-mère. On parlait de lui, l'autre jour, chez l'esthéticienne. Il a tout fait dans son église. Et Louise Buzick nous a dit que son fils, Mikey, connaît quelqu'un qui fréquente cette église et qui trouve que le révérend Bill est un vrai charmeur de serpents.

C'est tout à fait ça. Un charmeur de serpents.

Je ne tins pas en place pendant tout le dîner. Je ne pouvais pas m'empêcher de penser à Oncle Mo. Pour moi, Stanley Larkin n'était pas son contact, mais j'étais persuadée qu'Oncle Mo était allé dans Montgomery Street. J'avais vu des hommes de son âge entrer et sortir de la mission ; il ne choquerait pas dans le décor. Peut-être n'était-ce pas de l'immeuble que Jackie l'avait vu sortir, mais de la mission ? Peut-être que Mo allait y faire un repas gratis de temps en temps ?

Je n'avais pas terminé ma part de gâteau de riz que mon impatience eut raison de moi. Je téléphonai chez moi pour interroger mon répondeur.

Le premier message était de Morelli. Il avait quelque chose d'intéressant à me dire et passerait me voir plus tard dans la soirée. C'était encourageant.

Le deuxième était plus sibyllin. « Mo sera à sa boutique ce soir. » Un message anonyme. Une voix de jeune fille. Pas celle de Gillian. Ça pouvait toujours être celle d'une de ses copines. Ou un vrai tuyau. J'avais joué tant de cartes.

J'appelai Ranger et lui laissai un message en lui demandant de me rappeler immédiatement.

— Faut que j'y aille, dis-je à ma mère.

— Déjà ? Tu viens d'arriver.

— J'ai du travail.

— Quel genre de travail ? Tu ne vas pas encore aller courir après des criminels ?

— On m'a donné une piste que je dois suivre.

— Il fait nuit. Je n'aime pas que tu sortes la nuit dans des quartiers louches.

— Je ne vais pas dans un quartier louche.

— Tu devrais l'accompagner, dit-elle à mon père.

— Ce n'est pas nécessaire, dis-je. Il ne m'arrivera rien.

— Ah ! fit ma mère. Tu te fais assommer, tirer dessus, et à part ça, il ne t'arrive rien ? Et avec ces cheveux orange, en plus ! (Elle ferma les yeux et porta une main à sa poitrine.) Tu vas me faire faire une crise cardiaque, si tu continues... (Elle rouvrit les yeux.) Attends au moins que je te prépare des provisions pour chez toi.

— Pas trop, lui dis-je. Je me mets au régime.

— Au régime ! s'écria ma mère en se frappant le front. Tu es un vrai fil de fer, tu n'as pas besoin de te mettre au régime. Comment veux-tu rester en bonne santé si tu ne manges pas correctement ?

Je la suivis à la cuisine. Elle prit un sac en plastique et y fourra de la viande, des pommes de terre, un bocal de sauce, un autre de chou rouge, un autre de haricots verts, la moitié du gâteau de riz.

Bon, d'accord, je commencerai mon régime lundi.

— Tiens, me dit ma mère en me tendant le sac. Frank, tu es prêt ? Stéphanie s'en va.

Mon père apparut sur le seuil de la cuisine.

— Quoi ? fit-il.

— Ho, tu ne m'écoutes jamais ! dit ma mère en prenant un air de *piétà* du foyer.

— Je n'arrête pas de t'écouter ! Qu'est-ce que tu voulais ?

— Stéphanie sort poursuivre des criminels. Accompagne-la.

— Je vous jure que je ne ferai rien de dangereux, leur dis-je en prenant mon blouson dans la penderie de l'entrée. Je ne risque rien !

Je filai sans demander mon reste et courus à la Buick. Je me retournai vers la maison en ouvrant la portière. Ma mère et ma grand-mère se tenaient côte à côte sur le seuil, les mains jointes, l'air grave. Pas convaincues pour deux sous. Mon père était derrière elles.

— La voiture a l'air de bien rouler ! me cria-t-il.

Et me voilà partie vers chez Mo en me disant que, cette fois, je ne me laisserais pas avoir. Pas question qu'on m'assomme. Pas question qu'on me file entre les doigts. Pas question de laisser Mo m'impressionner avec sa bombe lacrymo. Je ne lui laisserais pas le temps de parler. Je le gazerais dès que je le verrais. Psschhhhhhht...

Je m'arrêtai devant la boutique. Pas de lumière à l'intérieur. Pas de mouvement suspect. Pas de lumière non plus dans l'appartement au-dessus. Je redémarrai et fis le tour du pâté de maisons, cherchant la BMW de Ranger. Je pris la ruelle transversale. Pas de voiture dans le garage de Mo. Je retournai dans Ferris Street. Toujours aucun signe de vie dans la boutique. Je me garai un peu plus loin, dans King Street. *Je devrais peut-être rappeler Ranger ?* Je tendis le bras vers la banquette arrière pour y prendre mon sac. Pas de sac. *Non, c'est pas vrai !* Dans ma hâte, je l'avais oublié chez mes parents. *Bon, tant pis, je retourne le chercher.*

Je redémarrai et m'engageai dans Ferris Street. Je lançai un dernier regard en direction de la boutique... et je vis une silhouette au fond.

Je garai la Buick à une cinquantaine de mètres, en mordant sur le trottoir. J'aurais préféré avoir mon sac et mon matériel de chasseuse de primes — surtout la bombe lacrymo et les menottes — mais je ne voulais pas prendre le risque de laisser passer cette chance. De toute façon, je ne crois pas que j'aurais été capable de gazer Mo. Je voulais juste lui parler, lui faire entendre la voix de la raison. Obtenir des réponses à mes questions. Le convaincre, sans le bousculer, de revenir dans le système.

Je trottinai jusqu'à un coin sombre en face de chez Mo et attendis. Un fin rai de lumière déchira fugacement l'obscurité à l'intérieur de la boutique. Quelqu'un avait allumé et éteint un stylo-torche. On ne m'avait pas donné un tuyau percé. Mo était bel et bien là.

10

Je traversai la rue en courant et m'engouffrai dans la ruelle transversale. Je me plaquai contre le mur de brique et m'avançai en catimini vers la porte de l'arrière-boutique.

Je pris une profonde inspiration et penchai la tête par-delà le coin de l'immeuble. La porte était grande ouverte. Mauvais signe. Elle serait fermée si Mo était là. Je crains que l'histoire ne se répète, me dis-je. Mo a encore pris la tangente.

Je pris mon courage à deux mains et passai la tête par l'ouverture de la porte, plissant les yeux pour tenter de percer l'obscurité du couloir.

J'entendis le frottement d'une semelle à l'intérieur de la boutique et faillis m'évanouir. Ma première impulsion fut de prendre mes jambes à mon cou. Ma deuxième, d'appeler à l'aide. Je ne suivis ni l'une ni l'autre car je sentis le canon froid d'une carabine se plaquer contre mon oreille.

— Pas un geste ! Entre dans la boutique.

— Je suis très bien dehors.

— J'ai besoin d'un coup de main. Miss Plum ne veut pas coopérer.

Un autre homme sortit de l'ombre. Il portait la cagoule et la blouse de travail réglementaires. Il était plus grand et plus costaud que celui qui était armé, et secouait une bombe lacrymo pour bien me montrer qu'elle était pleine.

Au moment où j'allais crier, il m'envoya du gaz dans la figure. J'en reçus plein la bouche, plein la gorge, plein les yeux. Je tombai à genoux. Je toussai, je ne pouvais plus respirer, je ne voyais plus rien. J'avais atrocement mal.

On m'empoigna sous les aisselles, on me tira dans le couloir et on me laissa tomber sur le lino. Je me cognai la tête par terre, distinguant vaguement les murs à travers mes larmes. Je n'arrivais toujours pas à respirer.

On fit passer mon blouson par-dessus ma tête et on en fit une camisole de force, en m'attachant les bras derrière le dos. J'entendis ma chemise se déchirer. Je suffoquais, m'efforçant de maîtriser ma peur et de me calmer en me disant que les effets du gaz lacrymogène allaient bientôt se dissiper.

Mes deux agresseurs s'éloignèrent. Ils allaient certainement attendre que je récupère. Je clignai des yeux et vis trois silhouettes massives dans l'obscurité. Trois hommes encagoulés.

L'un d'eux alluma un stylo-torche qu'il braqua sur mes yeux.

— Alors, on la ramène moins maintenant, hein ? fit-il.

J'essayai de me relever, mais ne pus faire mieux que de me mettre à quatre pattes. J'avais le nez qui coulait, le visage barbouillé d'un mélange de morve, de bave et de larmes. Je respirais toujours difficilement, mais le premier vent de panique était passé.

— Qu'est-ce qu'il faut pour que tu comprennes ? me demanda Jersey City. On t'avait prévenue. On t'avait proposé un dédommagement. Mais tu t'obstines. On essaie de faire le bien et tu nous mets des bâtons dans les roues.

— Je fais mon travail, c'est tout, réussis-je à articuler.

— Ouais, ben, va le faire ailleurs.

Il y eut un craquement dans l'obscurité. Jersey City allumait une cigarette. Il inhala une grosse bouffée et souffla lentement la fumée par le nez. J'étais toujours à quatre pattes. L'homme s'agenouilla devant moi et posa le bout incandescent de sa cigarette sur le dos de ma main. Je criai et poussai ma main.

— Ce n'est que le début, dit Jersey City. On va te brûler là où ça fait beaucoup plus mal, et crois-moi, t'auras pas envie de t'en vanter et t'auras plus envie de traquer Oncle Mo.

Une porte claqua et des pas résonnèrent sur l'allée en ciment derrière la boutique. Il y eut un moment de silence durant lequel tout le monde prêta l'oreille. Puis la porte de l'arrière-boutique s'ouvrit et une voix aigrelette résonna dans l'obscurité.

— Mais qu'est-ce qui se passe ici ?

C'était Mrs. Steeger. D'habitude, elle appelait la police. Ce soir, elle avait décidé de venir voir par elle-même. Allez comprendre.

— Fuyez ! hurlai-je. Appelez la police !

— Stéphanie Plum ! dit Mrs. Steeger. J'aurais dû m'en douter. Sors d'ici tout de suite.

Le rond lumineux d'une lampe électrique dansa dans l'arrière-cour.

— Mrs. Steeger ? dit une voix de femme. C'est vous ?

Dorothy Rostowski.

Une voiture se gara le long du trottoir. Ses phares s'éteignirent. La portière côté chauffeur s'ouvrit et un homme en descendit.

— Merde, fit Jersey City. On se tire.

Il s'agenouilla devant moi.

— Sois raisonnable, me souffla-t-il au visage. Ou la

prochaine fois, on fera en sorte que personne puisse venir te sauver la mise.

James Bond aurait marqué son dédain en balançant une formule à l'emporte-pièce. Indiana Jones aurait eu un sourire bravache et pris la chose de haut. Le mieux que je trouvai à dire fut :

— Ah ouais ?

Il y eut du remue-ménage dans l'arrière-cour. Mrs. Steeger et Dorothy poussèrent quelques cris.

Je me relevai tant bien que mal et m'adossai au mur. J'étais en nage, je tremblais et mon nez coulait toujours. Je l'essuyai d'un revers de manche et me rendis compte que ma chemise était déboutonnée et la fermeture éclair de mon jean ouverte.

— Oh, fait chier, murmurai-je.

Je tentai de rentrer ma chemise dans mon jean, bataillai avec ma fermeture éclair d'une main tremblante. J'avais les yeux qui pleuraient, le nez qui coulait... j'éclatai en sanglots et m'essuyai une nouvelle fois le visage.

Après m'être rajustée grosso modo, je m'élançai vers la porte de derrière. Dorothy avait les bras croisés en un geste d'autoprotection. Mrs. Steeger était assise par terre. Un homme, penché sur elle, lui parlait d'une voix rassurante et l'aidait à se relever. Il se retourna quand j'apparus sur le seuil. Morelli. Il ne manquait plus que lui.

Il me regarda d'un air interrogateur.

— Plus tard, lui dis-je.

Je fis demi-tour et entrai dans le cabinet de toilette. J'allumai la lumière, tournai le verrou et examinai mon reflet dans le miroir. Pas joli-joli. J'utilisai la moitié d'un rouleau de papier toilette rien que pour me moucher. Je me rinçai le visage et les mains, reboutonnai ma chemise. Deux boutons avaient sauté mais sans que ma pudeur en soit outragée.

Je m'astreignis à respirer profondément pour me calmer. Je me remouchai, me re-regardai dans le miroir. C'était mieux. Sauf que mes yeux ressemblaient à des tomates et que la brûlure de cigarette se transformait en une ampoule maousse sur le dos de ma main.

Morelli était venu trois fois frapper à la porte en me demandant si tout allait bien. Trois fois, d'un ton rogue, je lui avais fait la même réponse : « Oui, laisse-moi ! »

Quand je sortis des toilettes, la lumière était allumée dans la boutique et Morelli était derrière le bar. Je me hissai sur un tabouret et m'accoudai au comptoir.

Morelli posa un chocolat sundae devant moi et le coiffa d'une bonne dose de crème chantilly.

— J'ai pensé que ça te ferait plaisir, dit-il en me tendant une cuillère.

— Je ne dis pas non, répondis-je d'une petite voix en me mordant la lèvre et en retenant mes larmes. Comment va Mrs. Steeger ?

— Bien. Ils l'ont bousculée en se sauvant et elle est tombée par terre.

— Hum, moi qui avais toujours rêvé de lui faire ça.

Il me dévisagea.

— J'aime bien tes cheveux, dit-il. Tu essaies un nouveau look ?

Je lui lançai une cuillerée de chantilly à la figure mais il esquiva le coup. La crème alla s'écraser sur le mur.

Morelli se fit un sundae et vint s'asseoir à côté de moi. On mangea nos glaces en silence. On les finit, mais on ne bougea pas pour autant.

— Alors, fit Morelli. Je t'écoute.

Je lui parlai du message sur mon répondeur, de l'agression, de la tentative de corruption.

— Et les mecs en question ?

— Toujours en cagoule, dis-je. Et c'est toujours de nuit, je n'ai pas pu voir leur visage. Le plus dingue, c'est que j'ai l'impression qu'ils sont du coin et qu'en cherchant à protéger Mo ils tombent dans la violence. Un Ku Klux Klan au petit pied, en somme... Ils m'ont brûlé la main avec une cigarette.

Je lui montrai les dégâts. Morelli serra les mâchoires.

— Autre chose ? demanda-t-il.

— Je dirais que ce sont des hommes respectables. Ils portent une alliance et des chaussures de qualité. Le plus petit a l'air d'être le chef de la bande.

— Quelle taille ?

— Un mètre soixante-dix. La voix d'un fumeur. L'accent de Jersey City. Les deux autres sont plus grands et plus costauds.

Morelli posa sa main sur la mienne et on resta assis côte à côte sans rien dire.

Je récupérai un éclat de chocolat qui était resté collé sur le bord de la coupe.

— Au fait, tu voulais me voir pourquoi ? demandai-je.

— On a eu un rapport balistique. Apparemment, c'est la même arme qui a tué Cameron Brown, Ronald Anders et Leroy Watkins.

— Ah.

— Comme tu dis.

— C'est une impression ou il fait chaud ici ? lui demandai-je en me tournant vers lui.

— Il fait chaud. Mo a dû monter le chauffage quand il est venu.

— Il y a une drôle d'odeur.

— Je n'osais pas en parler. Je pensais que c'était peut-être toi.

Morelli se leva et gagna le couloir de l'arrière-boutique.

— C'est plus fort par ici, dit-il.

Il ouvrit la porte de la cave.

— Oh, oh, fit-il.

Je sautai du tabouret et le rejoignis.

Il appuya sur l'interrupteur à droite de la porte.

— Il faudrait peut-être descendre voir..., suggérai-je, ravie d'avoir le nez bouché.

— Reste ici, me dit-il en dégainant son revolver.

On descendit l'escalier sur la pointe des pieds et on constata tout de suite que la cave était vide. Pas de grand méchant loup caché dans les coins. Pas de monstre aux pattes velues et à l'haleine fétide en guise de comité d'accueil.

— Le sol est en terre battue, constatai-je.

Deux ou trois manteaux d'hiver étaient accrochés à une patère. Des sacs de sel gemme, des pics et des pelles aux longs manches étaient alignés contre un mur. La chaudière ronronnait au centre de la pièce. Des cartons vides jonchaient le sol. Une odeur de carton mouillé se mêlait à une autre plus... âcre.

Morelli flanqua un coup de pied dans un tas de cartons. Dessous, la terre avait été fraîchement retournée. Morelli continua à pousser les cartons plus méthodiquement, du bout du pied. À un endroit, un morceau de sac-poubelle noir dépassait du sol.

Morelli me regarda et ne dit rien. Il sortit un canif de sa poche, tira sur le morceau de plastique, le déchira et poussa un long soupir.

— Qu'est-ce que c'est ? demandai-je, faisant celle qui n'avait pas compris.

— Pas des boules de gomme, en tout cas.

Il se releva et me poussa vers l'escalier.

— J'en ai assez vu, dit-il. Laissons ça aux experts. Ne touchons plus à rien.

On alla s'asseoir dans sa voiture et il appela le poste de police.

— Je suppose que tu ne veux pas retourner chez tes parents dans cet état ? me demanda-t-il.

— N'y compte pas.

— Je préférerais que tu ne rentres pas seule chez toi.

— Ça ira, dis-je.

Une voiture de police se gara derrière le 4×4 de Morelli. Eddie Gazarra en descendit et vint vers nous. On alla à sa rencontre.

— Tu peux sortir ta craie pour dessiner le contour des corps, lui dit Morelli.

— Oh, merde, fit Gazarra. Je ne vais pas aimer ça.

Personne n'allait aimer ça. Des cadavres enterrés dans la cave d'un marchand de glaces, ça la fichait mal pour son image de marque. Et ce serait le tollé général si on accusait Oncle Mo.

D'autres policiers arrivèrent, suivis d'un inspecteur, de techniciens du crime, d'un photographe, d'un médecin légiste. Des curieux commençaient à sortir de chez eux et à s'attrouper autour de la boutique et sur leur véranda. Un journaliste local, mains dans les poches, cherchait à s'immiscer sur le lieu du crime.

Deux heures plus tard, j'étais toujours assise dans le 4×4 de Morelli quand ils sortirent le premier corps, enveloppé dans une housse en plastique. La couverture médiatique était désormais assurée par une petite équipe de télévision locale, une demi-douzaine de journalistes de la presse écrite et autant de photographes. Trois autres cadavres furent remontés de la cave. Les voisins quittèrent le confort de leur salon pour se poster de nouveau sur leur véranda.

Je m'approchai de Morelli.

— C'est tout ? fis-je.

— C'est tout : quatre cadavres.

— Et ?

— Et je ne peux pas t'en dire plus.

— Balles de .45 ?

Morelli me regarda sans répondre. Message reçu.

— Assez d'éléments pour impliquer Mo ? demandai-je.

Autre regard... qui glissa pour se fixer sur un point derrière moi. Je me retournai et vis Ranger à quelques mètres de nous.

— Salut, dit-il. Qu'est-ce qui se passe ?

— Quelqu'un a enterré quatre cadavres dans la cave de Mo, lui répondit Morelli. Le dernier un peu trop près de la surface.

Et il n'y a pas si longtemps que ça, songeai-je. Peut-être même le soir où Mo a volé la BMW de Ranger. Il puait la sueur, la poussière et autre chose aussi.

— Je dois partir, dit Morelli. De la paperasse à remplir.

Moi aussi, je devais partir. J'avais l'impression d'être un ballon que quelqu'un avait crevé d'un coup d'aiguille. Je sortis mes clefs de voiture et un mouchoir en papier de la poche de mon jean. Je me mouchai une dernière fois et m'armai de courage à l'idée de rentrer seule.

— On fait un jogging demain matin ? demandai-je à Ranger.

Il fit les yeux ronds mais ne posa pas de question.

— Je passe te prendre à six heures, dit-il.

— Va pour six heures.

Il me restait la moitié du chemin à parcourir avant d'arriver chez moi quand je vis des phares dans mon rétro. Je quittai Hamilton Avenue et regardai de nouveau dans le rétro : les phares étaient toujours là. C'étaient ceux d'un 4x4 Toyota noir. Trois antennes. Morelli m'escortait jusque chez moi pour être sûr qu'il ne m'arriverait rien.

Je lui fis un signe de la main et il me répondit par un bref coup de klaxon. Il y a des jours où Morelli est un amour.

Je m'engageai sur mon parking et Morelli vint se garer à côté de moi. Je pris le sac de provisions sur la banquette arrière et descendis de voiture.

— Je te remercie, dis-je à Morelli en verrouillant ma portière.

Il sauta de son 4×4.

— Je regrette de ne pas pouvoir monter, fit-il en montrant le sac de provisions.

— Je te connais, dis-je avec un petit sourire. Il n'y a qu'une chose qui t'intéresse.

— Tu as mon numéro.

— Oui. Laisse tomber. Et ne compte pas sur moi pour te donner à bouffer.

Il me prit gentiment par le col de mon blouson et m'attira contre lui.

— Chérie, si j'avais envie de bouffer, tu n'aurais aucune chance de m'en empêcher...

— Oh, tu es dégoûtant.

Il sourit jusqu'aux oreilles, dents blanches sur fond de barbe de deux jours.

— Je t'accompagne jusqu'à ta porte, dit-il.

— Je ne risque rien, merci, dis-je en m'éloignant, piquée au vif... car Morelli n'avait pas cent pour cent tort.

Avant d'entrer dans le hall, je me retournai et lui fis un dernier au revoir de la main. Il fit de même et partit.

J'appelai l'ascenseur. Les portes s'ouvrirent sur Mrs. Bestler.

— Nous montons, dit-elle. Deuxième étage, lingerie fine et sacs à main.

De temps en temps, il lui arrivait de jouer au liftier pour tromper l'ennui.

— Je vais au premier, lui dis-je.

— Ah. Parfait. Robes du soir et chaussures de marque.

Je faillis m'écrouler par terre en entrant dans mon appartement. J'étais morte de fatigue. Je vérifiai rapidement la fermeture de mes portes et fenêtres. Je regardai dans tous les placards, tous les recoins.

Je laissai tomber mes vêtements en tas par terre, collai un pansement sur ma brûlure et passai sous la douche. Une fois proprette, je me glissai dans mon lit et me racontai que j'étais à Disney World. Stéphanie Plum, grande spécialiste du déni. Pourquoi affronter le jour même le traumatisme d'avoir failli être torturée quand je pouvais remettre ça à plus tard ? Un jour, quand l'événement sera un peu plus flou dans ma mémoire, je le ressortirai, j'y repenserai. Règle d'or de Stéphanie Plum en matière de santé mentale : renvoyer aux calendes grecques ce qui est déplaisant.

La sonnerie du téléphone me réveilla à cinq heures et demie.

— Salut, fit Ranger. Tu veux toujours courir ?

— Oui, je te retrouve en bas dans une demi-heure. Telle sera ma nouvelle devise.

J'enfilai ma tenue de jogging et mes baskets, donnai de l'eau fraîche et des croquettes à Rex et fis un quart d'heure de stretching avant d'aller retrouver Ranger qui joggait sur place en m'attendant.

Son regard s'arrêta sur mes cheveux.

— Pas de commentaires, lui ordonnai-je.

— Pas mes oignons, dit-il sans pouvoir réprimer un sourire.

— Ne te moque pas de moi !

— Tu veux que j'aille rendre visite à ton coiffeur ?

— Non ! Il n'y est pour rien.

On fit notre parcours habituel en silence, puis on fit un tour de pâté de maisons supplémentaire en rentrant, sans ralentir l'allure. Très facile pour Ranger. Très difficile pour moi. On s'arrêta à la porte de service de mon immeuble, côté parking, et je me pliai en deux, à bout de souffle. J'étais ravie de ce jogging — de l'avoir terminé surtout.

Une voiture descendit la rue à toute allure et s'engagea sur le parking. Ranger se plaça devant moi et dégaina son arme. La voiture pila et Lula passa la tête par la vitre ouverte.

— Je l'ai vu ! cria-t-elle. Je l'ai vu !

— Qui ça ?

— Pinocchio ! Je l'ai vu ! J'aurais pu le choper, mais comme tu m'as toujours dit de te le laisser, comme j'ai jamais le droit de rien faire... Je t'ai appelée tout de suite mais ça répondait pas, alors je suis venue. Mais où tu étais à six heures du mat' ?

— Qui est Pinocchio ? s'enquit Ranger.

— Oncle Mo, lui dis-je. Lula trouve qu'il a le nez long comme un... pénis.

Ranger sourit.

— Et tu l'as vu où ? demanda-t-il à Lula.

— Dans la Sixième Rue, juste en face de chez moi. D'habitude, je me lève pas si tôt, mais j'avais quelques petits problèmes intestinaux, ce matin. Je crois que ça doit être les tortillas que je me suis envoyées hier soir. Bref, j'étais dans ma salle de bains, et à un moment j'ai regardé par la fenêtre, et devinez qui je vois entrer dans la maison d'en face ?

— Oncle Mo ?

— Ouais.

— Tu es sûre que c'était lui ?

— Archisûre. Y a un réverbère juste devant l'entrée qui est toujours allumé.

Ranger visa son 4×4 avec sa télécommande et déverrouilla les portières.

— Allons-y, dit-il.

— Attendez-moi, je viens avec vous ! cria Lula en garant sa Firebird sur une place de parking.

On s'entassa dans le Bronco de Ranger et nous voilà partis pour la Sixième Rue.

— Je vous parie que le vieux Pinoc' va livrer de la came à quelqu'un, dit Lula.

Je la mis au courant des quatre cadavres retrouvés dans la cave de chez Mo.

— Faut toujours se méfier des mecs qui ont un nez en forme de bite, dit-elle. Ils sont capables de tout. C'est ce genre de truc qui fait la différence entre les gens normaux et les serial killers.

Je pensai qu'il y avait de fortes chances que Mo soit impliqué dans ces quatre meurtres — mais quant à incriminer la forme de son nez ! Je pensai à Cameron Brown, à Leroy Watkins et à Ronald Anders : tous trois trafiquants de drogue. En allait-il de même pour ceux déterrés chez Mo ?

— Mo est peut-être membre d'un groupe d'autodéfense ? dis-je. Peut-être qu'il n'est pas le seul dans le coup ? Qu'ils sont un groupe d'hommes qui jouent les justiciers, menaçant et tuant ceux qui représentent un danger pour la société ?

— Ah ouais, c'est ça, fit Lula. Un genre de Zorro ou de Robin des Bois ? Sauf que Pinoc', il ne se contente pas de tracer un Z à la pointe de son épée sur la chemise d'un mec, il y fait sauter la cervelle au nom de la justice.

Elle cogita un moment.

— Remarque, reprit-elle, si ça se trouve, Zorro aussi, il a fait sauter quelques cervelles. Ils vous disent pas tout dans les films. Si ça se trouve, après qu'il a fait son Z sur ta chemise, il te coupe les couilles, le Zorro. Ou il refait un Z sur ton bide, et tous tes boyaux dégoulinent. J'ai entendu dire qu'on peut vivre plusieurs heures avec ses boyaux à l'air.

J'étais assise devant, à côté de Ranger. Je lui lançai un regard à la dérobée, mais il semblait ne pas écouter, concentré sur sa conduite. Il roulait à plus de cent à l'heure, ralentissait, accélérait, pilait, mettant le système de freinage ABS à rude épreuve.

Il tourna dans Main Street puis dans la Sixième Rue.

C'est un quartier de petites maisons aux couleurs indéfinies et aux toits de bardeaux qui ont un perron en guise de véranda et le trottoir en guise de cour. Bâties à l'origine pour les ouvriers immigrés, elles sont maintenant occupées par les membres de minorités ethniques. La plupart ont été subdivisées en petits appartements.

— Mo habite dans la maison en face de chez toi ? demanda Ranger à Lula.

— Ils sont pas mal à y habiter, répondit-elle. Y a du va-et-vient.

Ranger se gara un peu plus loin.

— Et le deuxième étage ? demanda-t-il.

— Moi, je dis que Mo allait voir quelqu'un au premier. C'est pas un supermarché du crack, cette taule, mais quand on loue à la semaine, on sait jamais sur qui on tombe. Faudrait que vous parliez avec Vanessa. C'est elle qui touche les loyers. Son appart', c'est le premier à gauche en entrant.

— Mo est venu en bagnole ? demanda Ranger en scrutant la rue.

— Celle qu'il t'a volée, tu veux dire ? Non. Les seules bagnoles que j'ai vues, c'est celles des gens de la rue.

— Tu restes ici, dit-il à Lula.

Il fit un signe de tête imperceptible dans ma direction.

— Toi, tu viens avec moi.

Il portait un pantalon de survêtement et un sweat-shirt noirs. Je ne l'avais pas vu verser une goutte de sueur de toute la durée de notre jogging. Moi, j'avais été en nage au bout de cinq cents mètres. Résultat : mes vêtements me collaient à la peau, mes cheveux étaient plaqués sur mon front, et j'avais les jambes en compote. Je descendis du 4×4 et sautillai sur place pour me réchauffer.

— On va parler à cette Vanessa et on visitera la baraque, me dit Ranger. Tu es lestée ?

Je fis non de la tête.

— Même pas ton flingue ?

— Non. Tout est dans mon sac... que j'ai oublié chez mes parents.

Ranger se rembrunit.

— Ton flingue est chargé ?

— Je ne sais plus.

— Ta grand-mère va s'entraîner au tir sur les pommes de terre.

Je lui emboîtai le pas en me jurant de récupérer mon revolver le plus vite possible.

On entra dans la maison. Le petit hall était plongé dans l'obscurité. Deux portes donnaient sur le palier. Ranger frappa à celle de gauche.

— Huit heures moins le quart, dis-je en consultant ma montre. Il est tôt.

— C'est dimanche. Elle doit déjà se préparer pour aller à la messe. Les femmes consacrent beaucoup de temps à leurs cheveux.

La porte s'entrouvrit, bloquée par une chaîne de sécurité, et le tiers d'un visage nous fit face.

— Oui ?

— Vanessa ? demanda Ranger.

— Oui, mais si vous cherchez à louer, c'est complet.

— Agence de cautionnement judiciaire, annonça Ranger en lui montrant un badge.

Il s'exprimait d'une voix douce, aimable, respectueuse.

— Je suis à la recherche d'un certain Moïse Bedemier, dit-il. On l'a vu entrer dans cette maison tôt ce matin.

— Connais pas.

— Un Blanc, dit Ranger. La soixantaine. Dégarni. En manteau gris. Il est sans doute venu ici pour essayer d'acheter ou de vendre de la drogue.

La femme referma sa porte, ôta la chaîne de sécurité et rouvrit.

— J'ai vu aucun junkie ici, et si j'en avais vu un, je l'aurais fait déguerpir à coups de pied aux fesses. J'ai des gosses ici. Y a pas de trafic de drogue ici.

— Ça vous ennuierait qu'on jette un coup d'œil aux appartements du dessus ?

— Ah ben non ! Au contraire, j'insiste !

Vanessa alla dans son salon et en revint avec un trousseau de clefs.

Elle était aussi forte que Lula, portait un peignoir en éponge à fleurs rouges et jaunes et des bigoudis sur la tête. Elle était mère et grand-mère, mais ne devait pas avoir plus de trente ou trente-cinq ans. Elle frappa à la première porte à coups redoublés.

TOC, TOC !

La porte s'ouvrit sur un jeune homme mince qui nous regarda d'un air ensommeillé.

— Hmmm ? fit-il.

— Vous avez reçu quelqu'un ce matin ? lui demanda Vanessa, en essayant de voir par-dessus son épaule. Vous faites un trafic qu'il faudrait pas ?

— Non, madame, non, pas moi, dit-il en secouant la tête.

— Mouais, fit Vanessa.

Elle s'éloigna vers la porte numéro deux.

TOC, TOC !

Ce fut un homme obèse en slip et tricot de peau qui nous ouvrit.

— Bon Dieu de bon Dieu ! tonna-t-il. On peut pas dormir tranquille ici ?

Voyant que c'était Vanessa, il recula d'un pas.

— Oh, excusez-moi, fit-il. Je ne savais pas que c'était vous.

— Je cherche un Blanc pas clair, dit Vanessa, bras croisés sur sa généreuse poitrine, avec un air de dignité offensée. Il ne serait pas chez vous, des fois ?

— Y a que moi chez moi.

On se tourna tous vers la porte numéro trois.

11

Ranger fit signe à Vanessa de se pousser sur le côté. Il frappa à la porte et attendit. Pas de réponse. Il frappa de nouveau — plus fort cette fois.

— C'est une nana qu'habite là, dit Vanessa. Elle est arrivée la semaine dernière. Elle s'appelle Gail.

Elle se planta devant Ranger et cria :

— Gail ? C'est Vanessa, ma belle. Tu peux ouvrir ?

Le verrou fut tiré et la porte s'ouvrit sur une jeune femme d'une maigreur qui faisait peine à voir. Elle avait les yeux fatigués et une plaie à vif au coin de la bouche.

— T'as eu de la visite ce matin ? lui demanda Vanessa.

Gail hésita un dixième de seconde, se demandant sans doute ce qu'elle devait répondre et quels nouveaux ennuis l'attendaient.

— Y a quelqu'un avec toi, là ? insista Vanessa tout en essayant de voir à l'intérieur de la chambre.

Gail secoua la tête.

— J'ai fait monter personne, fit-elle. Il est venu de lui-même. Je vous jure. Un Blanc, un maboule qui voulait voir mon mec.

— Je croyais que tu vivais seule ? dit Vanessa avec un regard désapprobateur.

— Mon mec s'est tiré quand je suis sortie de désintox. Il m'a dit que ça sentait le roussi. (Elle mima un pistolet.) Et maintenant, il a disparu. Pfff.

— Son nom ? lui demanda Ranger.

Gail nous regarda tour à tour, indécise.

— ALORS, ÇA VIENT ? brailla Vanessa.

— Elliot Harp, répondit Gail en sursautant. Tout le monde l'appelle le Harpon. Mais je ne suis plus avec lui, je vous jure. (Instinctivement, elle porta une main à sa plaie.) Vous voulez savoir autre chose ? demanda-t-elle.

— Non, dit Ranger. Excusez-nous de vous avoir dérangée.

Gail fit un petit signe de tête et referma la porte sur elle.

Ranger remercia Vanessa pour son aide précieuse. Vanessa lui répondit qu'elle avait été ravie de pouvoir lui rendre service et que si, un jour, il avait besoin d'une chambre ou... de quoi que ce soit d'autre, qu'il n'hésite pas à venir la voir. Ranger lui assura qu'il n'y manquerait pas.

— Eh bien, lui dis-je une fois dans la rue. Ton charme a encore frappé.

— Alors, où est Pinoc' ? nous demanda Lula une fois qu'on eut repris place dans le Bronco.

— On l'ignore, lui répondis-je. Il est venu ici pour voir un certain Elliot Harp qui n'était pas chez lui.

— Le Harpon ? fit Lula. Mauvais, ça. Un petit dealer. Il a une dizaine de gosses qui bossent pour lui.

— C'est quoi, ce badge que tu as montré ? demandai-je à Ranger.

— Tu en veux un ? fit-il en démarrant.

— Ça peut toujours servir.

Ranger regarda Lula dans le rétro.

— Tu sais où il crèche, cet Elliot ?

— Dans Stark Street, je crois. Il a une nana. Une junkie qui tapine.

— Gail ?

— Ouais.

— On vient de lui parler. Elle nous a dit qu'il l'avait quittée et qu'elle ne savait pas où il était.

— C'est possible, fit Lula. Ça va, ça vient.

— Si Mo veut retrouver Elliot, où va-t-il le chercher ? demandai-je.

— Dans la rue, répondit Ranger en prenant la direction du Bourg. Elliot a peut-être la trouille, mais il faut bien qu'il continue à faire ses petites affaires.

— Elliot ne sera pas dans la rue à cette heure-ci, dit Lula. Peut-être vers onze heures. C'est après la messe que ça zone pas mal dans Stark Street. C'est après la messe que les mecs vont aux putes.

Je rentrai chez moi pour prendre mon petit déjeuner et me changer. Ranger avait regagné ses pénates pour manger sa ration quotidienne de tofu et d'écorce d'arbre. Nous devions nous retrouver à onze heures.

Le téléphone sonnait quand j'entrai. Lula.

— T'as vu ça ! Le vieux Pinoc' fait la une du canard ! L'article dit que, selon une source sûre, les refroidis retrouvés dans sa cave seraient liés à un trafic de drogue. Ha ! Tu parles !

Je lus l'article pendant que le café passait. Puis je pris ma douche et finis par débrancher le téléphone après trois autres appels. Pour le Bourg, c'était l'événement le plus important depuis que l'homme avait marché sur la Lune — et depuis le jour où on avait retrouvé Tony Dessous-de-Table pendu à une poutre de son grenier, le pantalon aux chevilles et une main sur une érection digne de figurer dans le livre des records. Mo lui volait la vedette !

Et le mieux, c'est que je suis réhabilitée. Finie la rengaine selon laquelle Mo « ne-ferait-jamais-rien-de-

mal »! La cave du marchand de glaces grouillait d'asticots!

Je laçai mes boots, nouai une écharpe autour de mon cou et optai pour mon blouson de cuir noir. Je sautai au volant de la Buick et allai chez mes parents. Quand j'ouvris la porte, je tombai sur Mamie Mazur qui suspendait son manteau dans l'entrée.

— Tu es au courant pour les cadavres? me demanda-t-elle.

— C'est Morelli et moi qui les avons découverts.

Mamie écarquilla les yeux.

— Ce n'est pas vrai! Tu étais là quand ils les ont déterrés? Tu vas passer à la télé?

— Non, je ne crois pas.

Je récupérai mon sac dans la penderie et en vérifiai le contenu.

— Oh, j'aurais adoré être là! dit ma grand-mère en poussant un soupir.

— Et à l'église, c'était comment?

— Ennuyeux comme la pluie. Quelle perte de temps! Il n'y a que des vieux croulants. Il y a un loto ce soir à la salle des fêtes. Je vais aller tenter ma chance. Il paraît qu'il y a quelques beaux gosses qui y vont.

Ranger était déjà là, en treillis et blouson d'aviateur kaki, quand j'engageai la Buick sur le parking municipal dans Woodley Street.

— Du nouveau? lui demandai-je.

— J'ai appris qu'Earl Forster, un de mes DDC, avait braqué un magasin et tiré sur le vendeur. Il l'a blessé au pied. Sa caution est de trois cent mille dollars. On m'a appelé pour me dire qu'il était chez sa petite amie dans le Nouveau Brunswick. J'ai un pote sur place, mais il faut que j'y sois pour l'arrêter. Tu crois que tu pourras chercher le Harpon toute seule?

— Sans problème. Lula le connaît. Elle sait où il zone.

— Garde tes distances. Ne te sers de lui que pour approcher Mo. Et s'ils sont ensemble, attends que le Harpon se soit tiré pour alpaguer Mo. On pense que Mo a tué des dealers. On est *sûrs* que le Harpon est capable de tuer n'importe qui... même des chasseuses de primes. Si tu vois que tu ne peux pas arrêter Mo toute seule, tu m'appelles sur mon portable.

— Sois prudent.

Lula arriva dix minutes plus tard.

— Excuse pour le retard, dit-elle. J'ai des problèmes intestinaux. Où est Ranger?

— Il avait affaire ailleurs. On va devoir se débrouiller toutes seules.

Si je devais procéder à une arrestation dans des conditions normales, j'utiliserais deux véhicules ou bien je demanderais à mon coéquipier d'être à pied et je le suivrais de près en voiture. En l'occurrence, je craignais fort qu'on ne rentre bredouilles. Et comme, de toute façon, je ne savais pas à quoi ressemblait le Harpon, je décidai de monter en voiture avec Lula.

— J'ai la dalle, dit Lula. J'ai envie de frites.

À travers la pluie, j'aperçus l'enseigne au néon rouge et jaune d'un fast-food. Le guichet des ventes à emporter nous attira comme un aimant.

— Triple-bacon-cheeseburger-ketchup ! cria Lula dans le haut-parleur. Et une grande « frites ». Et un milk-shake au chocolat. Un grand ! Tu veux quelque chose ?

— Pareil que toi.

— Même chose deux fois ! cria Lula. Et oubliez pas le ketchup, surtout !

On prit les sachets et on alla se garer dans Stark Street pour être aux premières loges. Le problème, c'est qu'il n'y avait rien à voir.

— Tu t'es déjà posé des questions sur lui ? me demanda Lula.

— Sur qui ?

— Sur Ranger.

— Comment ça ?

— Tu sais rien sur lui. Pas même où il habite.

— Je connais son adresse.

— Ah oui, le terrain vague.

Je sirotai mon milk-shake tandis que Lula finissait ses frites.

— Je pense qu'on devrait faire une enquête sur Ranger, dit Lula. Je crois que je vais lui coller au train un de ces quatre.

— Hum, fis-je.

— Demain matin ! Tu cours avec lui tous les jours ?

— Quand je ne peux vraiment pas faire autrement.

— Ben si tu fais un jogging avec lui demain, bigophone-moi. Moi aussi, je ferais bien un peu d'exercice.

Au bout d'une heure de sit-in, je n'en pouvais plus.

— Ça ne sert à rien, dis-je à Lula. Allons voir dans Montgomery Street, juste par acquit de conscience.

Nous voilà reparties.

On se gara à deux pas de chez Sal.

— Tu as revu Jackie ? lui demandai-je. Elle est toujours en désintoxication ?

— Elle va à la clinique, mais le problème, c'est que si on peut l'obliger à suivre le programme, on ne peut pas l'obliger à le prendre au sérieux. Elle n'a pas assez confiance en elle pour y croire.

— Ça viendra.

— J'espère. Moi, j'ai de la chance, puisque je suis une optimiste de naissance. Même quand les choses tournent mal, je ne me laisse pas abattre. Je me démène, je baisse pas les bras, je me remonte tellement à bloc que j'en oublie que j'ai peur. Jackie, elle n'a pas une personnalité aussi positive que moi, tu vois. Elle garde tout à l'intérieur.

— Pas toujours. Je l'ai trouvée plutôt extravertie quand elle a troué la peau de Cameron Brown.

— Ah ouais, c'est vrai que là, elle s'éclatait. Je sais qu'elle a eu tort de faire ce qu'elle a fait à un mort, mais je dois reconnaître que ça m'a fait marrer de voir son ancien mec tressauter comme une marionnette ! Elle devrait se rebiffer plus souvent... Tu vois, Stéphanie, on a vachement été battues, elle et moi. Le problème de Jackie, c'est qu'elle continue à se laisser tabasser. Elle sait pas comment se sortir de ça. J'ai essayé de l'aider, j'y ai dit, regarde-moi, plus personne lève la main sur moi maintenant. Jamais. On me respecte. Je vais faire quelque chose de ma vie. Peut-être même que j'irai à l'université un jour.

— Oui, tu pourrais. Beaucoup de gens reprennent des études.

— Ouais, ce serait génial !

Je bus mon café en regardant à travers la vitre battue par la pluie. Les voitures passaient dans la rue en un ballet abstrait rythmé par les taches rougeoyantes et floues de leurs phares arrière.

Une voiture beige sortit du parking souterrain de l'autre côté de la rue et s'arrêta. Un objet long était sanglé sur la galerie. Je baissai un peu ma vitre pour mieux voir. Un tapis. Un tapis roulé et protégé par une bâche.

Le chauffeur passa un bras par sa vitre pour vérifier que son chargement était bien fixé. Il descendit de voiture et retendit une sangle.

— Regarde cette voiture ! criai-je à Lula en me dressant sur mon siège.

Elle enclencha les essuie-glaces et colla le nez au pare-brise pour mieux voir.

— Putain de merde ! s'écria-t-elle. C'est lui. C'est Pinoc' !

Elle ouvrit sa portière d'un coup d'épaule et s'élança vers le trottoir d'en face, tenant à la main un beignet à la crème entamé. Elle était trempée jusqu'aux os et elle hurlait :

— Je vous arrête ! Au nom de la loi, je vous arrête !

Mo se retourna, bouche bée. Une expression d'incrédulité totale se dessina sur son visage. Il sauta au volant de sa voiture, redémarra et partit, pied au plancher.

— Reviens ! criai-je à Lula. Il s'en va !

Lula revint vers la Firebird au triple galop.

— Tu as vu ça? fit-elle. Il a fait comme s'il ne m'entendait pas. Oh, j'aurais dû le buter. Lui foutre une balle dans le bide, à ce vieux chauve.

Elle démarra sur les chapeaux de roues et fonça sur les traces de Mo... traversa le carrefour... grilla un feu rouge...

— Je le vois ! cria-t-elle en tapant sur le volant avec le plat de la main. Et c'est pas un tapis qu'il a sur sa galerie. C'est un truc bosselé enveloppé dans un sac-poubelle. J'crois que j'ai deviné c'que c'est, mais je préfère ne pas te le dire.

Je partageais son opinion, et l'éventualité qu'Elliot Harp soit en train de faire son dernier voyage me donnait envie de partir dans la direction opposée. Je n'avais pas envie de trouver un autre cadavre. Mon équilibre émotionnel était au bord de l'implosion.

Mo tourna dans Slater Street et Lula fit de même, pratiquement sur deux roues. J'avais mon pied contre le tableau de bord.

— Ralentis ! criai-je. Tu vas nous tuer !

— T'inquiète. Je sais ce que je fais. Je suis la reine du réflexe. Un vrai chat.

Mo montait vers Wells Avenue. Je savais où il allait. Vers la Route 1. *Pas de problème. De toute façon, il ne peut pas nous semer avec ce qu'il a sur le toit.*

Quoique à l'heure qu'il est, il se moque pas mal de son chargement, sans doute.

Lula le suivit sur la bretelle d'accès. On le perdit un moment de vue quand il se coula dans le trafic. On le rattrapa aisément et on ne le lâcha plus.

Le sac-poubelle vert foncé claquait au vent. Mo changea de file et son fardeau oscilla sous ses sangles.

— S'il ne fait pas gaffe, il va le perdre, son paquet-cadeau, dit Lula en klaxonnant furieusement à son intention. Gare-toi, pif en paf !

Elle donna un coup d'accélérateur et toucha le pare-chocs arrière de la voiture de Mo.

Cramponnée au tableau de bord, je commençai à psalmodier *Sainte Marie, mère de Dieu... faites que je ne meure pas sur la Route 1 avec mes cheveux dans cet état !*

Lula emboutit de nouveau le pare-chocs de Mo. Ma tête partit en arrière sous l'impact et Mo fit un zigzag. Une sangle céda et un sac-poubelle vola par-dessus notre voiture.

Lula chargea une fois encore, mais avant qu'elle ait eu le temps de faire de l'autotamponneuse, l'autre sangle craqua, un autre sac-poubelle s'envola dans les airs, un corps fut catapulté du toit de la voiture de Mo et atterrit sur celui de la Firebird avec un bruit sourd. BOUMP !

— AAAAAAAaaaaaah ! cria-t-on d'une seule voix.

Le corps glissa sur le pare-brise où il resta scotché comme un moucheron géant, nous fixant de ses yeux vides, bouche grande ouverte.

— Y a un cadavre sur mon pare-brise ! brailla Lula. Je peux pas conduire avec ça ! Et mes essuie-glaces ne marchent pas ! JE PEUX PAS CONDUIRE AVEC UN MORT SUR MON PARE-BRISE !

La voiture zigzaguait d'une file à l'autre. Le cadavre fit un saut périlleux et atterrit sur le bas-côté de la route, le visage vers le ciel. Lula pila. La voiture dérapa et s'arrêta sur le bas-côté. On resta immobiles un moment, main sur le cœur, incapables de dire un mot. Puis on se retourna pour regarder par la vitre arrière.

— Haaaaan, fit Lula.

Je n'avais rien d'autre à ajouter.

On se regarda et on se fit la grimace. Lula passa en marche arrière et recula prudemment en restant sur la bande d'arrêt d'urgence. Elle arrêta la Firebird à quelques mètres du corps. On descendit de voiture et on s'approcha à petits pas.

— Au moins, il est pas à poil, dit Lula.

— C'est Harp ?

— Possible. Difficile à dire avec le trou qu'il a à la place du nez.

Il pleuvait à verse. Je clignai des yeux, repoussai une mèche de cheveux mouillés et me tournai vers Lula.

— On devrait appeler la police, lui dis-je.

— Ouais. Appelle et moi, je vais lui mettre une couverture dessus.

Je retournai à la voiture en courant, pris mon portable dans mon sac et composai le numéro du poste. Un logo faiblard s'afficha sur l'écran, me signalant que la batterie était à plat.

— J'ai oublié de le recharger cette nuit ! criai-je à Lula. On va arrêter une bagnole !

Une quinzaine d'entre elles nous filèrent sous le nez sans ralentir, en nous éclaboussant au passage.

— Plan numéro deux ? demanda Lula.

— On roule jusqu'à la prochaine sortie et on appelle la police.

— En laissant le cadavre ici ?

— Je suppose qu'une de nous devrait rester.

— Dans ce cas, c'est toi, dit Lula.

Un poids lourd nous passa devant. On faillit tomber à la renverse.

— On pourrait l'emmener avec nous, dit Lula en lançant un regard de biais vers le cadavre. On le fout dans le coffre et on le dépose devant la morgue. Ni vu ni connu.

— Ce serait modifier la scène du crime.

— Tu parles ! Il est tombé du ciel, ce mort ! Et en plus, il pourrait se faire écraser par un camion si on le laisse ici.

Un point pour elle. Elliot Harp était tombé sur la voie publique alors qu'il était en transit. Et ça la ficherait mal s'il avait des traces de pneus sur le thorax.

— OK, dis-je. On l'embarque !

On regarda Elliot. On se regarda. On grimaça.

— Bon, fit Lula, je vais ouvrir le coffre et tu le mets dedans.

— Moi ?

— Tu crois pas que je vais le faire, quand même ? Je touche pas un mort, moi. J'ai toujours les boules rien que de penser à Leroy Watkins.

— Il est trop lourd pour que je le soulève toute seule.

— Cette histoire me donne envie de... d'aller au petit coin. Je propose qu'on fasse comme si rien n'était arrivé et qu'on mette les bouts.

— Ce n'est pas une mauvaise idée, dis-je en faisant un effort pour m'en convaincre. Et ta couverture ? On pourrait l'envelopper dedans, comme ça on le soulèverait sans le toucher.

— Mouais. Ça peut se faire.

J'étalai la couverture par terre à côté de feu Elliot Harp. Puis je pris mon courage à deux mains, glissai mes doigts sous sa ceinture et le fit rouler sur la couverture. Je reculai vivement, fermai les yeux très fort et poussai un petit cri. Je ne m'habituerai jamais à voir des morts, me dis-je.

— J'ai envie d'aller aux chiottes, gémit Lula. Je peux pas me retenir.

— Oublie ça et donne-moi un coup de main !

Du bout des doigts, Lula prit les deux coins supérieurs de la couverture, je pris les deux autres. Harp était déjà d'une telle rigidité que son corps refusait de se plier. On le fit basculer dans le coffre la tête la première, mais on ne réussit pas à faire rentrer les jambes. On referma doucement le coffre contre ses genoux et on l'attacha avec une ficelle.

— Attends, fit Lula.

Elle sortit une écharpe à fleurs rouge de la poche de son manteau et la noua autour du pied de Harp.

— J'ai pas envie d'avoir un PV, dit-elle. Il paraît que les flics te ratent pas si tu as un truc qui dépasse de ton coffre et que tu ne le signales pas.

Surtout si c'est un cadavre.

On repartit. Au bout d'un kilomètre, on n'avait toujours pas atteint une sortie et je commençais à me demander comment les policiers allaient réagir quand ils nous verraient débarquer avec le cadavre d'un trafiquant de drogue dans le coffre de notre voiture. Ils ne comprendraient peut-être pas la logique de notre raisonnement.

Lula s'engagea enfin sur une rampe de sortie et s'arrêta à un feu.

— On va où ? demanda-t-elle.

— Au Bourg. Il faut que je parle à Eddie Gazarra.

Eddie était un ami avant d'être un flic. Je pouvais compter sur lui pour me conseiller sur le meilleur parti à prendre pour le transport d'un mort.

Une voiture s'arrêta derrière nous. Presque aussitôt, elle repartit en marche arrière à la vitesse grand V. Lula et moi échangeâmes un regard.

— On aurait peut-être mieux fait d'enrouler la couverture autour de ses pieds, dit Lula.

Le feu passa au vert et elle redémarra. Elle prit par Masters Street pour éviter le centre-ville — il valait mieux ! Quand on arriva dans Hamilton Avenue, le ciel était noir et les réverbères allumés.

Eddie Gazarra habitait à l'orée du Bourg, dans un petit ranch qui datait des années soixante. En brique et revêtement en alu blanc. Courette clôturée pas plus grande qu'un mouchoir de poche.

Lula se gara juste devant.

— On dirait qu'y a personne, dit-elle en regardant les fenêtres où pas une lumière ne brillait.

J'allai tout de même sonner à la porte. Pas de réponse. Je sonnai une seconde fois. Je m'aventurai parmi les buissons d'azalées pour regarder par la fenêtre du salon.

Gus Balog, le voisin, apparut sur le seuil de chez lui.

— Qu'est-ce qui se passe ? C'est toi, Stéphanie ?

— Oui. Je suis venue voir Eddie.

— Ils ne sont pas là. Ils sont allés au nouveau fast-food avec les gosses. Cette voiture rouge, là... c'est la tienne ?

— Non, c'est celle de ma coéquipière.

— Mais qu'est-ce qui dépasse du coffre ?

— Oh, un pantin qu'on a acheté dans un magasin de farces et attrapes.

— Je dirais plutôt que c'est un cadavre. J'ai entendu dire que tu en avais après Mo. Ce ne sont pas ses jambes, au moins ?

Je battis en retraite.

— Mais non !

Je sautai en voiture et claquai la portière.

— Il est temps de partir, dis-je à Lula.

Lula démarra et roula au hasard.

— Alors ? fit-elle. On fait quoi ?

— Je réfléchis, je réfléchis.

Le problème, c'est que je n'avais qu'une seule idée

et qu'elle avait pour nom Joe Morelli. Il était le seul à pouvoir m'aider... mais je n'avais pas envie qu'il me voie dans ce piteux état, je n'avais pas envie de lui demander un nouveau service, et je n'étais pas persuadée qu'il prendrait mon parti contre la police de Trenton.

— J'ai froid, je suis trempée et je suis pas sûre de pouvoir me retenir très longtemps, dit Lula. Alors décide-toi, et vite, si tu veux pas que je salisse la caisse.

Morelli avait emménagé depuis peu dans une maison de Slater Street. J'ignorais les raisons de ce choix, mais ça ne lui ressemblait pas. Son appartement précédent était peu meublé. Confortable dans le genre fonctionnel. Entretien minimum. Alors, une maison entière pour lui tout seul ? Comment allait-il s'en occuper ? Qui allait faire le ménage ?

— Va à Slater Street, dis-je à Lula.

Cette rue est située à environ un kilomètre du Bourg, dans un quartier multiracial assez modeste.

Je ne me souvenais plus à quel numéro Morelli habitait, mais je reconnaîtrais la maison — je n'avais pu résister à la curiosité malsaine de venir faire un repérage un mois plus tôt. Elle était située à mi-hauteur de la rue. Un étage, toit en bardeaux, petite véranda en ciment. Idéal pour un bricoleur.

Je vis la voiture de Morelli garée au bord du trottoir. Le doute m'assaillit et je passai mes idées en revue.

— Qu'est-ce que t'as à gémir comme ça ? me demanda Lula.

— Je passe mes idées en revue.

— Et alors ?

— Je n'en ai aucune.

Lula se gara juste derrière la voiture de Morelli, pare-chocs contre pare-chocs.

— C'est une bagnole de flic, ça, dit-elle. Elle sent le flic, cette bagnole.

— C'est celle de Morelli.

— Il habite ici ?

— Oui. Attends-moi, je n'en ai pas pour longtemps.

Il y avait de la lumière au rez-de-chaussée, à l'arrière de la maison. La cuisine, sans doute. Je frappai et attendis en me demandant comment Morelli allait m'accueillir et en priant le ciel qu'il soit seul. Si jamais il était avec une femme, je me sentirais si gênée que je serais obligée d'émigrer en Floride.

J'entendis des pas qui approchaient et la porte s'ouvrit sur Morelli, en jean et chemise en coton ouverte sur son T-shirt, manches retroussées jusqu'aux coudes. En me voyant, ses yeux s'arrondirent de surprise. Il lorgna mes cheveux plaqués par la pluie, mon jean maculé de boue, puis il avisa la Firebird de Lula et il hocha la tête.

— Ne me dis pas que ce sont des jambes qui dépassent du coffre, fit-il.

— Ben, heu... en fait...

— Bon Dieu, Stéphanie, ça fait le quatrième. Quatre cadavres ! Huit si on compte ceux retrouvés dans la cave de Mo !

— Ce n'est pas de ma faute ! Si tu crois que ça m'amuse !

— Qui est-ce ?

— On pense que c'est Elliot Harp. Il a un gros trou au milieu de la figure, alors on ne peut pas en être sûres.

Je lui racontai toute l'histoire de A jusqu'à Z.

— Et ? fit-il.

— Et nous voilà. J'ai pensé que ça t'intéresserait de le voir en premier.

Et que tu pourrais rédiger un rapport où ne figureraient ni le nom de Lula ni le mien. Et que si je te mettais sur le coup, je ne serais pas au centre de plaisanteries de corps de garde ayant pour thème la livraison de cadavres.

Morelli fit signe à Lula de patienter un peu. J'entrai chez lui et il referma la porte. Je me retrouvai dans une petite entrée parquetée d'où partait un escalier en bois.

— Vous auriez dû laisser le corps là où il était, me dit-il. Vous auriez dû arrêter une voiture. Appeler la police.

— Hou hou ! m'écriai-je. Tu m'écoutes quand je parle ? Je viens de te dire qu'on avait essayé tout ça. Aucune voiture ne s'arrêtait et ça finissait par devenir dangereux de rester sur le bord de la route.

Morelli entrouvrit la porte et regarda en direction de la Firebird. Il la referma et hocha la tête en réprimant un sourire.

— Et ce n'est pas drôle ! dis-je.

— Le fanion, c'est une idée de qui ?

— De Lula. Elle ne tenait pas à avoir un PV.

Cette fois, Morelli rigola ouvertement.

— Tu ne dois pas t'ennuyer avec elle, dit-il.

— Bon, qu'est-ce que j'en fais, de ce mort ?

— Je vais appeler le bureau du médecin légiste pour qu'il nous envoie quelqu'un au poste. Tu as emmené ce Harp jusqu'ici, tu n'es plus à quelques kilomètres près.

— Je n'ai rien fait d'illégal, hmmmm ?

— Il vaut mieux que tu ne te poses pas la question, me lança-t-il en s'éloignant vers la cuisine.

Je le suivis dans le couloir, jetant un coup d'œil au salon et à la salle à manger. Petites pièces ; plafonds hauts et moulurés ; cartons attendant d'être défaits ; tapis roulé dans un coin.

Morelli prit ses boots sous la table de la cuisine et s'assit pour les lacer.

— Jolie cuisine, lui dis-je. Elle me rappelle celle de mes parents.

— Il y a pas mal de choses à faire ici, dit Morelli en regardant autour de lui comme s'il voyait sa cuisine pour la première fois.

— Pourquoi t'es-tu décidé à acheter une maison ?

— Je ne l'ai pas achetée, j'en ai hérité. Ma tante Rose me l'a léguée.

Morelli se leva et prit un blouson posé sur le dossier d'une chaise paillée.

— Tu pourrais la vendre.

— J'y ai pensé, dit-il en mettant son blouson, mais j'ai décidé de faire une tentative, de voir si je m'y sentais bien.

Un coup de klaxon insistant nous parvint de l'extérieur.

— C'est Lula, dis-je. Elle a envie d'y aller.

12

J'indiquai à Lula comment gagner l'arrière du poste de police pour que nous puissions décharger Elliot en toute tranquillité. Morelli se gara à côté de nous. Cette zone était surveillée par des caméras ; ce n'était qu'une question de secondes avant que des flics ne surgissent par la porte de service.

On descendit de la Firebird et on s'éloigna du cadavre. J'étais trempée jusqu'aux os et, sans la chaleur du chauffage de la voiture, j'aurais tremblé comme une feuille.

— C'est marrant, la vie, dit Lula. Tout ça est arrivé parce que j'ai pas digéré une tortilla. À croire que Dieu savait ce qu'il faisait en me filant la courante.

— Les voies de Dieu sont impénétrables, lui rappelai-je en claquant des dents.

— C'est bien vrai. En tout cas, maintenant, on sait que Jackie avait bien vu Pinoc' dans Montgomery Street. On a même rendu service à ce pauvre Elliot. C'est pas qu'il le mérite, mais enfin, sans nous, il serait au fond de la rivière à l'heure qu'il est.

La porte de service s'ouvrit sur deux policiers en uniforme que je connaissais de vue. Morelli leur demanda de bloquer l'accès au parking pendant un petit moment.

Le médecin légiste arriva en pick-up et se gara près de la Firebird. Un policier du Bureau des identifications dit quelques mots à Morelli puis s'éloigna. Arnie Rupp, le chef de la brigade criminelle de Trenton, sortit voir ce qui se passait, flanqué d'un homme en jean, veste écossaise rouge et noire et casquette de la police de Trenton. Rupp demanda à l'homme s'il avait fini de remplir les papiers concernant l'affaire Runion. L'homme lui répondit que non, pas encore, qu'il finirait tout ça le lendemain matin.

En entendant sa voix, ma petite alarme intérieure se déclencha.

L'homme soutint mon regard. Visage fermé. Indifférent. Visage de flic.

— Rentrez chez vous, Lula et toi, me dit Morelli. Vous ressemblez à deux noyées, et ça va nous prendre du temps, ici.

— Je ne dis pas non, fit Lula. J'ai les intestins barbouillés.

Morelli me releva le menton et plongea son regard dans le mien.

— Tu m'as l'air d'être au trente-sixième dessous.

— Qui c'est, ce type à côté d'Arnie Rupp ? Celui en jean et casquette ?

— Mickey Maglio. Spécialisé dans les affaires de vol.

— Tu te souviens de ce que je t'ai dit sur les hommes qui m'ont agressée en cagoule et bleu de travail ? Leur meneur, celui qui m'a brûlée à la cigarette, avait une voix de fumeur et un accent de Jersey City. Je sais que ça ne va pas te faire plaisir, mais je te jure que ce Maglio a exactement la même voix. Et la même taille, et la même stature.

— Tu n'as jamais vu son visage ?

— Non.

— Maglio est un bon flic. Il a trois gosses et sa femme est enceinte.

— Oui, je peux me tromper. Oh, j'ai ffffroid.

Morelli me prit par les épaules, me serra contre lui et me conduisit jusqu'à une voiture de police.

— Je vais m'en occuper, me dit-il. En attendant, gardons ça pour nous.

Je fis d'abord déposer Lula chez elle eu égard à son envie pressante. Je gardai le silence pendant le reste du trajet, tremblant de froid à l'arrière de la voiture de police, craignant à tout moment de fondre en larmes et de passer pour une mauviette aux yeux de mon flic-chauffeur.

Il s'arrêta devant mon immeuble. Je descendis de voiture en le remerciant, courus jusqu'à l'entrée puis enfilai l'escalier quatre à quatre. De bonnes odeurs de cuisine flottaient dans le couloir du deuxième étage. Poisson grillé chez Mrs. Karwatt ; ragoût chez Mr. Walesky.

Je ne claquais plus des dents, mais j'avais toujours les mains qui tremblaient et je dus m'y reprendre à deux fois pour enfoncer la clef dans la serrure. Je poussai la porte, allumai la lumière, mis le verrou.

Rex sortit à reculons de sa boîte de conserve et me jaugea de la tête aux pieds.

— Oh, ça fait chier, Rex. C'est épuisant.

Je me mouchai, me traînai jusqu'à la salle de bains et restai sous la douche jusqu'à en avoir la peau écarlate et la tête vide. Après quoi je m'écroulai sur mon lit et m'endormis sur-le-champ.

J'eus du mal à me réveiller. J'avais les paupières gonflées, je me sentais vasouillarde. Je tournai la tête vers mon réveil. 9 :30. On frappait à ma porte. Je me levai en titubant, longeai le couloir et ouvris sans regarder qui c'était.

Et c'était Morelli, une boîte de pizza et un pack de six bières dans les mains.

— Il faut toujours regarder qui c'est avant d'ouvrir sa porte, me dit-il.

— J'ai regardé.

— Menteuse.

— En tout cas, tu sais y faire avec les femmes, dis-je en désignant la boîte de pizza.

— Ça te dit ? me demanda-t-il avec un sourire.

— Bon, tu rentres ou pas ?

Morelli jeta la pizza et le pack de bières sur la table basse et ôta son blouson.

— J'aimerais que tu me résumes les événements de la journée, fit-il.

J'apportai des assiettes et des serviettes en papier et m'assis sur le canapé à côté de Morelli. J'engloutis une part de pizza et lui racontai tout. Il m'écouta en sirotant deux bières.

J'entamai une deuxième part de pizza. J'avais bien envie d'aborder la question de Mickey Maglio, mais mon accusation reposait sur trop peu d'éléments. De toute façon, je savais qu'en bon flic Morelli ne manquerait pas d'exploiter cette piste.

— Bon, et maintenant ? fis-je. Tu veux regarder la télé ?

Ce fut sa montre que Morelli regarda.

— La prochaine fois. Il faut que je rentre. (Il se leva et s'étira.) La journée a été dure.

Je le raccompagnai à la porte.

— Je te remercie de m'avoir aidée à me débarrasser du corps d'Elliot, lui dis-je.

— Hé, fit Morelli en me donnant un petit coup de coude. Normal. Sinon, à quoi serviraient les amis ?

Et me voilà restant sur ma faim. Plus de flirt. Plus de baisers volés. Les allusions sexuelles réduites au minimum. Je le suivis des yeux tandis qu'il s'éloignait dans le couloir. *Il n'y a qu'une seule explication possible. Morelli a une petite amie. Il est amoureux. Pour lui, je suis de l'histoire ancienne.*

Il s'engouffra dans la cabine de l'ascenseur et les portes se refermèrent sur lui. Je refermai ma porte.

Super! Super...

En fait, j'avais l'impression qu'une grande soirée avait été organisée et que j'étais la seule à ne pas y être invitée. Je réfléchis à la question, tentant de mettre le doigt sur la cause réelle de mon malaise. Celle qui tombait sous le sens était, bien sûr, la jalousie. Mais cette raison-là ne me convenait pas. J'essayai d'en débusquer une autre. À court d'idées, je finis par laisser tomber. Pour tout dire, nous étions restés sur un échec, Morelli et moi, un *Buickus interruptus* qui remontait à un peu plus de deux mois et je devais avouer que, depuis, je pensais souvent à lui en des termes torrides.

Là-dessus, il y avait eu son déménagement — qui ressemblait si peu à Morelli, le célibataire endurci. À moins que... à moins qu'il n'envisage de vivre à deux? Oh, mon Dieu, et s'il pensait au mariage?

Cette idée ne me plaisait pas du tout. Si jamais Morelli se mariait, c'en était fini de mes fantasmes et ma mère ferait monter la pression. « Regarde, me dirait-elle, même Morelli s'est marié! »

Je m'écroulai sur le canapé et allumai la télévision. Rien d'intéressant. Je débarrassai la table, rebranchai mon téléphone et mon répondeur. Rallumai la télévision.

À ma troisième bière, je me sentis un peu pompette. *Quel salaud, ce Morelli! Il ne manque pas de culot de sortir avec une autre!*

Et plus j'y pensais, plus ça m'ennuyait. Qui ça peut bien être? me demandai-je. Qui ça peut bien être?

Je téléphonai à Sue Ann Grebek et lui demandai discrètement quelle était la pouffiasse qui se faisait Morelli. Elle l'ignorait. J'appelai Mary Lou et ma cousine Jeanine. Ni l'une ni l'autre ne le savait.

Qu'à cela ne tienne, je le découvrirai par moi-même. Après tout, je suis une détective privée, en un sens. Je vais mener ma petite enquête.

Le problème, c'est que les événements de ces jours derniers m'avaient pas mal secouée. Je n'ai pas peur du noir, mais je n'adore pas non plus. Bon, d'accord, j'*ai* peur du noir. Je rappelai Mary Lou pour lui demander si elle voulait bien venir avec moi pour espionner Morelli.

— D'accord, me dit-elle. La dernière fois qu'on l'a espionné, on avait douze ans. On a du retard à rattraper.

Je mis mes baskets, un sweat-shirt à capuchon par-dessus celui que je portais et dissimulai mes cheveux orange sous mon bonnet de laine.

Dans le hall, je tombai sur Dillon Ruddick, le gardien, un type super sympa.

— Je vous donne cinq dollars si vous m'accompagnez jusqu'à ma voiture, lui dis-je.

— Je vous y emmène gratis. J'allais vider les poubelles de toute façon.

Autre avantage de se garer à côté de la benne.

— Super, la caisse, dit-il en contemplant la Buick.

Mary Lou m'attendait sur le trottoir devant chez elle. Elle portait un jean noir moulant, un blouson de moto en cuir noir, des bottines noires à talons hauts et de gros anneaux d'or aux oreilles. Tenue de soirée chic et choc pour mateuse du Bourg.

— Si tu racontes qu'on a fait ça, je le nie, et je loue les services de Manny Russo pour qu'il te tire une balle dans le genou, dit Mary Lou.

— Je veux juste savoir s'il a une nana chez lui.

— Pourquoi ?

Je la regardai à deux fois.

— OK, dit-elle. J'ai compris.

La voiture de Morelli était garée devant chez lui. Il y

avait de la lumière dans la cuisine. Une silhouette s'engagea dans l'escalier. Une lampe s'alluma dans une des pièces du premier. La silhouette redescendit à la cuisine.

Mary Lou pouffa. Je pouffai. On se donna des tapes pour arrêter de rire.

— Je suis mère de famille, dit Mary Lou entre deux rires. Tu peux me dire ce que je fous ici ? J'ai passé l'âge.

— Une femme n'a jamais passé l'âge de se rendre ridicule.

— Et si on le surprend dans sa cuisine en train de... ?

— On peut toujours rêver.

Re-rires.

Je coupai mes phares, tournai dans le chemin qui donnait sur l'arrière du pâté de maisons et m'arrêtai à hauteur de celle de Morelli. Je le vis à travers une fenêtre. Au moins, il était chez lui. Il n'était pas allé rendre visite à une bombe sexuelle de ses amies. Je continuai jusqu'au bout du chemin et garai la Buick à l'angle d'Arlington Avenue.

— Bon, allons voir ça de plus près, dit Mary Lou.

On s'approcha de chez Morelli sur la pointe des pieds et on jeta des coups d'œil furtifs par-dessus la barrière en bois, cachées dans l'ombre.

Au bout de quelques instants, Morelli repassa devant sa fenêtre. Il téléphonait.

— Tu vois ? souffla Mary Lou. Il *lui* téléphone. Il sourit !

On franchit le portillon, on longea l'allée à pas de velours et on s'aplatit contre la façade. Je retins mon souffle et marchai en crabe jusqu'au bord de la fenêtre. J'entendais le ronron de sa voix, mais sans comprendre ce qu'il disait. Bla-bla-bla, bla-bla-bla...

La porte d'une maison un peu plus bas s'ouvrit et un

gros chien noir bondit dehors. Il se figea dans la cour, oreilles dressées dans notre direction.

— OUAH ! fit le chien.

— Oh, bon Dieu ! gémit Mary Lou. Bon Dieu de merde !

Mary Lou a une peur bleue des chiens.

— OUAH !

Tout à coup, cette excursion nocturne ne me parut plus être une si bonne idée que ça. La perspective de me faire dévorer toute crue par un cerbère venu des enfers ne me disait rien qui vaille. Pis : je n'avais pas envie d'être surprise par Morelli. Je fis signe à Mary Lou de déguerpir et, en un pas de deux savant, on trottina à reculons jusqu'au portillon. On s'arrêta sur le chemin, aux aguets. Le molosse des voisins s'avança lentement jusqu'à la barrière de leur cour... qu'il franchit. La cour n'était pas clôturée ! Le chien était lui aussi sur le chemin, la tête pointée dans notre direction.

Bah, il doit être gentil, ce toutou. Il a sans doute envie de jouer. Mais par prudence, autant retourner à la voiture.

Je reculai de quelques pas. Le chien chargea.

— Aaaaaaaaah !

Deux maisons nous séparaient de Rover Street, et on courut ventre à terre. Une dizaine de mètres nous séparaient d'Arlington Avenue... ce fut alors que je sentis d'énormes pattes s'abattre sur mon dos. Je perdis l'équilibre et tombai par terre, tête la première. L'impact du choc me coupa le souffle.

Je me préparai mentalement à me faire écharper, mais le chien ne bougeait pas. Il haletait, langue pendante, et remuait la queue.

— Gentil, lui dis-je. Gentil.

Il me lécha le visage.

Je roulai sur le dos et évaluai les dégâts. Sweat-shirt

déchiré, mains et genoux éraflés, amour-propre écorné. Je me relevai, ordonnai au clébard de regagner ses pénates et marchai en boitillant jusqu'à la voiture où Mary Lou m'attendait.

— Lâcheuse, lui dis-je.

— Oh, ça avait l'air d'être le grand amour, vous deux. Je ne voulais pas m'imposer.

Un quart d'heure plus tard, j'étais chez moi, en chemise de nuit, en train de passer une crème antiseptique sur mes genoux à vif. Je me sentais beaucoup mieux. Rien de tel qu'un comportement régressif pour vous remettre les idées en place.

Le téléphone sonna.

Dieu fasse que ce ne soit pas Morelli...

Je n'avais pas envie d'entendre qu'il m'avait vue courir comme une dératée poursuivie par le chien de ses voisins.

— Allô ? dis-je du bout des lèvres.

Silence à l'autre bout de la ligne.

— Allô ? répétai-je.

— J'espère que tu as pris notre petite discussion de l'autre jour au sérieux, dit une voix d'homme, parce que si jamais j'apprends que tu as parlé, je vais venir m'occuper de toi. Et ce sera pas joli-joli.

— Maglio ?

Mon correspondant raccrocha.

Je vérifiai que ma porte et mes fenêtres étaient bien fermées, branchai mon téléphone portable pour que la batterie se recharge pendant la nuit, m'assurai que mon revolver était chargé et le posai sur ma table de chevet à côté de ma bombe lacrymo.

J'avais des sueurs froides à l'idée que Maglio puisse être impliqué dans cette affaire. Ce n'est pas bon d'avoir un flic pour ennemi.

Le téléphone sonna de nouveau. Je laissai l'appel

aux bons soins de mon répondeur. C'était Ranger. Qui venait au rapport, disait-il. Jogging demain à sept heures.

Je téléphonai à Lula comme promis pour la mettre au courant du programme.

Le lendemain matin, j'étais en bas à l'heure dite, mais pas en très grande forme. J'avais mal dormi et je me sentais vidée.

— Comment ça s'est passé, hier ? me demanda Ranger.

Je lui racontai ma journée de la veille par le menu, en passant sous silence mon escapade dans l'arrière-cour de Morelli.

— Tu me fais marcher ? dit Ranger avec un soupçon de sourire.

— Même pas. C'est ce qui s'est passé. Je te jure.

— Donc, le cadavre d'Elliot Harp est tombé du toit de la voiture de Mo sur celui de la Firebird, tout ça sur la Route 1 ? Vous l'avez mis dans le coffre et vous l'avez amené au poste de police ?

— Hm, hm.

Ranger éclata de rire.

— Ah, vous avez dû faire un tabac chez les flics !

Un taxi s'engagea sur le parking. Lula en descendit. Elle était engoncée dans un survêtement rose en laine polaire et portait un serre-tête rose. On aurait dit un Bug's Bunny black sous anabolisants.

— Elle va courir avec nous, dis-je à Ranger. Elle veut se remettre en forme.

— Il va falloir que tu assures pour nous suivre, lui dit Ranger.

— Tu vas voir, lui rétorqua Lula.

On partit à vive allure. Je me dis que Ranger testait Lula. Elle soufflait comme un bœuf, mais ne se laissait pas distancer. Elle tint le coup jusqu'au stade et là, elle s'affaissa sur un banc de touche.

— Je cours pas en rond, fit-elle.

— *Idem*, dis-je en m'asseyant à côté d'elle.

Ranger fit un tour de piste et nous passa devant sans nous accorder un regard.

— Quelle est la vraie raison de ta présence ici ? demandai-je à Lula.

Elle ne quittait pas Ranger des yeux.

— Je suis venue pour l'killeur.

— Le « killeur » ?

— Ouais, tu sais bien... le « killeur ». Le mec cool. Classe.

— Tu as un autre exemple ?

— John Travolta. C'est un « killeur », ce mec.

— Hm, hm.

On suivit Ranger des yeux encore un petit moment. C'est vrai qu'il y avait de quoi tomber raide.

— Si ça se trouve, ça existe vraiment les super-héros, dit Lula.

— Oh, tu veux dire que Ranger serait un super-héros ?

— Réfléchis. On sait pas où il habite. On sait rien sur lui.

— Les super-héros n'existent pas pour de vrai.

— Ah ouais. Et Dieu, alors ?

Ranger fit encore deux tours et quitta la piste. On se leva d'un bond et on lui emboîta le pas. On s'écroula l'une sur l'autre trois kilomètres plus loin, devant l'entrée de mon immeuble.

— Je parie que tu pourrais ne jamais t'arrêter de courir si tu voulais, dit Lula à Ranger. Je parie que tu as les muscles durs comme du fer.

— Je suis en acier, lui répondit Ranger.

Lula me décocha un regard entendu.

— Bon, c'était super, dis-je, maintenant, je remonte me coucher.

— Tu peux me déposer ? demanda Lula à Ranger. Les flics ont gardé ma bagnole. Tu n'auras qu'à me laisser pas loin de chez toi, je veux pas te faire faire un détour. (Elle prit un temps avant d'ajouter, mine de rien :) C'est où que tu habites, déjà ?

Ranger cliqua sur sa télécommande, déverrouillant les portières de son Bronco.

— Monte, dit-il à Lula.

Ricardo Carlos Mañoso ou l'art d'éluder les questions. La quintessence du super-héros.

J'attrapai Lula par la manche.

— Qu'est-ce que tu fais aujourd'hui ?

— Comme d'habitude.

— Si par hasard tu allais dans un fast-food pour faire une pause-café ou pour déjeuner, regarde si tu ne vois pas Stuart Baggett. Il doit bien travailler quelque part dans le coin. À mon avis, il a dû se trouver le même genre de job.

Une heure plus tard, j'étais moi-même sur le sentier de la guerre, faisant la ronde des restaurants et autres fast-foods. Je roulais sur la Route 33, au volant de ma Buick, quand mon téléphone portable sonna.

— Je l'ai trouvé ! cria Lula. J'ai déjeuné tôt, je suis allée à deux ou trois endroits vu que tout le monde à l'agence voulait des trucs différents, et je suis tombée sur lui. Joli Cœur vend du poulet maintenant.

— Où ça ?

— Au Cocorico Chaud, dans Hamilton Avenue.

— Tu y es toujours ?

— Bien sûr. Et j'ai fait en sorte qu'il ne me voie pas. Je me suis planquée dans une cabine téléphonique.

— Ne bouge pas !

Je commets beaucoup d'erreurs. Je fais le maximum pour ne pas refaire la même plus de trois ou quatre fois de suite. En l'occurrence, Stuart Baggett pouvait numéroter ses abattis : il était cuit !

Je pris la direction de Hamilton Avenue, pied au plancher. Ce n'était pas une question de revanche à prendre — ce qui n'est jamais une pulsion productive — mais d'honneur professionnel à restaurer. Une fois cela fait, je serais quand même ravie de toucher mon pourcentage de la prime.

Le Cocorico Chaud était situé à deux rues de l'agence. Tout nouveau maillon d'une petite chaîne de fast-foods, il était encore en pleine période inaugurale. Je roulai au pas devant la façade du même jaune que la salle, impressionnée par le gigantesque coq en plastique de plus de deux mètres de haut qui, monté sur ses ergots, était planté sur un pieu pivotant au beau milieu du parking.

Je me garai derrière le bâtiment et me harnachai de ma panoplie de chasseuse de primes : menottes dans une poche de mon blouson, bombe lacrymo dans l'autre, boîtier paralysant accroché à ma ceinture. Dans ma précipitation, j'avais oublié mon Smith & Wesson sur ma table de chevet.

Lula m'attendait devant l'entrée

— Il est là, me dit-elle.

C'était bien Stuart Baggett... déguisé en poulet en train d'exécuter une danse du poulet pour une famille, battant des ailes, remuant du croupion, émettant des petits gloussements et tendant aux deux enfants un chapeau en papier jaune et rouge.

— Faut reconnaître qu'il est doué, dit Lula, en suivant des yeux Stuart qui se dandinait dans la salle. Dommage qu'on doive l'arrêter.

Facile à dire. Je poussai la porte et avançai en direction de Stuart. J'étais à trois mètres de lui quand il se retourna. Nos regards se croisèrent.

— Bonjour, Stuart, dis-je.

Une jeune employée se tenait non loin de lui. Elle portait un uniforme « Cocorico Chaud » et tenait à la main un tas de chapeaux en forme de crête. Elle me gratifia d'un regard suppliant du genre « Oh, jouez le jeu, je vous en prie ».

— Mais ce n'est pas Stuart, me dit-elle en agitant le doigt d'un air réprobateur. C'est Cocorico Chaud !

— Ah ouais ? fit Lula. Ben, on va le rentrer au poulailler, justement. Qu'est-ce que t'en dis ?

— Elles sont folles, dit Stuart à sa collègue. Elles sont toujours après moi. C'est du harcèlement sexuel. Je me suis fait renvoyer de mon dernier boulot à cause d'elles.

— Qu'est-ce qu'il faut pas entendre ! fit Lula. Nous ? Harceler un mec qui se déguise en poulet pour un salaire de misère ?

— Bon, dis-je en poussant Lula du coude et en adressant mon sourire le plus pro à la jeune fille aux chapeaux. Mr. Baggett n'a pas respecté les termes de sa mise en liberté sous caution, il doit se présenter au tribunal.

La jeune femme tourna la tête vers le comptoir.

— Harry ! cria-t-elle. Appelle la police ! Y a un problème.

— Oh, fait chier, pesta Lula. J'aime pas qu'on appelle les flics.

— Vous gâchez tout, me dit Stuart. Vous ne pouvez donc pas me laisser tranquille ? Qui va être Cocorico Chaud si vous m'arrêtez ?

— Ne rendez pas les choses plus difficiles qu'elles ne le sont, lui dis-je en sortant les menottes de ma poche.

— Vous ne pouvez pas passer les menottes à Cocorico Chaud, se récria Stuart. Que vont penser les enfants ?

— À mon avis, ils en ont rien à branler, dit Lula.

C'est pas comme si tu étais le père Noël. Tu es juste un petit pleurnichard mal déguisé.

— Ce n'est pas grand-chose, lui dis-je en m'efforçant de garder mon calme. Je vous passe les menottes discrètement, on sort d'ici gentiment et personne ne se rendra compte de rien.

Je tendis le bras pour lui passer les menottes, mais il fit un bond en arrière en battant des ailes.

— Non ! cria-t-il.

Il cogna ma main. Les menottes tombèrent par terre et glissèrent jusqu'au milieu de la salle.

— Je ne veux pas aller en prison !

Il prit une poire de moutarde et une de ketchup, et les brandit dans notre direction.

— N'avancez pas ! cria-t-il.

Il me semblait exagéré de sortir ma bombe lacrymo et mon boîtier paralysant contre un poulet armé de ketchup.

— J'ai pas que ça à foutre, dit Lula. J'ai du boulot qui m'attend. Alors, pose ça.

— Ne sous-estimez pas ces armes, dit Stuart.

— Oh, c'est pas vrai ! fit Lula. Il a sniffé de l'insecticide, c'est pas possible !

Elle fit un pas vers lui, et PFFFFT, Stuart lui balança un jet de moutarde sur la poitrine.

Lula s'arrêta net.

SPLASH ! Et une dose de ketchup par-dessus la moutarde.

— Vous avez vu ? piailla Lula. Il va falloir que je donne mon blouson au pressing maintenant !

— C'est ta faute, la grosse, rétorqua Stuart. T'avais qu'à pas commencer.

— OK, fit Lula. Poussez-vous. Je vais le massacrer.

Elle s'élança, bras tendus vers le cou de poulet de Stuart, glissa sur de la moutarde et tomba sur les fesses.

Stuart se mit à courir entre les tables, moi à ses trousses. Je finis par l'attraper par une aile et lui fis un croche-pattes. Il s'étala par terre, je tombai sur lui et on fit des roulés-boulés jusqu'à ce que je finisse par saisir autre chose qu'un bout de faux poulet.

J'étais à califourchon sur Cocorico Chaud et je lui tordais le bec de toutes mes forces. Tout à coup, je me sentis fermement tirée en arrière par quatre mains.

Deux appartenaient à Carl Costanza, et les deux autres à un flic que je connaissais de vue.

— Ce type est un DDC, dis-je.

Je fouillai dans mon sac et finis par dénicher l'accord de caution et la demande d'arrestation délivrée par Vinnie.

— Félicitations, me dit Carl. En tout cas, heureusement qu'on est arrivés avant ceux de la société protectrice des animaux. Ces gens-là auraient été bien moins compréhensifs que nous. C'est à toi qu'ils auraient volé dans les plumes.

Je levai les yeux au ciel, allai ramasser les menottes à l'autre bout de la salle et les passai aux poignets de Stuart Baggett. Lula avait filé, bien entendu. Je m'étais résignée à ne plus attendre d'elle qu'elle respire le même air que des... poulets.

— Tu as besoin d'aide ? me demanda Costanza.

— Non, ça ira. Je te remercie.

Une demi-heure plus tard, je quittais le poste de police munie de mon reçu et ravie d'échapper aux plaisanteries de plus ou moins bon goût que me valut l'arrestation de ce gallinacé de fast-food.

L'humour policier, ça va, mais point trop n'en faut.

En rentrant, je trouvai Rex en train de flairer sa soucoupe vide. Je lui donnai un grain de raisin et lui racontai l'épisode Stuart Baggett.

J'adore Rex et il a d'énormes qualités — il ne coûte

pas cher en nourriture et fait très peu de crottes — mais, pour tout dire, il y a des jours où je me raconte que c'est un setter irlandais. Je ne le lui ai jamais dit, bien entendu. Il est très susceptible. Mais c'est ainsi : je rêve parfois d'avoir un grand chien qui courrait, les oreilles couchées par le vent...

Je m'endormis sur le canapé en regardant Rex tourner dans sa roue. Je fus réveillée par la sonnerie du téléphone.

— J'ai eu un appel au sujet de ma bagnole, m'annonça Ranger. Tu veux venir ?

— Oh, oui.

Il y eut un moment de silence.

— Tu dormais ? me demanda-t-il.

— Non. Pas du tout. Je m'apprêtais à partir à la recherche de Mo.

Je voulais absolument le retrouver pour que ces meurtres cessent. Si je continuais à croiser la route de cadavres, j'allais péter les plombs.

Dix minutes plus tard, je montais dans le Bronco de Ranger. Je sus tout de suite que c'était du sérieux car il portait sa tenue militaire et son anneau d'or à l'oreille. Le fusil lance-grenades lacrymogènes posé sur la banquette arrière me le confirma.

— Alors ? lui demandai-je.

— Moïse Bedemier m'a appelé. Il s'excuse d'avoir emprunté ma bagnole. Il m'a dit qu'elle était dans son garage et que sa voisine, une certaine Mrs. Steeger, avait la clef.

Je ne pus réprimer un frisson.

— Qu'est-ce qu'il y a ? me demanda Ranger.

— Mrs. Steeger... c'est l'antéchrist.

— Ça tombe mal, j'ai laissé mon fusil anti-antéchrist à la maison.

— Je vois que tu n'as pas oublié le reste.

— On a toujours besoin de grenades lacrymo sur soi.

— Si jamais on est obligés de gazer la mère Steeger, tu peux être sûr que je ne serai pas élue Miss Bourg pour le défilé du Mayflower.

On s'arrêta devant le garage de Mo. Ranger essaya de l'ouvrir. Fermé à clef. Il s'approcha de la fenêtre latérale et regarda à l'intérieur.

— Elle est bien là, dit-il.

Le rideau d'une fenêtre de la maison voisine s'écarta et l'œil noir de Mrs. Steeger se posa sur nous.

— C'est elle ? demanda Ranger.

— Oui.

— Il faudrait aller lui parler.

— À toi l'honneur.

— OK. Je ne pense pas que Mo soit ici, mais couvre la porte de l'arrière-boutique au cas où. Je vais voir Steeger.

Au bout de dix minutes, je tapai des pieds pour me réchauffer et commençai à m'inquiéter pour Ranger. Mais je n'avais pas entendu de coup de feu, c'était bon signe.

Il réapparut enfin, tout sourire.

— C'est vrai que t'arrêtais pas de mentir quand t'étais petite ?

— Seulement quand c'était une question de vie ou de mort.

— Je suis fier de toi, baby.

— Elle avait la clef ?

— Oui. Elle met son manteau et elle nous rejoint. Elle prend l'affaire très au sérieux. Elle dit que c'est le moins qu'elle pouvait faire pour Mo.

— Ah bon ?

— Tu as lu le journal d'aujourd'hui ?

Je fis non de la tête.

— Apparemment, tous ces meurtres ont eu un impact sur la criminalité. La vente de drogues a diminué. Les représentants en crack achètent des billets d'avion pour d'obscures villes du Sud.

— Tu es en train de me dire que Mo est considéré comme un héros ?

— Disons qu'il n'est pas mal perçu par l'opinion publique.

Mrs. Steeger sortit par la porte de son arrière-cour et nous rejoignit à pas prudents.

— Hum, fit-elle à mon adresse. Toujours à fureter chez les autres, je vois.

Ma paupière gauche se mit à tressauter. Je me mordis la lèvre inférieure. Ranger sourit. Le super-héros n'avait pas peur de l'antéchrist. Le super-héros se riait de mes tics nerveux.

Mrs. Steeger ouvrit la porte du garage, recula et croisa les bras sur sa poitrine.

— Je refermerai quand vous aurez sorti la voiture, dit-elle à Ranger.

— Je vais conduire la BMW et tu me suis dans le 4×4, me dit Ranger en me tendant les clefs du Bronco.

Normalement, quelqu'un ramènerait ses voitures chez lui. Étant donné que Ranger n'était pas normal, je ne savais pas où nous allions.

On traversa le centre-ville où le trafic était intense. Les passants marchaient tête baissée contre le vent. Ranger s'engagea dans Cameron Street et se gara dans un petit parking derrière les bâtiments administratifs, à deux rues de Stark Street. Pas du tout un quartier résidentiel.

Il descendit de voiture et alla échanger quelques mots avec le gardien du parking qui l'accueillit avec un grand sourire. Ils se connaissaient.

Je me garai derrière la BMW et rejoignis Ranger.

— On laisse les voitures ici ? lui demandai-je.

— Benny va s'en charger pendant que je vais voir si j'ai du courrier.

Je regardai autour de moi.

— Tu vis ici ?

— Mon bureau, répondit Ranger en désignant l'immeuble de trois étages attenant au parking.

— Tu as un bureau ?

— Rien de bien reluisant. Ça m'aide à organiser mes affaires.

J'entrai dans le hall à sa suite. Je vis deux ascenseurs sur notre gauche. Je parcourus la liste des locataires accrochée au mur. Je ne vis pas le nom de Ranger.

— Tu n'es pas sur la liste, remarquai-je.

— Pas la peine, dit Ranger en poussant la porte des escaliers.

— De quelles affaires parles-tu ? lui demandai-je en lui emboîtant le pas.

— Des boulots dans la sécurité, surtout. Protection rapprochée. Débarras des détritus. Appréhension de fugitifs, évidemment.

On atteignit le palier du premier étage.

— « Débarras des détritus » ? Qu'est-ce que ça veut dire ?

— Parfois, quand un propriétaire veut faire un grand ménage chez lui, il fait appel à mes services. Je peux lui trouver une équipe pour faire le boulot.

— Pour jeter des trafiquants de crack par les fenêtres, c'est ça ?

Il ouvrit la porte coupe-feu qui donnait sur le palier du troisième étage, et je le suivis jusqu'à la porte 311. Il enfonça une carte magnétique dans la fente prévue à cet effet. La porte s'ouvrit. Il alluma la lumière.

On entra dans une petite pièce aménagée en bureau. Moquette beige, murs crème, stores aux deux fenêtres. Un grand bureau en merisier ; un fauteuil de cuir noir trônait derrière ; deux chaises le flanquaient devant ; un ordinateur portable était posé dessus ; un modem était relié au téléphone-répondeur. Tout était d'une propreté clinique. Pas un grain de poussière. Pas de canette vide. Pas de boîte de pizza vide. Et, Dieu merci, pas de cadavre.

Ranger ramassa le courrier qu'on avait glissé sous la porte et le classa en deux piles. Il en jeta une à la poubelle et mit l'autre de côté. *Jamais, il ne décachette ses lettres ?*

Le voyant lumineux de son répondeur clignotait non-stop. Ranger souleva le couvercle du boîtier, sortit la cassette qu'il glissa dans la poche de sa chemise et en mit une autre à la place. *Et ses messages, jamais il ne les écoute ?*

Je jetai un coup d'œil dans le petit cabinet de toilette contigu. Propre et impersonnel.

— Tu passes beaucoup de temps ici ? demandai-je.

— Le strict minimum.

J'attendis la suite... qui ne vint pas. Je me demandai si Ranger serait toujours désireux de retrouver Mo maintenant qu'il avait récupéré sa BMW.

— Tu veux toujours te venger ? lui demandai-je. Faut-il toujours que justice soit faite ?

— Mo est de nouveau sur ton ardoise, si c'est ça ta question.

Il éteignit la lumière et rouvrit la porte pour sortir.

— Mrs. Steeger t'a dit quelque chose qui pourrait m'être utile ?

— Que Mo était venu vers neuf heures, qu'il lui avait dit qu'il avait emprunté la voiture à un ami et qu'il la laissait dans son garage pour qu'il vienne la récupérer. Et qu'il lui avait donné la clef du garage.

— C'est tout ?

— C'est tout.

— Je devrais peut-être aller lui parler.

Qui sait, Mo reviendrait peut-être récupérer sa clef. J'avais autant envie d'aller voir mon ancienne institutrice que de me casser une jambe, mais si je pouvais la persuader de m'arranger un rendez-vous — ne serait-ce que téléphonique — avec Mo, ça en valait la peine.

Ranger vérifia que la porte de son bureau était bien fermée à clef.

— Tu comptes aller lui expliquer que si Mo continue comme ça, il va droit dans le mur et qu'elle devrait lui donner ton numéro perso ? dit-il. Celui qui lui garantira un aller simple pour la station balnéaire de l'État ?

— Je peux toujours essayer.

— Sûr. Il n'a pas voulu en discuter avec moi, mais tu auras peut-être plus de chance. Tu cours avec moi demain ?

— Oh, j'adorerais, mais j'ai des ampoules aux pieds.

Ranger parut soulagé.

13

Quitte à aller voir Mrs. Steeger, autant paraître pro, me dis-je. J'optai pour un tailleur noir, un chemisier blanc en soie, un foulard léopard en soie, des bas taupe et des chaussures à talons hauts. Si je n'étais pas fortiche pour les divisions à virgule, j'étais plutôt douée pour multiplier les accessoires.

J'avais téléphoné à Mrs. Steeger pour la prévenir de ma visite, puis j'avais passé un petit moment à faire un travail d'auto-persuasion. J'étais une adulte. Une professionnelle. J'avais l'air hyperclasse en tailleur. Je n'avais AUCUNE raison d'être intimidée par Mrs. Steeger. Comme ultime précaution, je vérifiai que mon calibre 38 était chargé et je le glissai dans mon sac à bandoulière. Rien de tel qu'un revolver dans son sac pour donner du ressort à la démarche d'une femme.

Je me garai dans Ferris Street, descendis de voiture et me dirigeai d'une démarche chaloupée vers la maison de mon ancienne institutrice. Je frappai avec autorité et reculai d'un pas. La porte s'ouvrit sur Mrs. Steeger qui me jaugea.

— Tu as une arme sur toi ? demanda-t-elle. Tu n'entres pas chez moi si tu es armée.

— Je ne suis pas armée.

Premier mensonge.

Elle me précéda jusqu'au salon, s'assit dans un fauteuil club et, d'un geste, m'invita à prendre place de l'autre côté de la table basse.

La pièce était d'une propreté maladive. Il est vrai que Mrs. Steeger n'avait rien d'autre à faire que d'astiquer ce qui l'était déjà. Voilages et doubles rideaux à fleurs aux fenêtres ; meubles cossus ; tissus et tapis dans les tons marron et ocre ; rocking-chair en merisier. Deux coupelles en forme de cygne étaient posées côte à côte sur la table basse. Vides. J'avais l'impression que Mrs. Steeger ne recevait pas souvent.

Elle se redressa avec l'air de se demander si, selon l'étiquette du Bourg, elle était censée m'offrir un rafraîchissement. Je lui épargnai de devoir trancher en me lançant tout de suite dans mon laïus. J'insistai sur le fait que Mo était en danger. Il avait écorné le profit des magnats de la toxicomanie qui n'étaient pas contents du tout. Les familles des victimes n'étaient pas contentes non plus.

— Et Mo n'est pas dans son élément, ajoutai-je. Ce n'est pas un tueur professionnel.

Et je pensais... *huit meurtres. À partir de quel chiffre passe-t-on professionnel ?*

Je me levai et lui tendis ma carte avant qu'elle ait eu le temps de me soumettre à une petite interrogation orale sur les capitales des États ou de me demander de faire une dissert' sur John Quincy Adams, « La biographie d'un homme d'État ».

Mrs. Steeger prit la carte du bout des doigts, comme si elle craignait d'attraper des morpions.

— Qu'est-ce que tu attends de moi au juste ? demanda-t-elle.

— Je souhaiterais parler à Mo pour le convaincre de revenir dans le système avant qu'il ne lui arrive malheur.

— Tu veux qu'il te téléphone ?

— Oui.

— Si je le vois ou s'il m'appelle, je lui transmettrai le message.

— Merci, dis-je en lui tendant la main.

Fin de la visite.

Ni elle ni moi n'avions fait allusion à l'incident ayant eu lieu à la boutique — il était largement au-delà de notre zone de confort. Mrs. Steeger n'ayant pas découvert que je lui avais menti à propos du revolver et n'ayant pas menacé de m'envoyer chez le principal, je considérai que ma mission était un succès éclatant.

Je décidai de refaire une petite enquête de voisinage. L'accueil devrait être plus chaleureux maintenant que quatre cadavres avaient été déterrés chez Mo.

Je frappai chez Dorothy Rostowski. Ses enfants criaient derrière la porte. Dorothy m'ouvrit, une cuillère à la main.

— Je fais à manger, me dit-elle. Tu veux entrer ?

— Non, je te remercie, je n'ai pas trop de temps. Je voulais juste te dire que je suis toujours à la recherche de Mo.

L'air se chargea d'électricité. Le mari de Dorothy apparut à ses côtés.

— On est nombreux dans le quartier à ne pas souhaiter qu'on le retrouve, dit-il.

Je réprimai un frisson et, l'espace d'une seconde, je craignis qu'il ne me menace d'un revolver, d'un couteau ou d'une cigarette. Je repensai au message anonyme sur la foi duquel je m'étais rendue à la boutique. Aurais-je reconnu la voix déformée de Dorothy ? Ou celle de la nièce de Mrs. Molinowsky, ou celle de Joyce, ou de Loretta Beeber ou de ma cousine Marjorie ? Qui étaient ces hommes qui n'hésiteraient pas à me faire des brûlures sur le corps, voire à me tuer ? De bons pères de famille comme lui ? Des voisins ? D'anciens camarades de classe ? Peut-être que le mari de Dorothy faisait partie de la bande ?

— Ce qu'on voudrait, c'est que toute cette histoire soit terminée et que Mo puisse revenir parmi nous et rouvrir sa boutique, dit Dorothy. Les enfants s'ennuient sans lui.

J'eus toutes les peines du monde à dissimuler mon étonnement.

— Mo est soupçonné de HUIT meurtres !

— Des trafiquants de drogue, dit Dorothy.

— Ça ne justifie pas le crime.

— Ça le justifie amplement. Mo devrait recevoir la médaille du mérite.

— Tuer, c'est mal.

Dorothy baissa les yeux et fixa un point par terre.

— Oui, en théorie, je sais, dit-elle. Mais j'en ai assez de la drogue et de la délinquance. Si Mo veut prendre les choses en main, ce n'est pas moi qui lui mettrai des bâtons dans les roues.

— Tu m'appellerais tout de même si tu le voyais dans le quartier ?

— N'y compte pas trop, déclara Dorothy en évitant mon regard.

Avant de rentrer chez moi, je passai par l'agence pour voir Connie et Lula. Connie travaillait, assise à son bureau ; Lula faisait un somme, étendue sur le canapé.

— Elle a eu une rude matinée, dis-je à Connie. Elle a fait un jogging avec Ranger et moi. Puis elle s'est fait bombarder à la moutarde et au ketchup.

— C'est ce qu'elle m'a raconté.

Lula ouvrit un œil. Elle ouvrit l'autre et remarqua mon tailleur.

— Pourquoi t'es sur ton trente et un ? me demanda-t-elle.

— Pour le travail. C'est une tenue de camouflage.

— Où en es-tu côté Mo ? me demanda Connie.

— Ça avance. Ranger a récupéré sa voiture.

Lula se leva d'un bond.

— Quoi ? fit-elle.

Je leur racontai les deux visites à Mrs. Steeger, puis je leur parlai du bureau de Ranger.

— Tu vois, fit Lula. Exactement comme Bruce Wayne. Il avait un bureau, lui aussi.

Connie ne parut pas impressionnée par son raisonnement.

— Il est comment, son bureau ? me demanda Lula. Est-ce qu'il a une secrétaire ?

— Non. C'est une petite pièce avec un bureau et deux chaises, c'est tout.

— On devrait aller y faire une fouille, dit Lula. Comme ça, on saurait.

Il faudrait avoir un désir de mort très prononcé pour aller fouiller le bureau de Ranger.

— Mauvaise idée, dis-je. Non seulement il nous tuerait, mais en plus, ce ne serait pas sympa. On est dans le même camp.

Lula ne parut pas convaincue.

— Ouais, c'est vrai... Mais quand même, j'aimerais bien aller y voir de plus près. Ce mec a des secrets, c'est moi qui vous le dis.

— Des secrets, répéta Connie en se penchant vers Lula. Ça peut être des tas de choses. Si ça se trouve, il est recherché pour meurtre dans douze États et vit ici sous une fausse identité. Ou mieux... il est gay !

— Il ne manquerait plus que ça, fit Lula. Note que ça se pourrait, parce que maintenant tous les mecs baraqués, ils sont pédés, et les tout maigres qui puent la sueur, ils sont hétéros. Si j'apprends que Ranger est pédé, je me fais bonne sœur.

Connie et moi hochâmes la tête d'un air compatissant. Il fut un temps où j'avais peur que Joyce Barnhardt me pique mon petit ami ; maintenant, j'aurais peur que ce soit son frère Kevin.

Ranger m'intriguait, mais j'étais moins avide que Lula d'en savoir plus à son sujet. J'avais d'autres chats à fouetter. Je devais retrouver Mo, aller récupérer mon pick-up, découvrir les raisons de l'indifférence de Joe Morelli à mon égard — j'étais convaincue que ça n'avait pas de rapport avec une carence en chromosomes Y.

Je passai chez mes parents pour recruter mon père afin qu'il ramène la Buick à la maison et on fila au garage. Mon père ne dit pas un mot de tout le trajet, mais je sentais ses pensées vibrer dans l'habitacle.

— Je sais, finis-je par lui dire, tout ça n'arriverait pas si j'avais acheté une Buick !

Le Nissan était garé au parking du garage. Mon père et moi échangeâmes un regard soupçonneux.

— Tu veux que je reste ? me demanda-t-il d'un ton rogue.

— Pas obligatoirement.

Il partit. On est coutumiers de ce genre de scène.

Ernie, le patron, était dans son petit bureau. Il prit des clefs accrochées au mur et me présenta la facture. Je lui tendis ma carte bancaire.

— Je suis un peu pressée, dis-je.

Encore un mensonge. Je n'avais absolument rien de prévu. La fille qui s'habille pour aller nulle part : c'est moi.

Si j'étais une détective pure et dure, je me posterais dans une camionnette à quelques mètres de la boutique de Mo pour surveiller la maison de Mrs. Steeger. Malheureusement, je ne suis PAS une détective pure et dure. Je n'ai PAS de camionnette — et j'ai PAS les moyens d'en louer une. Et comme, de toute façon, au Bourg, tout le monde connaît tout le monde, je suppose que ma camionnette serait vite repérée.

Juste pour le plaisir, je passai devant chez Morelli. Histoire de roder le pick-up. La voiture de Morelli était dans le virage. Il y avait de la lumière chez lui. Je me garai derrière son 4×4. Je m'évaluai dans le rétro. Quand on a les cheveux orange, autant se regarder dans le noir.

— Oh, et puis je m'en fiche, dis-je.

Quand je frappai à la porte de chez Morelli, mon cœur papillonnait dans ma poitrine.

Morelli ouvrit et fit la grimace en me voyant.

— Si tu as un autre mort dans ta bagnole, je ne veux même pas le savoir.

— C'est une visite de courtoisie.

Je le suivis dans sa cuisine où il me servit un verre d'une boisson ambrée.

— Tiens, me dit-il. Le meilleur moyen de se réchauffer.

— Qu'est-ce que c'est ?

— Du schnaps. Mon oncle Lou en distille dans sa cave.

Je goûtai du bout des lèvres et je ne sentis plus ma langue.

— Je ne sais pas trop si...

— Tu as peur ? me demanda Morelli.

— Je vois que tu n'en bois pas...

Morelli me prit le verre des mains et fit cul sec. Il le remplit de nouveau et me le tendit.

— À ton tour, ma jolie.

— À la santé du pape, dis-je.

Je vidai le verre d'un trait.

— Alors ? fit Morelli. Qu'en penses-tu ?

Je toussai, soufflai, m'étranglai. Ma gorge me brûlait. Un feu liquide glissa dans mon œsophage et gagna tout mon corps. Je frissonnai de la racine de mes cheveux à celle de mes poils pubiens.

— Pas mauvais, dis-je.

— Comment se fait-il que tu sois en tailleur ?

Je lui racontai les circonstances de ma visite à Mrs. Steeger et la réaction de Dorothy Rostowski.

— Les gens sont complètement barjes, dit Morelli.

— Alors, pourquoi ma visite à l'improviste ne te fait-elle pas plaisir ?

— Oh, laisse tomber.

— C'est à cause de mes cheveux, hein ?

— Mais non,

— Tu t'es marié en secret.

— Mais non.

— Alors, c'est quoi ? C'est QUOI ?

— C'est toi. Tu es une catastrophe ambulante. Il faudrait être maso pour s'intéresser à toi.

— Bon, très bien ! Sers-moi un autre verre de... schnaps.

Il en servit deux qu'on vida d'un trait. Plus facile, cette fois. Toujours aussi brûlant, mais dans le bon sens du terme.

— Je ne suis PAS une catastrophe ambulante, dis-je. Je ne vois absolument PAS ce qui te fait dire ça.

— Chaque fois qu'on se retrouve dans l'intimité, je finis tout seul, tout nu, au milieu de la rue.

Je levai les yeux au ciel.

— Oh, fis-je. Ce n'est arrivé qu'UNE fois... Il ne faut pas généraliser ! Et je te rappelle que tu n'étais pas nu, mais en chemise et en chaussettes.

— Et sans parler de la fois où tu m'as enfermé dans un camion frigorifique en compagnie de trois cadavres. Et le jour où tu as voulu m'écraser avec la Buick ?

Je levai les bras au ciel.

— Ah, je l'attendais, celle-là ! Vas-y, redéterre cette vieille histoire de Buick !

Il hocha la tête, l'air dégoûté.

— Tu es excessive. Tu ne mérites pas qu'on fasse des efforts pour toi. Tu es trop...

Je le pris par le col de sa chemise et le tirai vers moi.

— Même dans tes rêves les plus fous, même dans tes cauchemars les plus noirs, tu ne peux PAS imaginer à quel point je peux être... « ex-sexy-ve ».

Nos pieds se touchaient, mes seins effleuraient ses pectoraux, on se regardait les yeux dans les yeux...

— Ça s'arrose, dit Morelli.

Le troisième schnaps descendit tout seul. Je tendis mon verre vide à Morelli et humectai mes lèvres.

Je le vis suivre ma langue des yeux. Son regard s'assombrit. Sa respiration se fit plus profonde.

Ah, ah! Je préfère ça. Il tombe encore dans le panneau du coup de langue sur les lèvres!

— Merde, fit-il. Tu l'as fait exprès.

Je souris.

Il sourit.

Un sourire genre « je te tiens ». Le sourire du chat qui vient d'attraper le canari. Le sourire du vainqueur pour sa... victime?

Il se colla à moi, prit mon visage entre ses mains et m'embrassa.

Ses baisers se firent plus ardents, je me fis plus ardente, il se fit plus ardent, et bientôt on eut si chaud qu'on dut se débarrasser de quelques vêtements.

Quand on fut à moitié nus, Morelli suggéra qu'on monte au premier.

— Hum, fis-je, les yeux baissés. Pour qui tu me prends?

Il me le murmura dans le creux de l'oreille tout en m'ôtant mon soutien-gorge. Il me caressa un sein, en pinçota le bout, le faisant tourner tout doucement entre son pouce et son index.

— Tu aimes? me demanda-t-il.

Je serrai les dents pour me retenir de lui mordre l'épaule.

Il se lança dans une variation autour du même thème.

— Et ça? chuchota-t-il.

Oh, oui... ça aussi.

Morelli m'embrassa de nouveau et on se laissa glisser par terre, chacun bataillant avec la fermeture éclair de l'autre.

Son doigt traça de petits cercles sur ma culotte en soie, juste au-dessus du point de radiation maximale... mon esprit se vida, mon corps criait OU-IIIIII !

Morelli glissa sur le sol et répéta la manœuvre avec sa langue, trouvant une fois encore le point sensible sans avoir besoin de carte du trésor.

Voilà ce que j'appelle, moi, un super-héros.

J'étais à deux doigts de chanter des alléluias quand il y eut de la casse dans l'arrière-cour. Morelli releva la tête, à l'écoute. Il y eut comme une débandade. Morelli bondit sur ses pieds, remonta son jean, prit son pistolet et ouvrit la porte de la cour.

Je le rejoignis. Ma chemise tenait par un seul bouton, mon slip était accroché au dossier d'une chaise, mon revolver dégainé.

— Qu'est-ce que c'est ? demandai-je.

— Je ne vois rien.

— Des chats ?

— Peut-être. La poubelle est renversée. Ou c'était peut-être le chien de mes voisins.

Je repris mon équilibre en m'appuyant au mur.

— Oh, oh, fis-je.

— Quoi « oh, oh » ?

— Je ne sais pas, mais... le sol commence à tanguer. Soit c'est un tremblement de terre, soit je suis complètement soûle.

— Tu n'as bu que trois schnaps !

— Je ne bois pas beaucoup. Et je n'ai pas dîné.

J'avais l'impression de parler dans un bocal ; que ma voix venait de loin, de très loin.

— Oh, fit Morelli. Tu es très soûle ?

Je clignai des yeux, le regardai. Il avait quatre yeux. Je n'aime pas ça, me dis-je.

— Tes yeux... tu en as quatre.

— Mauvais signe.

— Il vaudrait peut-être mieux que je rentre chez moi, dis-je.

Et je vomis.

Je m'éveillai avec une gueule de bois carabinée, la langue scotchée au palais. Je portais une chemise de nuit dans laquelle je me souvenais vaguement de m'être glissée. Il me semblait aussi que je n'étais pas seule à ce moment-là, mais les événements de la soirée de la veille n'étaient plus très clairs à partir du troisième schnaps.

Ce dont je me souvenais parfaitement, c'est qu'une fois de plus, Morelli et moi n'étions pas allés jusqu'au bout ! Et que c'est lui qui n'avait pas voulu !

Il s'était montré plus raisonnable que moi en insistant pour que je dessoûle et que je rentre me coucher. On avait fait un tour à pied dans le froid. Il m'avait forcée à boire du café, à manger des œufs brouillés puis il m'avait ramenée chez moi en voiture. Il m'avait accompagnée jusqu'à ma porte, souhaité une bonne nuit et je m'étais glissée dans ma chemise de nuit.

Je me traînai jusqu'à la cuisine et pris une aspirine que je fis descendre avec un café. Je me douchai, bus un verre de jus d'orange et me brossai trois fois les dents. Je jetai un œil à mon reflet dans le miroir... aïe ! J'avais des cernes noirâtres et le teint brouillé. Pire qu'au photomaton.

— Stéphanie, dis-je. Boire ne te réussit décidément pas.

Le mal de tête disparut en milieu de matinée. Vers midi, je commençai à reprendre visage humain. Alors que j'étais dans la cuisine agenouillée devant le bac à légumes de mon réfrigérateur, contemplant la création de l'univers, mon téléphone sonna.

Morelli ? Je n'avais pas du tout envie de lui parler. Je décidai de le laisser aux bons soins de mon répondeur.

« Je sais que tu es là, dit Morelli. Autant que tu répondes. Tu devras me parler tôt ou tard. »

Tard sera toujours assez tôt.

« J'ai du nouveau sur l'avocat de Mo. »

Je sautai sur le téléphone.

— Allô ?

— Tu vas adorer, me dit Morelli.

Je fermai les yeux. J'avais un mauvais pressentiment quant à l'identité de l'avocat en question.

— Ne me dis pas que...

Je sentais que Morelli était hilare à l'autre bout du fil.

— Dickie Orr, dit-il.

Dickie Orr. Mon ex-mari. L'étalon de bazar. Un coup mortel en cette journée qui s'annonçait déjà si mal.

Dickie avait fait son droit à l'université de Newark et travaillait pour l'étude Kriener & Kriener, située dans le Shuman Building. Il s'était taillé une réputation de génie du barreau. J'étais convaincue qu'elle tenait davantage au montant de ses honoraires qu'à l'inspiration de ses plaidoiries. Les gens veulent toujours croire qu'ils en ont pour leur argent.

— Tu as su ça quand ? demandai-je à Morelli.

— Il y a dix minutes.

— Mo se constitue prisonnier ?

— Il y pense. Je crois qu'il veut proposer un marché.

— Il est soupçonné de huit meurtres. Quelle exigence peut-il avoir ? Du homard à chaque repas pendant le temps qu'il passera dans le couloir de la mort ?

Je pris une boîte de corn flakes dans un des placards de la cuisine et en fourrai une poignée dans ma bouche.

— Bon, qu'est-ce que veut Mo ?

— Je ne sais pas. Je vais aller parler à Dickie. Je me disais que tu aurais peut-être envie de venir ?

J'enfournai une autre poignée de céréales.

— Il y a un prix à payer ?

— Il y a toujours un prix à payer. Je te retrouve dans une demi-heure au coffee-shop du Shuman Building.

Je considérai l'état de mes cheveux.

— J'aurai peut-être quelques minutes de retard.

— Je t'attendrai, dit Morelli.

Je pouvais y être en dix minutes en ayant tous les feux verts. Il me faudrait au moins vingt minutes pour me coiffer et me maquiller. Si je mettais un couvre-chef, je gagnerais la moitié du temps. Va pour le couvre-chef !

Dix minutes plus tard, je franchis au pas de course la porte donnant sur le parking. Côté maquillage, j'avais opté pour un fard à paupières beige, un blush bronze, un brillant à lèvres incolore et un max de mascara. L'élément clé d'un maquillage post-gueule de bois, c'est un anticernes vert recouvert d'une bonne couche de fond de teint. Je portais ma casquette des Rangers et j'avais le visage encadré de frisottis orange. Betty Boop pouvait aller se rhabiller.

Je déboulai dans le coffee-shop, repérai Morelli et fonçai droit sur lui. Je devais vraiment avoir l'air d'une folle furieuse car, en me voyant, il porta instinctivement la main à son ceinturon pour vérifier qu'il avait bien son pistolet sur lui.

Je laissai tomber mon sac à bandoulière par terre et m'affalai sur la chaise en face de Morelli.

— Je te jure que je n'ai pas cherché à te soûler, me dit-il.

— Si peu, fis-je en fermant les yeux.
— Bon, d'accord, mais pas à ce point-là.
— Bah, je ne suis pas à ça près !
Il sourit.
— Tu as d'autres problèmes ?
— Ma bagnole est possédée du démon.
— Va voir mon garagiste.
— Il est bien ?
— C'est le meilleur. Bucky Seidler. Il était au lycée avec nous, tu te le rappelles ?
— Il ne s'était pas fait exclure pour avoir lâché des rats dans le vestiaire des filles ?
— Ouais, c'est lui.
— Il s'est calmé depuis ?
— Non. Mais c'est un excellent mécanicien.
— Je verrai.
Morelli sortit son portefeuille, prit quelques cartes de visite et m'en tendit une.
— Tiens, voilà sa carte. Tu peux la garder.
Je commandai un Coca et des frites ; Morelli, un Coca et un cheeseburger.
— Tu crois que Mo a les moyens de proposer un marché ? demandai-je une fois que la serveuse se fut éloignée.
— Le bruit court qu'il affirme n'avoir tué personne.
— Être complice, c'est comme appuyer sur la détente, dans le New Jersey.
— S'il coopère et a des infos de première importance à nous fournir, il faut voir.
La serveuse nous apporta notre commande et repartit.
Morelli me chipa une frite.
— Qu'est-ce que tu lui trouvais, à Dick Orr ? me demanda-t-il.
Une question que je m'étais posée à maintes reprises sans y apporter de réponse satisfaisante.

— Il avait une belle voiture, dis-je.

— Oh, fit Morelli avec un soupçon de sourire, ça me paraît une base saine pour se marier.

J'arrosai mes frites de ketchup et piochai dans le tas.

— Et toi, fis-je, tu n'as jamais pensé à te marier ?

— Si.

— Et ?

— Et c'est avec tristesse que j'ai constaté que les flics ne font pas de bons époux. Par honnêteté, il faudrait que j'épouse une nana que je n'aime pas vraiment pour ne pas avoir de remords si je lui gâche l'existence.

— Oh ? Donc, tu pourrais m'épouser ?

Morelli sourit jusqu'aux oreilles.

— Je déteste devoir l'admettre, dit-il, mais je t'aime bien. Tu es hors course.

— Oh, fis-je. Me voilà soulagée...

— Parle-moi plutôt de Dickie.

Je bus une gorgée de Coca.

— C'est ça, le « prix à payer » ? demandai-je.

— Oui. Je l'ai déjà entendu plaider, mais je ne le connais pas personnellement.

— Et quelle opinion en as-tu ?

— Bonne coupe de cheveux. Goût de chiottes pour ses cravates. Ego hypertrophié. Mal membré.

— Faux en ce qui concerne le dernier point.

Ce qui me valut un autre grand sourire.

— Il arnaque tout le monde, dis-je. Ses clients, les impôts et ses petites amies.

— Quoi d'autre ?

— Il lui est arrivé de sniffer de la coke à ses moments perdus. Je ne sais pas s'il continue. Il s'est tapé la femme de Mallory.

Mallory est un flic connu pour le taux anormalement élevé de blessures accidentelles qui surviennent lors des arrestations qu'il pratique. Avec lui, les suspects ont la fâcheuse manie de tomber dans les escaliers.

— Tu en es sûre ? me demanda Morelli.

— Je le tiens de Mary Lou qui l'a appris chez le coiffeur.

— Alors, ça doit être vrai.

— Je suppose que c'est le genre d'infos que tu voulais ?

— Ça devrait me suffire.

Morelli termina son cheeseburger et son Coca, puis jeta un billet de dix dollars sur la table.

— Commande-toi une part de tarte, me dit-il. Je reviens quand j'en aurai fini avec Dickie.

Je bondis de ma chaise.

— Mais tu m'as dit que je viendrais avec toi !

— Je t'ai menti.

— Ordure !

— Cause toujours...

14

À vrai dire, je n'étais pas mécontente de ne pas accompagner Morelli. Je n'avais pas envie de revoir mon ex-mari, et de toute façon, il n'aurait rien dit en ma présence.

Je commandai une part de gâteau à la noix de coco et un décaféiné. La salle se vidait. Ambiance de fin de pause-déjeuner. Au bout de vingt minutes, voyant que Morelli ne revenait toujours pas, je réglai l'addition. Je ne pensais pas que sa conversation avec Dickie ait pu durer aussi longtemps, j'en conclus donc qu'il m'avait laissée en plan. Ce ne serait pas la première fois. J'enfilai mon blouson, mis mon sac sur l'épaule et, au moment où je franchissais la porte, j'aperçus Morelli qui tournai le coin de la rue.

— Je croyais que j'étais restée en carafe, lui dis-je.

— J'ai dû attendre que ton ex finisse une conférence par téléphone.

Le vent soufflait fort dans la rue. On remonta le col de nos blousons.

— Tu as appris quelque chose ?

— Pas vraiment. Ni l'adresse ni le numéro de téléphone de Mo. Dickie prétend que c'est toujours Mo qui l'appelle.

— Tu as découvert le marché que veut proposer Mo ?

— Des infos.

Je le regardai, dans l'expectative.

— Je ne peux pas t'en dire plus, me dit-il.

Morelli me roulait dans la farine une fois de plus.

— En clair, tu ne me dis rien.

— Je ne peux pas mieux.

— Pas terrible, ton « mieux ».

— Tu ne disais pas ça hier soir, répliqua-t-il avec un sourire.

— J'étais soûle.

Morelli me prit gentiment par le col de mon blouson et m'attira contre lui.

— Tu avais sacrément envie de moi.

— J'étais tombée bien bas.

Il m'embrassa du bout des lèvres.

— Et maintenant ? fit-il. Tu sens que tu tombes ?

— Certainement pas ! me récriai-je.

Il m'embrassa avec fougue puis me lâcha.

— Il faut que je retourne travailler, dit-il.

Il traversa la rue, monta dans son 4×4 et partit sans se retourner.

Au bout d'un moment, je me rendis compte que j'avais toujours la bouche ouverte. Je la refermai illico et appelai Connie sur mon portable. Je la mis au courant pour Mo et Dickie, et lui demandai de me passer Lula.

— Salut, chérie, fit Lula.

— Salut, toi-même. Comment ça se passe ?

— Mou-mou. On est presque à la fin de la journée, et y a pas eu de nouveau mort.

— J'ai un boulot pour toi.

— Ah, quand même !

— Ne t'emballe pas, c'est très cool. Je veux que tu viennes me retrouver à l'entrée du Shuman Building.

— Tout de suite ?

— Tout de suite.

Vingt minutes plus tard, nous étions dans l'ascenseur.

— Tu peux me dire ce qu'on fout ici ? me demanda Lula.

J'appuyai sur le bouton du deuxième étage.

— Mo a pris un avocat, lui dis-je. Un dénommé Dickie Orr. Nous allons lui parler.

— Ah. Et pourquoi as-tu besoin de moi pour ça ? Il est dangereux, ce mec ?

— Non. C'est moi qui suis dangereuse. Dickie Orr est mon ex-mari et je t'ai demandé de venir pour que tu m'empêches de l'étrangler.

Lula émit un long sifflement.

— De mieux en mieux, fit-elle.

L'étude Kriener & Kriener se trouvait au fond du couloir. Quatre noms en lettrage doré se détachaient sur la porte. Harvey Kriener, Harvey Kriener Jr., Steven Owen et... Richard Orr.

— Et pourquoi as-tu divorcé de ce gus ?

— C'est un connard.

— Pigé. Je le déteste déjà.

Lorsque j'avais épousé Dickie, il travaillait pour le ministère public — son passage y fut aussi bref qu'auprès de moi. Il ne put nous soutirer assez d'argent à son goût, je suppose. Et puis, un beau jour, je l'avais surpris en flagrant délit de fornication sur la table de la salle à manger, Joyce Barnhardt à califourchon sur lui, et j'avais fait assez de scandale pour tuer dans l'œuf ses velléités de carrière politique. Notre divorce, plein de bruit et de fureur, resterait dans les annales du Bourg. Notre mariage avait duré moins d'un an. Après mon divorce, les langues s'étaient déliées, et j'avais appris que Dickie ne m'avait pas seulement trompée avec Joyce Barnhardt, mais qu'en l'espace de notre brève union il s'était tapé la moitié de mes anciennes copines de lycée !

La porte de l'étude s'ouvrit sur un vestibule où se trouvaient deux canapés, une table basse et un bureau moderne — le tout dans les tons pastel. La Californie revue et corrigée par le New Jersey. L'hôtesse d'accueil était très classe en robe pastel. Ann Taylor de la tête aux pieds.

— Oui ? fit-elle. Que puis-je faire pour vous ?

— Je voudrais voir monsieur Richard Orr, lui dis-je — au cas où ces bureaux seraient trop m'as-tu-vu pour qu'il y soit connu sous son diminutif. Dites-lui que c'est Stéphanie.

La jeune femme fit passer le message et nous escorta jusqu'au bureau de Dickie. Elle ouvrit la porte. Dickie était debout, appuyé contre son bureau.

Il nous regarda, Lula et moi, avec un air légèrement perplexe... qui, je le savais, correspondait à son expression numéro sept. Dickie avait l'habitude de répéter toute une gamme d'expressions devant la glace. Qu'est-ce que tu penses de celle-là ? me demandait-il. Est-ce que j'ai l'air sincère ? Est-ce que j'ai l'air scandalisé ? Est-ce que j'ai l'air sidéré ?

Je regardai autour de moi. Bureau cossu, meublé avec goût. Tapis persan dans les tons rouges. Bureau ancien en acajou. Deux chaises à l'assise en cuir bordeaux. Très masculin. Il ne manquait plus qu'un chien-loup et quelques trophées de chasse. Le bureau parfait du queutard invétéré.

— Je te présente Lula, lui dis-je en m'approchant du bureau. On travaille ensemble.

Dickie inclina la tête.

— Bonjour, Lula.

— Hum, fit Lula.

— J'ai des questions à te poser au sujet de Mo, dis-je. A-t-il l'intention de se constituer prisonnier ?

— Nous ne l'avons pas encore décidé.

— Quand ce sera fait, j'aimerais en être informée. Je travaille pour l'agence de Vinnie, et Mo n'a pas respecté ses accords de caution.

— Oh, oui, bien sûr. Je te tiendrai au courant.

Je me laissai tomber sur une des chaises en cuir.

— J'ai cru comprendre que Mo avait fait passer un message à la police, dis-je. J'aimerais savoir ce qu'il propose.

— Ce serait un délit d'initiés...

Du coin de l'œil, je vis que Lula commençait à passer en mode Rhino-Woman.

— J'aime pas les cachotteries, dit-elle.

Dickie jaugea Lula, puis me regarda.

— C'est une plaisanterie ?

— Alors, que propose Mo ? lui demandai-je en souriant.

— Rien qui t'intéresse. Excusez-moi, mais j'ai une réunion dans cinq minutes. J'ai des choses à préparer.

— Tu veux que je lui tire dans le pied pour qu'il nous dise tout ? me demanda Lula.

— Pas ici, répondis-je. Il y a trop de monde.

Lula fit la moue, l'air déçu.

— Je suppose que tu veux pas non plus que je lui fasse la tête au carré pour le forcer à parler ?

— Plus tard, peut-être.

Lula s'appuya contre le bureau en acajou.

— Si tu savais tous les trucs que je peux faire subir à un mec..., lui dit-elle. Je suis sûre que ça te ferait dégueuler.

— C'est pour rire ? fit Dickie en reculant et en se tournant vers moi. Tu l'as trouvée où ? Au rayon « farces et attrapes » ?

— Au rayon quoi ? s'écria Lula en roulant des yeux. Tu m'excuseras, espèce de pauvre merdeux, mais je suis en formation de chasseuse de primes, moi ! Et c'est toi qui me fais marrer. Tu connais l'expression « va te faire enculer » ? Fais gaffe, parce que ça pourrait t'arriver.

Je m'étais relevée, et je souriais car j'avais remarqué que Dickie avait pâli sous son bronzage aux UV.

— On y va, dis-je à Lula. Ce n'est pas le bon endroit pour parler affaires.

Je me tournai vers Dickie.

— On se reverra pour parler de tout ça plus en détail, lui dis-je.

— C'est une menace ?

— Sûrement pas, fit Lula. Est-ce qu'on a l'air de nanas qui menaceraient un mec ? Je ne suis pas le genre de nana qui voudrait faire peur à un enfoiré de ton espèce.

Je ne savais pas trop ce que j'avais espéré de cette confrontation, mais j'étais sûre d'une chose : j'en avais eu pour mon argent.

Une fois dans l'ascenseur, je me tournai vers Lula.

— Je crois qu'on s'en est bien tirées, lui dis-je.

— Le pied ! Tu as d'autres plans comme ça pour l'après-midi ?

— Non.

— Tant mieux. J'ai des trucs à faire.

— À plus tard, lui dis-je.

Je partis en pick-up, roulai jusqu'au bout de la rue, m'arrêtai au feu... calai. On ne s'énerve pas, me dis-je. Trop de tension peut provoquer une apoplexie. C'était arrivé à ma tante Eleanor, et vraiment, ce n'est pas drôle. Elle appelle tout le monde Tootsie et se passe du rouge à lèvres dans les cheveux.

Je réussis à faire redémarrer le pick-up, embrayai quand le feu passa au vert... calai. Je sortis de ma poche la carte de visite du mécano miracle de Morelli et lus l'adresse qui figurait dessus. « Répar-Auto », Dix-Huitième Rue. Juste après la fabrique de boutons.

— Je t'accorde une dernière chance, dis-je au pick-up. Soit tu te reprends, soit je t'emmène chez Bucky Seidler.

Cinq cents mètres plus loin, je calai de nouveau. Je fis demi-tour illico. Morelli me mentait souvent, mais jamais en matière de mécanique. C'est un sujet trop important. J'allais faire un dernier essai avec Bucky, et si ça ne marchait pas, je pousserais le pick-up par-dessus un pont.

Un quart d'heure plus tard, je roulais par à-coups dans la Dix-Huitième Rue située dans la zone industrielle de Trenton. Le garage de Bucky se dressait telle une île au milieu d'un océan de voitures — des neuves, des vieilles, des cabossées, des rouillées, des épaves qui étaient là pour dons d'organes.

Un homme en jean et en Thermolactyl était allongé sous une voiture. Il s'en extirpa en entendant les crachotis de mon pick-up sur l'aire de stationnement bitumée. Il s'essuya les mains à un chiffon et s'avança vers moi. Il avait les cheveux en brosse et une bedaine de buveur de bière. Ça faisait un bail que je ne l'avais pas vu, mais je le reconnus tout de suite. Il avait bien la tête d'un type capable de lâcher des rats sur un groupe de filles.

— Stéphanie Plum, dit-il. Je ne t'avais plus revue depuis le lycée.

— Je suis surprise que tu me reconnaisses.

— Avec tes cheveux orange, je n'étais pas sûr, mais j'avais vu ta photo dans le journal quand tu avais mis le feu au salon funéraire.

— C'était une erreur d'impression.

— Dommage, j'avais trouvé ça chouette. Tu as un problème de bagnole ?

— Je n'arrête pas de caler. C'est Morelli qui m'a suggéré de venir te voir. Il m'a dit que tu étais le meilleur mécano de Trenton.

— Je me souviens d'une autre suggestion te concernant qu'il avait écrite sur le mur des toilettes de la sandwicherie de Mario. Je me la rappelle toujours mot pour mot.

— J'ai mon boîtier paralysant dans mon sac.

— C'est surtout ta MasterCard qui m'intéresse.

Je soupirai.

— Je l'ai aussi, dis-je.

— En ce cas, dit Bucky, parlons affaires.

Je lui donnai le dossier médical du pick-up. Il me demanda de faire tourner le moteur pendant qu'il regardait sous le capot.

— OK, dit-il. Je vois.

— Tu peux réparer ?

— Bien sûr.

Du pouce, il désigna des vieilles voitures alignées contre une clôture grillagée.

— Je peux te prêter une de celles-là, si tu veux. J'ai une Buick de toute beauté. Un modèle de 53.

— NON !

Rex tournait dans sa roue quand je franchis la porte de mon appartement. J'avais fait un crochet par le supermarché et acheté plein de bonnes choses pour lui et moi. Des fruits, du fromage maigre et un sachet de rondelles de carottes lavées et épluchées. Je lui dis bonjour et lui offris un grain de raisin. Le voyant lumineux de mon répondeur clignotait. J'appuyai sur la touche « messages » et les écoutai tout en rangeant les provisions.

Ranger m'annonçait qu'il avait appris que Mo avait un avocat et que ça ne changeait rien pour moi. C'est simple, me disait-il. On m'avait embauchée pour retrouver un homme, je devais faire mon boulot.

Le deuxième message était de Bucky Seidler : « J'ai

trouvé la pièce qu'il fallait. Tu peux venir récupérer ton pick-up demain à partir de dix heures. »

Le dernier message commençait par de la friture. Des échos de conversations et une ambiance de galerie de jeux. Puis, une voix d'homme : « Je te surveille, Stéphanie. J'ai vu que tu avais déjeuné avec ton petit ami, le flic. Je te surveillais hier soir. Je t'ai vue te faire tringler sur le sol de sa cuisine. Ravi que tu te sois décidée à faire autre chose que de harceler les honnêtes citoyens. Continue à te concentrer sur la queue de Morelli, et t'as des chances de faire de vieux os. »

Je fixais mon répondeur, bouche bée, le souffle coupé. J'avais une barre dans la poitrine ; mes oreilles sifflaient. Je m'appuyai contre mon réfrigérateur et fermai les yeux. *Imagine que tu es au milieu de l'océan. Écoute le bruit des vagues, Stéphanie. Respire l'air pur !*

Une fois que je me fus ressaisie, je rembobinai la cassette, l'éjectai du répondeur et en mis une vierge à la place. Il était un peu plus de cinq heures. J'appelai Morelli.

— Allô, fit-il.

— Tu restes chez toi, là ?

— Ouais, je viens de rentrer.

— Ne bouge pas. J'ai un truc à te faire écouter. J'arrive.

Je jetai la cassette dans mon sac à bandoulière, pris mon blouson et partis. Je descendis à pied et me figeai dans le hall. *Et s'ils sont là, dehors ? S'ils m'attendent ? S'ils m'espionnent ?* Je remontai quelques marches. *Non, non, ce n'est pas bon, ça. C'est une chose que d'avoir peur, c'en est une autre de ne plus oser sortir de chez soi.* Je vérifiai le contenu de mon sac : mon revolver, mon portable, mon boîtier paralysant. Je mis la bombe lacrymo dans ma poche. *Non, pas suffisant.* Je la pris dans ma main gauche, je pris mes clefs de voiture dans ma main droite et, après m'être donné du courage en faisant les cent pas dans le hall, je sortis et filai jusqu'à ma voiture en regardant droit devant moi, à l'écoute, prête à réagir à la moindre alerte.

J'avais choisi d'emprunter une Mazda. Elle était rouillée et cabossée, l'habitacle puait la clope, mais elle roulait du feu de Dieu. Je jetai un coup d'œil à l'intérieur, m'installai au volant, claquai la portière, la verrouillai, démarrai et partis illico.

Apparemment, personne ne me suivit, et une fois dans St. James Street, il y avait trop de circulation pour que je puisse voir si on me filait. Mon sac était posé à côté de moi et, pour garder le moral, je chantai à tue-tête « Qui a peur du grand méchant loup ? », pendant tout le trajet jusque chez Morelli. Je me garai devant chez lui et scrutai la rue. Personne dans une voiture... personne à pied... Je descendis de voiture et allai frapper à la porte de chez Morelli — ou plutôt cogner, devrais-je dire.

— Ben dis donc, fit-il en ouvrant. Tu as pris double dose de céréales aujourd'hui ?

Je le poussai pour rentrer.

— Tu fermes tes portes à clef ?

— Des fois.

— Et maintenant ?

Il tira le verrou.

— Oui.

J'allai dans le salon et tirai les doubles rideaux.

— Fais pareil dans la salle à manger et dans la cuisine, lui dis-je.

— Qu'est-ce qui se passe ?

— Tu vas comprendre.

Je le suivis dans la cuisine. Il régla les stores vénitiens.

— Tu as un magnéto ? lui demandai-je en lui tendant la cassette.

Morelli ouvrit l'attaché-case posé sur la table et en sortit un magnétophone. Il inséra la cassette et appuya sur la touche « PLAY ».

Il écouta le message de Ranger.

— Mauvais conseil, dit-il.

— Ce n'est pas ce que je veux te faire entendre.

Morelli resta de marbre tandis qu'il écoutait le troisième message. Son visage de flic, me dis-je. Il l'écouta une seconde fois et coupa le magnéto.

— Ce n'est pas Mickey Maglio, dit-il.

— Je m'en doute.

Un flic ne serait pas assez bête pour laisser un message anonyme.

— Tu ne t'es jamais rendu compte que tu étais suivie ?

Je fis non de la tête.

— Tu n'as repéré personne ce soir ?

— Non.

— Il y a un magasin de disques juste en face du Shuman Building où il y a des jeux vidéo, surtout fréquenté par des ados. Je suppose qu'on t'a appelée de là. Je vais y envoyer un de mes hommes pour qu'il fasse une petite enquête.

— Conclusion : ce n'est pas le chien de tes voisins que nous avons entendu, dis-je.

— Notre espion a dû renverser la poubelle en essayant de mieux voir.

— Ça ne semble pas t'ennuyer beaucoup.

Morelli prit une assiette sale dans l'évier, se retourna et la balança contre le mur. Elle se brisa en mille morceaux.

— Bon, j'avais tort, dis-je.

— Tu restes dîner ?

— Je ne crois pas que ce soit une bonne idée.

Morelli me sourit.

Arrivée à la porte, je me retournai vers lui.

— Je suppose que tu ne veux pas m'en dire plus sur la teneur de ta conversation avec Dickie.

— Je t'ai déjà tout dit.

Ouais, c'est ça.

— Et ne m'escorte pas jusque chez moi, lui dis-je. Je n'ai pas besoin d'un garde du corps.

— Qui te dit que j'en avais l'intention ?

— Tu as tes clefs de voiture à la main et je connais le langage du corps. J'ai l'impression de voir ma mère.

Son sourire s'élargit.

— Tu es vraiment sûre que...

— OUI !

Je n'avais qu'une trouille : que Morelli se rende compte que j'étais morte de peur.

Il ouvrit la porte et vit la Mazda.

— Ah, je vois que tu es passée chez Bucky, fit-il.

— Effectivement. Il m'a parlé de certaine suggestion me concernant que tu aurais gribouillée sur le mur des toilettes pour hommes de chez Mario...

— Oh, c'était l'insouciance de la jeunesse. Maintenant, je suis la discrétion faite homme.

Il était encore tôt, et la perspective de rentrer chez moi et de préparer un dîner pour une personne ne me souriait guère. J'avais le choix entre aller au Cocorico Chaud ou chez mes parents. Craignant d'être reconnue par un membre de la basse-cour, j'optai pour la famille.

— C'est la voiture de qui ? me demanda ma mère en m'ouvrant la porte.

— Du garage. Mon pick-up est de nouveau en panne.

— Ha ! lança mon père de la salle à manger.

— On se mettait à table, me dit ma mère. Gigot d'agneau, purée d'asperges.

— C'est Stéphanie ? cria ma grand-mère. Tu as ton revolver ? Je voulais le montrer à quelqu'un.

— Je l'ai, mais je ne te le donnerai pas.

Un homme était assis à côté de Mamie Mazur.

— Je te présente Fred, me dit ma grand-mère. Mon petit ami.

— Comment va ? me dit Fred.

Il avait l'air vieux comme Hérode. Les cruelles lois de la gravité avaient fait dégringoler la peau de son crâne sous son menton, et il avait enfoncé le tout dans son col de chemise.

Je m'assis en face de ma grand-mère et remarquai un dentier posé à côté de la fourchette de Fred.

— Mes quenottes, précisa-t-il. Je les ai eues gratis par l'aide sociale, mais elle ne me vont pas. Impossible de manger avec.

— On a dû lui hacher sa tranche d'agneau, dit ma grand-mère. C'est ce tas gris dans son assiette.

— À part ça, dit mon père à Fred, vous vous en sortez bien ?

— Je n'ai pas à me plaindre, répondit Fred. Je reçois une pension d'invalidité de l'armée.

Il tapota son œil droit.

— Du verre, dit-il. Seconde Guerre mondiale.

— Vous étiez en Europe ? dit mon père.

— Non. J'ai perdu mon œil au camp d'entraînement de Kilmer. Je nettoyais une baïonnette et pan ! je me la suis fichue dans l'œil !

— Le fait qu'il soit borgne ne diminue pas ses facultés, dit ma grand-mère. Il jouait avec dix cartons au loto et n'a jamais raté un numéro. Et c'est un artiste. Il fait des tapisseries. J'en ai vu une qui représentait un tigre, je ne vous dis que ça !

— Je suppose que vous possédez une maison ? lui demanda mon père.

Fred mâchouilla un peu de sa purée d'agneau.

— Non, dit-il. J'ai une chambre à l'hospice. Mais c'est sûr que j'aimerais vivre dans une maison. Si j'épouse Poulette, je serai très content de venir habiter avec vous. Je ne fais pas de bruit. Vous ne remarquerez même pas ma présence.

— Il faudra me tuer d'abord ! tonna mon père. Vous pouvez prendre votre râtelier et ficher le camp d'ici ! Vous n'êtes qu'un... qu'un gigolo !

— Mais..., dit Fred en faisant des yeux ronds, je n'ai même pas eu de dessert. Et puis, je suis à pied, je ne peux pas marcher jusqu'à l'hospice.

— Stéphanie, appelle un taxi, me dit mon père. Ellen, prépare-lui un *doggy bag* !

Dix minutes plus tard, Fred était parti.

— Bah, fit ma grand-mère en prenant un biscuit et une deuxième tasse de café, de toute façon il était un peu vieux pour moi. Et sa manie de tapoter son œil de verre ! Brrr ! Le dentier, ça passait, mais je n'avais pas envie de voir cet œil posé dans une cuillère à soupe.

Les Rangers jouaient contre Montréal, alors je restai pour regarder le match à la télévision. Du coup, je mangeai plein de cochonneries, entraînée par mon père qui est encore plus accro que moi dans ce domaine. À nous deux, on descendit une boîte d'amuse-gueule, un paquet de chips, un sachet de noix de cajou et un sac d'un kilo de M&M's.

Je partis en me demandant si je ne faisais pas une crise de boulimie.

Du coup, la menace des hommes en cagoules me parut bien pâle comparée à celle que les chips faisaient peser sur mes cuisses. Je ne me souvins de ma peur qu'au moment où j'ouvris la porte de mon appartement. Et là, je ne courais aucun danger. Pas de paquet de chips à l'horizon, et un seul message sur mon répondeur — de Ranger. « Rappelle-moi. »

Ce que je fis.

— C'est bizarre, baby, me dit-il, mais j'ai l'impression que ta copine Lula essaie de me filer.

— Elle pense que tu es un super-héros.

— Elle n'est pas la seule.

— Comme l'adresse que tu donnes correspond à un terrain vague, elle veut découvrir où tu habites. En parlant de ça, où habites-tu ?

Il raccrocha.

Je me réveillai le lendemain matin en culpabilisant de m'être laissée aller à me bâfrer de cochonneries en tout genre. Pour faire pénitence, je nettoyai la cage de Rex, mis de l'ordre dans le réfrigérateur et récurai les W-C. Je voulus faire du repassage, mais ne trouvai rien dans la corbeille de linge à repasser. Si un vêtement s'y trouve toujours un an après que je l'y ai mis, je le jette. C'est un très bon système : je n'ai pratiquement plus que des vêtements qui ne se repassent pas.

Bucky m'avait dit de venir à partir de dix heures. Je garai la Mazda à l'entrée du garage et vis mon pick-up qui m'attendait, propre comme un sou neuf, hormis le capot et le pare-chocs avant cabossés.

Je rentrai chez moi sans caler — et sans être sûre que cela durerait. Profitons de la lune de miel, me dis-je.

Je me garai à ma place habituelle, à côté de la benne à ordures, descendis du pick-up en surveillant les alentours. Personne. Je traversai le parking à pas pressés et entrai dans le hall où je tombai sur Mr. Wexler qui attendait le car de ramassage du troisième âge.

— Vous êtes au courant pour Mo Bedemier ? me demanda-t-il. N'est-il pas extraordinaire ! Ah, il en a dans le ventre. Il était temps que quelqu'un prenne ce problème de drogue à bras-le-corps, hein ?

— On le soupçonne de HUIT meurtres !

— Ouais, je sais, il a le vent en poupe.

Je montai dans l'ascenseur, mais sans avoir envie de rentrer chez moi. J'avais plutôt envie de... voler dans les plumes de quelqu'un !

Je ressortis de l'ascenseur et tapai sur l'épaule de Mr. Wexler qui se retourna.

— On ne doit pas tuer, lui dis-je.

— Bah, on égorge bien des poules, on tue des vaches, on abat des arbres... pourquoi pas des trafiquants de drogue ?

Je ne trouvai rien à répondre à une telle logique. Je repris l'ascenseur et montai au deuxième en essayant de me convaincre de me détendre en passant un après-midi oisif. En vain. Je redescendis, regagnai mon pick-up et me carrai au volant. Étant donné que j'étais déjà d'une humeur massacrante, autant aller rendre visite à ce minable de Dickie. Je voulais savoir ce qu'il avait dit à Morelli.

Je me garai non loin du Shuman Building et me plantai devant l'hôtesse d'accueil en arborant le plus victorieux de mes sourires.

— J'ai deux mots à dire à Dickie.

Et sans lui laisser le temps de réagir, je pris la direction du bureau de mon ex-mari.

15

Dickie ne paraissait pas content de me voir. Il était assis à son bureau, la tête dans les mains, les cheveux en bataille. Très mauvais signe, car Dickie met un point d'honneur à être impeccablement coiffé. Même au réveil, je ne lui avais jamais vu un seul épi sur le crâne. Le fait qu'il semble broyer du noir ne me mit pas du baume au cœur pour autant.

En me voyant, il bondit de son siège.

— Ah, c'est toi ! cria-t-il. Toi ! Mais tu es folle ? Folle à lier ! Cette fois, tu es allée trop loin.

— De quoi parles-tu ?

— Tu le sais très bien ! Je vais déposer plainte contre toi pour tentative d'intimidation de magistrat et entrave à la justice !

— Je crois que ce n'est pas du sucre que tu as mis dans ton café ce matin.

— D'accord, j'ai un peu déconné quand on était mariés. D'accord, notre divorce ne s'est pas fait en douceur. D'accord, tu m'en veux. Mais ce n'est pas une raison pour te prendre pour Terminator. Va te faire soigner ! J'ai des adresses de psy si tu veux !

— J'ai l'impression que tu essaies de me dire quelque chose...

— Je te parle de ton gorille qui m'a agressé sur mon parking ce matin !

— Lula ?

— Non. L'autre.

— Quel autre ?

— Ton gros bras en cagoule.

— Minute, j'ai compris. Ce n'est pas mon gorille. Et il n'est pas tout seul. Ils sont toute une bande, et ils m'ont menacée moi aussi. Qu'est-ce qu'il t'a dit exactement ?

— Que Mo n'avait pas besoin d'un avocat et que j'étais déchargé de l'affaire. Je lui ai répondu que Mo devait venir me dire ça en personne. Là-dessus, le type a sorti un flingue et m'a dit que, pour un avocat, j'avais la comprenette un peu dure. Je lui ai dit que je m'améliorais de minute en minute. Il a rempoché son arme et il est parti.

— Tu as relevé son numéro d'immatriculation ?

— Je n'y ai pas pensé.

— Quel est le marché que veut passer Mo ? C'est une idée de toi ?

— Tu perds ton temps. Je ne veux pas en discuter avec toi.

— Je connais pas mal de trucs sur toi. Je suis sûre que ça t'ennuierait que ça se sache, comme ton penchant pour la coke, par exemple...

— C'est de l'histoire ancienne.

— Je suis au courant de ta liaison avec la femme de Mallory.

Dickie bondit de son fauteuil.

— C'est toi qui l'as dit à Morelli !

— Mallory est un flic qui ne recule devant rien. Inutile de te dire ce qui t'attend si jamais il apprend que tu as couché avec sa femme. Il est capable de cacher de la came dans ta voiture... ah, je vois le tableau : la fouille au corps, le passage à tabac parce que tu ne veux pas avouer.

Les prunelles de Dickie se rétractèrent jusqu'à devenir deux petites billes luisantes et dures — je ne pus m'empêcher de penser que ses testicules devaient subir le même sort.

— Qu'est-ce qui m'assure que tu ne diras rien à Mallory même si je te raconte ce que je sais sur Mo ? me demanda-t-il.

— Le fait qu'il soit possible que je doive encore te faire chanter à l'avenir.

— Tu fais chier ! s'écria Dickie en se laissant retomber dans son fauteuil. Et le secret professionnel, qu'est-ce que tu en fais ?

— Comme si tu t'en étais jamais soucié...

Je consultai ma montre.

— Bon, je n'ai plus beaucoup de temps si je veux joindre Mallory au commissariat.

— Salope.

— Tête de nœud.

— Pute.

— Trou du cul.

— Truie.

— Oh, et puis je ne vois pas pourquoi je devrais supporter ça, on est divorcés, que je sache !

— Tu me jures de tenir ta langue ?

— Croix de bois, croix de fer...

Il posa les coudes sur son bureau, croisa les doigts et se pencha en avant. Comme le plateau de son bureau était aussi vaste qu'un terrain de football, il y avait encore pas mal d'espace entre nous.

— Mo n'a tué personne. Il se trouve qu'il a de mauvaises fréquentations.

— Tu pourrais préciser ?

— Je n'en sais pas plus.

— Et ce sont ses « mauvaises fréquentations » qui ont commis les meurtres ?

— Mo en avait assez des gangs et des trafiquants de

drogue qui opéraient autour de sa boutique. Et, pour lui, la police n'aurait rien pu faire car son action est limitée par le cadre de la loi et par les négociations avec les juges. Par les gamins, il connaissait le nom des dealers qui se servent des gosses pour vendre leur came. Alors, il a voulu monter un coup. Il est allé voir les dealers un par un en leur proposant une association.

— Que la confiserie serve de plaque tournante ?

— Oui. Il leur donnait rendez-vous à sa boutique, dans son garage ou ailleurs si le dealer était très méfiant, puis il avertissait un de ses amis qui se présentait à sa place. Au début, Mo ne savait pas que les dealers étaient tués. Il pensait qu'on les passait à tabac pour les persuader d'aller ailleurs. Il a compris le topo mais un peu tard.

— Pourquoi ne s'est-il pas présenté au tribunal pour son histoire de port d'armes prohibées ?

— Il a eu peur. Le pistolet que Gaspick lui a confisqué avait servi pour tuer un dealer qu'on a retrouvé dans la rivière. Mo a voulu s'ériger en justicier et il s'est fait prendre à son propre piège. Il m'a affirmé qu'il ne s'était jamais servi du pistolet. D'ailleurs, quand Gaspick l'a arrêté, il n'était même pas chargé. Il devait se prendre pour John Wayne avec ce pétard sur lui. N'oublie pas qu'on parle d'un vieux monsieur timide qui a passé toute sa vie à vendre des glaces et des bonbons au Bourg.

Voilà ce que Morelli avait voulu me cacher : le rapport entre le pistolet de Mo et le cadavre repêché dans la Delaware. Je comprenais maintenant pourquoi il s'intéressait à Mo. Et pourquoi Mo avait préféré disparaître.

— Pourquoi Mo veut-il se constituer prisonnier ?

— Je suppose qu'il est revenu à la raison. Il s'est rendu compte qu'il était allé trop loin.

— Alors, que propose-t-il ? Les noms de ses « mauvaises fréquentations » en échange de la compréhension des juges ?

— Je suppose, mais nous n'en sommes pas encore là. Pour l'instant, je n'ai fait que lui préciser ses droits et les conséquences de sa participation à ces crimes.

— Donc, peut-être que ces types en cagoule ne protègent plus Mo. Au contraire... Peut-être qu'ils veulent le retrouver avant moi... En tout cas, c'est très noble de ta part de rester son avocat après avoir reçu ces menaces.

— Tu rigoles ? J'arrête les frais !

— Appelle-moi si tu as du nouveau, lui dis-je en laissant tomber ma carte sur son bureau.

Dans l'ascenseur, je ne pus m'empêcher de rire en pensant que Dickie avait dû avoir la peur de sa vie. Dans l'enthousiasme du moment, je décidai d'aller revoir monsieur Alexandre. S'il avait pu rendre mes cheveux orange, il pourrait sûrement les faire redevenir châtains.

— Absolument im-pos-si-ble ! me dit monsieur Alexandre. Je suis surbooké. J'aimerais pouvoir vous aider, ma jolie, vraiment, mais regardez mon carnet de rendez-vous. Je n'ai pas une minute de libre !

— Je ne peux pas vivre avec ÇA, lui dis-je en tenant une mèche de cheveux entre le pouce et l'index. Il n'y a donc personne ici qui puisse faire quelque chose pour moi ?

— Demain, peut-être.

— J'ai un revolver dans mon sac, une bombe lacrymo et un boîtier paralysant qui peut vous transformer en lampadaire avant que vous ayez le temps de dire ouf ! Je suis à bout de nerfs. Mes cheveux me rendent folle. Je suis capable de tout si vous ne faites pas quelque chose !

— Heu..., fit la réceptionniste, Cléo a une annulation à deux heures. C'était seulement une coupe, mais elle pourra peut-être caser une couleur.

— Cléo est une fée de la coloration, affirma monsieur Alexandre. Si quelqu'un peut faire quelque chose pour vous, c'est elle.

Trois heures plus tard, je rentrais chez moi... avec mes cheveux orange. Cléo avait usé de toutes ses ruses de coloriste, mais l'orange avait tenu bon. Il était un peu plus doux, un peu moins lumineux, certes, mais toujours aussi orange.

Oh, et puis zut! J'ai les cheveux orange, et alors? Ça pourrait être pire. J'aurais pu attraper le virus Ébola. Ou la fièvre rouge. Les cheveux, ça repousse. Ce n'est pas comme si j'avais gâché ma vie.

J'étais seule dans le hall de mon immeuble. Les portes de l'ascenseur s'ouvrirent. Je songeai à Mo. En parlant de gâcher sa vie... Voilà un brave marchand de glaces qui, pour avoir pris de mauvaises décisions sur le coup d'une colère légitime, s'était égaré dans un dédale d'erreurs de jugement et de meurtres.

Je pensais à ma vie, à mes choix. Jusqu'à présent, je n'avais jamais pris de très gros risques et j'avais suivi un itinéraire tout tracé : études, mariage, divorce, travail. Puis, sans que j'y sois pour quelque chose : perte d'emploi. Et voilà que j'étais devenue chasseuse de primes et que j'avais tué un homme dans l'exercice de ma profession — en état de légitime défense, mais tout de même, c'était un acte regrettable qui revenait me hanter certaines nuits. J'avais appris des choses sur moi-même et sur la nature humaine que les filles du Bourg n'étaient pas censées savoir.

Je longeai le couloir jusqu'à ma porte, cherchai ma clef dans mon sac, entrai, soulagée d'être chez moi. Avant même que j'aie eu le temps de refermer, on me poussa violemment et je m'étalai de tout mon long sur le sol de mon entrée.

Ils étaient deux. En cagoule et bleu de travail, évidemment. Trop grands pour que l'un d'eux soit Maglio. L'un me menaçait d'un revolver ; l'autre tenait un sac en plastique opaque à la main.

— Si tu cries, je te bute, dit l'homme au revolver en verrouillant la porte. Je n'y tiens pas, mais je n'hésiterai pas à le faire si tu m'y obliges.

— Ça ne sert à rien, lui dis-je. Mo a contacté la police. Il a tout dit. Vos noms. Tout.

— Mo aurait mieux fait de continuer à vendre des bonbons. On s'occupera de lui plus tard. On agit pour le bien de la communauté... pour le bien de l'Amérique. On ne va pas s'arrêter juste parce qu'un vieux fait le dégoûté.

— Assassiner des gens, c'est ça que vous appelez agir pour le bien de l'Amérique ?

— On élimine la vermine.

L'homme au sac en plastique me força à me relever et me poussa vers le salon. J'envisageai de hurler ou d'essayer de leur échapper, mais je ne savais pas jusqu'où ils pourraient aller. L'autre zozo avait l'air parfaitement à l'aise avec son flingue. Il était possible qu'il ait déjà tué, et je craignais fort que tuer soit comme le reste : une question d'habitude.

Je portais toujours mon blouson, mon sac à l'épaule, et j'étais animée d'un désir de revanche. J'avais toujours une ampoule sur le dos de la main depuis ma précédente rencontre avec le Klan de Mo, et j'avais peur d'être de nouveau brûlée à la cigarette.

— Je vais vous donner une chance de partir avant que vous fassiez une bêtise, leur dis-je en m'efforçant de parler avec assurance.

J'étais complètement paniquée.

— C'est toi qui as fait une bêtise, dit le type au sac en le posant sur ma table basse. On n'a pas arrêté de te donner des avertissements, des conseils, mais tu ne nous as pas écoutés. Tu continues à t'occuper de choses qui ne te regardent pas. En allant rendre visite à l'avocat, par exemple. Donc, on s'est dit qu'on allait t'offrir une petite démonstration à domicile. Te montrer de quel bois on se chauffe.

Il sortit un petit sachet transparent et l'agita devant mes yeux.

— Héro qualité supérieure, dit-il.

Il replongea la main dans son sac et en sortit une demi-bouteille d'eau de source, puis un bouchon auquel était fixée une anse en fil de fer.

— Pour faire chauffer, l'idéal, c'est un bouchon à visser, dit-il. Bonne profondeur. C'est mieux qu'une petite cuillère.

L'homme y versa de l'eau et de la poudre. Il alluma son briquet et le maintint sous le bouchon. Puis il sortit une seringue du sac et emplit le cylindre du mélange obtenu.

D'une main tremblante, je palpai discrètement mon sac que j'avais toujours à l'épaule jusqu'à sentir la forme de mon calibre 38.

L'homme au revolver m'arracha mon sac.

— Oublie ça, me dit-il.

L'homme à la seringue souleva le couvercle de la cage et prit Rex dans sa main libre.

— Bien, fit-il. On va commencer la démo.

Mon cœur se serra à m'en faire mal.

— Posez-le, dis-je. Il n'aime pas être tripoté par des inconnus.

— On sait beaucoup de choses sur toi, dit l'homme. On sait que tu tiens à ton hamster. C'est un peu ta famille. Tiens, imagine que c'est ton gosse. Et imagine que tu fais tout ce qu'il faut pour bien l'élever : tu le nourris, tu l'envoies dans une bonne école, tu l'aides à faire ses devoirs. Et puis, un jour, malgré tout ce que tu fais, ton gosse touche à la drogue. Comment réagiraistu ? Tu ne crois pas que tu aurais envie d'aller dire deux mots à ceux qui lui ont donné de la drogue ? Et suppose qu'on ait vendu de la mauvaise came à ton gosse. Suppose qu'il meure d'une overdose. Tu ne crois pas que tu aurais envie de tuer le trafiquant de drogue qui a tué ton gosse ?

— J'aurais envie qu'il soit arrêté et jugé.

— Tu parles ! Tu aurais envie de le buter !

— Vous dites ça d'expérience ?

L'homme à la seringue me regarda. Je voyais ses yeux à travers les fentes de sa cagoule et je compris que j'étais tombé pile.

— Excusez-moi, dis-je.

— Alors, tu comprends que je suis obligé de faire ça. Il est essentiel que tu ne gâches pas notre travail, et que tu comprennes nos motivations. On préférerait ne pas avoir à te tuer. On est des gens honnêtes, raisonnables. On a une morale. Alors, écoute-moi bien : c'est notre dernier avertissement. Cette fois, on tue ton hamster. La prochaine, ce sera toi.

— Comment pouvez-vous justifier de tuer un pauvre animal sans défense ? dis-je à travers mes larmes.

— C'est une leçon. Tu as déjà vu quelqu'un mourir d'une overdose ? Ce n'est pas joli-joli. Et c'est ce qui va t'arriver si tu ne pars pas en vacances.

Les yeux de Rex étaient noirs et luisants, ses moustaches frétillaient. Il battait l'air de ses pattounes, se contorsionnait pour essayer de se libérer.

— Tu peux lui dire adieu, me dit l'homme à la seringue. Je vais lui balancer tout ça en plein cœur.

La patience d'une femme a des limites. Je m'étais pris du gaz lacrymogène en pleine figure, fait agresser par des hommes encagoulés, baratiner par Morelli et escroquer par mon garagiste sans me départir de mon calme. Attenter à la vie de mon hamster, c'était une autre paire de manches. Je n'avais aucunement l'intention de dire adieu à Rex.

Je refoulai mes larmes, redressai le menton et me lançai.

— Écoutez-moi bien, espèces de minables ! criai-je. Je ne suis pas d'humeur aujourd'hui ! Ma voiture n'arrête pas de caler. Avant-hier, j'ai dégobillé sur Joe Morelli. Mon ex-mari m'a traitée de truie. Et comme si ça ne suffisait pas, mes cheveux sont orange... ORANGE, ORANGE, BORDEL ! Et maintenant, vous avez le culot de rentrer chez moi de force et de menacer mon hamster. Eh bien vous êtes allés trop loin, vous avez franchi la ligne blanche !

Je hurlais, je gesticulais, hors de moi, sans cesser d'observer Rex du coin de l'œil, car je savais ce qui se passerait si l'autre ne le lâchait pas assez vite à son gré. Et j'attendais que ça se passe pour agir.

— Alors, si vous voulez jouer les gros bras, vous êtes mal tombés avec moi ! hurlai-je. Et n'allez pas vous imaginer que je vais vous laisser toucher à un poil de mon hamster !

Et c'est alors que Rex fit ce que n'importe quel hamster en colère ferait : il planta ses petits crocs dans le pouce de son ravisseur.

L'homme poussa un cri et laissa tomber Rex qui fila sous le canapé. Son compère braqua son arme sur Rex et tira plusieurs coups à la suite. Je m'emparai de la lampe posée sur la table et la fracassai sur le crâne de l'homme au revolver qui s'écroula par terre comme un sac de sable.

Je courus vers la porte.

J'avais déjà un pied dans le couloir quand l'homme à la seringue me rattrapa et me tira dans l'appartement. Je lui donnai des coups de poing, de pied, de griffe. On se battit dans mon hall d'entrée. À un moment, mon pied toucha son entrejambe. Il se figea, je vis ses yeux s'arrondir de douleur sous sa cagoule et je crus qu'il allait me planter la seringue dans le bras ou m'assommer. Mais il se plia en deux, essayant de reprendre son souffle. Il recula et, sans s'en rendre compte, ressortit dans le couloir par la porte restée ouverte.

À cet instant, les portes de l'ascenseur s'ouvrirent et Mrs. Bestler en sortit appuyée sur son déambulateur. Elle avança vers l'homme — CLOMP, CLOMP, CLOMP — à une vitesse étonnante et le percuta, le faisant tomber à genoux.

Mrs. Karwatt ouvrit sa porte et pointa son calibre 45 sur lui.

— Qu'est-ce qui se passe ? J'arrive trop tard ?

Mr. Kleinschmidt longea le couloir en traînant les pieds, sa M-16 à la main.

— J'ai cru entendre un coup de feu.

Mrs. Delgago le suivait, portant un fendoir et un Glock à la poignée en bois sculpté.

— Loretta, lui dit Mrs. Karwatt, tu as un nouveau pistolet ?

— C'est le cadeau d'anniversaire de ma fille Jean Ann, répondit Mrs. Delgado avec fierté. Un calibre 40, comme ceux de la police. Plus puissant que les autres.

— Il va falloir que je songe à remplacer le mien, dit Mrs. Karwatt. Quel recul on a avec ce Glock ?

J'emmenai Rex avec moi dans la chambre pour le restant de la nuit. Il ne semblait pas traumatisé par les événements de la soirée, mais je n'étais pas sûre de pouvoir en dire autant de moi-même. La police était venue, avait démasqué les deux hommes. L'homme à la seringue m'était inconnu. L'homme au revolver était un ancien camarade de classe, marié et père de deux enfants. Je l'avais croisé quelques jours plus tôt au supermarché et on avait papoté un moment.

Je me réveillai en fin de matinée, plutôt en forme. J'en étais à ma deuxième tasse de café quand le téléphone sonna.

C'était Sue Ann Grebek.

— Stéphanie ! cria-t-elle dans le combiné. J'ai du nouveau pour toi !

— Sur Mo ?

— Oui. Une rumeur top du top. Et de première main. Elle est peut-être même vraie.

— Je t'écoute !

— J'étais chez Fiorello, devine sur qui je tombe : Myra Balog. Tu te souviens d'elle ? Elle sortait avec ce grand dadais de Larry Skolnik pendant toutes les années de lycée. Et Myra m'a dit que Larry lui avait raconté un truc complètement rocambolesque sur Mo en lui jurant que c'était vrai.

— RACONTE !

Je raccrochai, abasourdie par ce que Sue Ann venait de m'apprendre. Son histoire ne me plaisait pas du tout, mais en repensant à ce que j'avais vu chez Mo, ça se tenait.

Il fallait que j'aille interroger Larry Skolnik. Je partis sans attendre, courus jusqu'à mon pick-up, m'assis au volant, retins mon souffle, mis le contact... il démarra. Ouf !

Larry Skolnik travaillait au pressing tenu par son père dans Hamilton Avenue. À mon arrivée, il était derrière le comptoir.

— Salut, dit-il en me voyant.

Il avait pris au moins cinquante kilos depuis le lycée.

— Salut.

— Tu viens chercher des vêtements ?

— Non. Je suis venue te voir. Je voudrais te poser quelques questions sur Oncle Mo.

— Moïse Bedemier ? fit-il en rougissant légèrement. Que veux-tu savoir ?

Nous étions seuls dans le magasin. Lui, moi, et trois cents chemises.

Je lui répétai l'histoire que m'avait racontée Sue Ann.

Larry tripotait une boîte de boutons posée près de la caisse.

— J'ai essayé de le raconter à l'époque, mais personne ne m'a cru.

— C'est vrai, alors ?

Il rougit encore, prit un bouton de nacre entre deux doigts et l'examina scrupuleusement.

— Ben... oui, c'est vrai. Je l'ai fait, et j'en suis fier. Voilà ! J'allais souvent à la boutique à l'époque, dit-il. Quand j'ai eu dix-sept ans, Oncle Mo m'a proposé de m'embaucher pour faire le ménage, nettoyer les présentoirs. C'était super de bosser pour lui. Tous les gosses du Bourg m'enviaient. On est devenus copains, lui et moi. Et puis, un jour, il m'a proposé de... enfin, tu sais quoi. J'avais jamais fait ça, mais je me suis dit « après tout ! ».

Il s'interrompit, fixant les boutons d'un regard vide. J'attendis la suite, et voyant qu'elle ne venait pas et que Larry continuait à fixer ses boutons, je me dis qu'il n'était peut-être pas seulement un grand naïf, mais un gros débile.

— C'est important pour moi, lui dis-je. Il faut que je retrouve Mo. J'ai pensé que tu saurais peut-être où il se cache. Que vous étiez peut-être restés en contact.

— Tu crois vraiment qu'il a tué tous ces types ?

— Je n'en suis pas sûre. Mais il y est peut-être mêlé.

— Je le crois aussi, et j'ai une théorie. Tout n'est pas clair, mais peut-être que vous pourrez en faire quelque chose. À un moment, j'ai bossé avec un type qui s'appelait Desmond et il m'a raconté comment il avait connu Mo. C'est important pour Mo de trouver des jeunes. C'est ce qu'il cherche.

Quand Larry eut fini de me raconter sa théorie, j'étais aux anges. Je tenais le lien, aussi incroyable soit-il, entre Mo et les trafiquants de drogue. Et je reconsidérai l'idée que Mo avait une autre résidence. Il avait emmené Larry dans une maison en Pennsylvanie quand il avait voulu concrétiser.

Rien ne garantissait qu'il utilisait toujours la même maison, mais ça valait la peine d'y aller. Malheureusement, Larry s'y était toujours rendu de nuit, et ça faisait si longtemps... Il se rappelait qu'ils roulaient vers le nord en longeant la rivière puis qu'ils tournaient dans les bois.

Je le remerciai de son aide précieuse et lui promis de revenir en tant que cliente. Je sautai dans mon pick-up et démarrai sur les chapeaux de roues. Il fallait que je parle à Vinnie, mais il ne serait pas encore à l'agence si tôt dans la matinée. Qu'à cela ne tienne. J'allais d'abord rendre visite au maillon manquant de la chaîne. Vinnie pouvait attendre.

Je me garai en face de chez Lula. Toutes les maisons se ressemblaient dans cette rue, mais celle où habitait Gail était facilement repérable grâce au réverbère qui éclairait la véranda.

Je montai directement à l'étage et frappai à la porte de Gail. Une fois. Deux fois. Elle ouvrit. Le regard dans le vide, toujours. Un regard de camée.

— Oui ? fit-elle.

Je lui rappelai qui j'étais et lui demandai si je pouvais entrer.

— Bien sûr, dit-elle comme si elle s'en fichait.

Elle s'assit sur le bord du lit, mains croisées sur les genoux. La chambre était peu meublée. Des vêtements étaient en tas par terre. Je pris l'unique chaise et la tirai vers Gail.

— Il faut qu'on parle du Harpon, lui dis-je d'un ton amical.

— Je sais rien, je vous ai dit, répondit-elle en tordant sa jupe entre ses doigts.

— Je ne fais pas partie de la police. Vous ne risquez rien. Je veux juste savoir une chose.

— Je vous ai déjà dit tout ce que je savais !

Il ne faudrait pas grand-chose pour la faire craquer. La vie s'en était déjà chargée et, comme si ça ne suffisait pas, elle s'était apparemment levée tôt pour faire quelques expériences pharmacologiques.

— Quel marché Mo avait passé avec Elliot ? Ils faisaient des affaires ensemble, n'est-ce pas ?

— Ouais. Mais moi, j'avais rien à voir là-dedans. J'ai jamais participé.

Il était presque midi quand j'arrivai à l'agence.

— Je vais te dire un truc, claironnait Lula en agitant une cuisse de poulet sous le nez de Connie. Vous, les Italiens, vous y connaissez rien en poulet frit. Vous avez pas les bons gènes. Vous, les Italiens, vous connaissez que les trucs avec de la sauce tomate.

— Tu sais quoi ? rétorqua Connie tout en piochant dans la portion de poulet qu'elle serrait contre elle, tu es une horrible raciste.

— J'ai le droit. J'appartiens à une minorité.

— Parce que les Italiens ne sont pas une minorité, peut-être ?

— Fini ce temps-là, c'était l'année dernière !

— Vinnie est là ? demandai-je.

— Hé, Vinnie ! cria Connie. Tu es là pour Stéphanie ?

Vinnie surgit sur le seuil de son bureau.

— J'espère que tu m'apportes une bonne nouvelle, me dit-il.

— Je veux savoir une chose sur le petit ami de Mo que tu as vu à New Hope.

— Quoi ?

— Comment sais-tu que c'était son petit ami ? Ils s'embrassaient ? Ils se tenaient par la main ?

— Non. Ils étaient tout excités. En érection, je ne sais pas, je ne suis pas allé regarder, mais ils prenaient leur pied en matant des photos d'eux. Et son copain était pédé comme un phoque.

— Tu as vu les photos ?

— Non. J'étais à l'autre bout de la salle.

— Comment sais-tu que c'étaient des photos d'eux alors ?

— J'en sais rien, mais je peux te dire que c'étaient des photos de cul.

— C'est de la télépathie, fit Lula.

— Hé, fit Vinnie, le cul, ça me connaît.

Personne ne le contesta sur ce point.

— Tu as pu découvrir son identité ? lui demandai-je.

— Non. Personne ne sait rien sur Mo. Il ne doit pas utiliser les filières habituelles.

— Il faut que je te parle en privé.

J'entrai dans son bureau en refermant la porte.

— J'ai une nouvelle piste, lui dis-je.

C'est tout juste si Vinnie ne saliva pas quand il sut de quoi il s'agissait.

— Ce sacré Mo ! fit-il. Qui l'aurait cru ?

Je laissai Vinnie à ses occupations et empruntai le téléphone de Connie pour appeler Morelli.

— Qu'as-tu appris sur mes deux agresseurs ? lui demandai-je.

Silence lourd de sens.

— Ils n'ont pas parlé. Ils ont pris un avocat et sont rentrés chez eux.

— Mais ?

— Mais on a fait quelques vérifications et on a appris quelque chose d'intéressant. Si je te le dis, tu dois me promettre de ne pas agir.

— C'est promis.

— Je ne te crois pas.

— Ça doit valoir son pesant d'or.

— Je ne te dis rien par téléphone. On se retrouve au snack-bar en face de l'hôpital St. Francis.

Morelli commanda un café et un sandwich au comptoir et me rejoignit à ma table.

— Ça fait longtemps que tu es là ?

— Quelques minutes.

Il mordit dans son sandwich.

— Si tu veux l'info, tu dois me promettre de ne pas agir au quart de tour. On a posté des hommes à nous. Si tu déboules sur place, tu fous tout en l'air.

— Je te le promets si tu me promets de ne pas m'oublier quand Mo se pointera.

— C'est promis.

On se regarda. Nous savions tous deux qu'il mentait. Ce n'est pas le genre de promesse qu'un flic peut tenir.

— Si je ne suis pas là quand Mo est arrêté, dis-je, il n'est pas certain que Vinnie puisse récupérer sa caution.

— Je ferai tout ce que je pourrai, je te le jure.

— Pour que tout soit clair, je sais que tu n'es pas en train de me faire un cadeau. Je suis sûre que tu ne me dirais rien si je n'étais pas sur le point d'obtenir la même information d'une autre source. *Comme Eddie Gazarra ou le journal local.*

— Donc, je suppose que tu ne m'offres pas le dessert ?

— Bon, c'est quoi ?

— Tes deux agresseurs fréquentent l'église de la Liberté de Montgomery Street.

Je considérai Morelli et éclatai de rire.

— Oh, excellent ! dis-je. Parfait !

— Je savais que ça te ferait plaisir.

— C'est une alliance naturelle. Mo veut se débarrasser des trafiquants de drogue, donc il va voir le révérend Bill connu pour ses idées réactionnaires et tous deux décident de donner un coup de fouet à la notion d'autodéfense. Puis, pour des raisons qui nous sont encore inconnues, Mo décide de négocier et de livrer le bon révérend.

— Ce ne sont que des suppositions, dit Morelli en finissant son café.

Et je pouvais en faire une autre : que tout ça n'avait pas seulement à voir avec le trafic de drogue.

— Bon, dis-je, merci pour le tuyau, mais je dois partir. Des gens à voir. Des choses à faire.

Morelli me tira par le poignet.

— Tu es sûre que tu n'as pas autre chose à me dire ?

— Il paraît que Biggie Zaremba a eu une vasectomie.

— Je suis sérieux, Stéphanie. Je ne veux pas que tu te mêles de ça.

— Oh, Joe, tu n'arrêtes donc jamais d'être flic ?

— Aucun rapport.

— Oh ?

Il poussa un soupir, qui me parut un brin exaspéré.

— Je me demande pourquoi je m'inquiète pour toi, dit-il. Dieu sait que tu peux te débrouiller toute seule...

— C'est parce que tu es italien. C'est dans tes gènes.

— Ça, j'en suis sûr, dit-il en relâchant mon poignet. Fais attention. Et appelle-moi si tu as besoin d'aide.

— Je rentre chez moi me faire un shampooing. Parole de scout. Et ensuite, j'irai peut-être faire du shopping.

— Tu es un cas désespéré. Tu étais déjà comme ça quand tu étais gosse.

— Ça veut dire quoi, au juste ?

— Tu étais un peu barje. Tu faisais n'importe quoi. Je me souviens que tu sautais du toit du garage de ton père en essayant de voler.

— Tu n'as jamais fait ça ?

— Jamais. J'ai toujours su qu'on ne peut pas voler.

— C'est parce que tu as toujours eu une imagination à une voie.

— Exact, dit Morelli en souriant. J'avais très peu de centres d'intérêt.

— Tu n'en avais qu'un de quatre lettres. Le S-E-X-E. Tu entraînais d'innocentes jeunes filles dans le garage de ton père pour regarder sous leurs petites culottes.

— Eh oui, la vie était tellement plus simple à l'époque. Maintenant, il faut que je les fasse boire. Et, sois honnête, je n'ai jamais eu à te pousser beaucoup pour te faire venir dans le garage. C'est tout juste si tu ne me faisais pas tomber tellement tu étais pressée d'y entrer.

— Tu me disais que tu voulais m'apprendre à jouer au petit train.

Son sourire s'élargit.

— Et j'ai tenu parole, dit-il.

La porte du snack s'ouvrit sur Vinnie qui entra de sa démarche mollassonne. Nos regards se croisèrent. Il me sourit avec son air pervers des grands jours, et je sus qu'il avait du nouveau pour moi.

16

J'entraînai Vinnie à l'extérieur pour que personne ne puisse nous entendre.

— J'ai une adresse, me dit Vinnie sans se départir de son sourire salace.

Il savait que sa caution était à portée de main et il ne boudait pas son plaisir de faire état des déviances sexuelles d'un autre.

— Je t'écoute.

— J'ai décroché le cocotier dès mon premier coup de fil. Tu avais vu juste. Moïse Bedemier, le tonton universel, fait des films pornos. Et pas de ceux qu'on peut louer dans des magasins de vidéo. De l'underground, du X puissance X. Il est spécialisé dans l'éducation anglaise. D'après ma source, si tu as envie d'une bonne séance de fessées, tu achètes un de ses films.

Vinnie hocha la tête, hilare.

— Et c'est une célébrité dans le monde du porno, reprit-il. Il a fait une série de films d'initiation qui se passent dans le milieu étudiant, heu... *Panpan culcul, Fac en folie. La Raie du train.* Des films de collection. On se les arrache. Beaucoup de gros plans. Rien de simulé. C'est ça la différence entre les merdes commerciales et l'underground : l'authenticité.

— Moins fort, Vinnie. On nous regarde.

Mais il était parti sur sa lancée.

— Ce type est un génie ! s'écria-t-il. Son chef-d'œuvre, c'est *Les Oh de Hurle-Gland.* Une reconstitution, en costume et tout ! Un classique. La meilleure scène d'éducation anglaise de toute l'histoire du porno. Bon, bref, j'ai découvert où Mo tourne ses films. Cet ami dont je te parle utilise les mêmes acteurs que lui. Il m'a donné les coordonnées d'une fille, une certaine Bébé La Touche. Je l'ai appelée et, selon elle, Mo a une petite maison dans les bois pas loin de Washington's Crossing. Elle ne connaît pas l'adresse mais elle m'a expliqué comment y aller.

Il me tendit un bout de papier sur lequel était tracé un itinéraire.

Ça recoupait les dires de Gail et de Larry. Gail m'avait dit que le Harpon faisait des affaires avec Mo ailleurs qu'à la confiserie. Elle se souvenait d'un bungalow dans les bois où elle était allée une fois avec le Harpon qui y emmenait une « débutante ».

Je pris le papier, montai dans mon pick-up et partis.

Je traversai le pont et longeai la Delaware en direction du nord, puis j'obliquai vers l'ouest à l'embranchement pour Washington et suivis une route à deux voies jusqu'à l'intersection suivante. Là, je m'arrêtai et consultai mon plan. Apparemment, je ne m'étais pas trompée. Je continuai tout droit et, cinq minutes plus tard, j'arrivais à Doyne. Je pris sur la droite et surveillai mon compte-tours. Au bout de trois kilomètres, je commençai à chercher une boîte aux lettres rouillée au bout d'un chemin de terre. Rien que des bois de chaque côté de la route. Si Mo avait une maison par là, elle était très isolée.

Au cinquième kilomètre, je repérai la boîte aux lettres. Je m'arrêtai et plissai les yeux pour essayer de mieux voir le bungalow entre les arbres dénudés. Je vis une voiture sous un hangar.

Je roulai sur cinq cents mètres et appelai Ranger sur mon portable.

— Allô ? fit-il.

— Allô toi-même. Je crois que j'ai repéré Mo. Je surveille un bungalow en Pennsylvanie. J'ai besoin de ton aide pour l'arrestation.

— Je t'écoute.

Je lui expliquai le chemin, refermai mon portable et ouvris le petit sac marin posé à côté de moi. J'étais en jean et pull col cheminée sous mon blouson de cuir noir. J'ôtai mon blouson, enfilai mon gilet pare-balles, remis mon blouson. Je sortis de mon petit sac marin un ceinturon muni d'étuis me permettant de porter tout mon matériel : bombe lacrymo, matraque, menottes et, bien sûr, mon Smith & Wesson. Je descendis du pick-up, harnachée de pied en cap, regrettant seulement, maintenant que je savais quel était le violon d'Ingres de Mo, de ne pas avoir de gants en latex. Je fis craquer mes articulations. Je me sentais nerveuse et ridicule dans cette tenue de James Bond girl amateur. Je remontai dans le pick-up pour attendre Ranger.

Il finit par arriver et se gara derrière moi. Je le rejoignis, non sans remarquer qu'il réprimait un sourire.

— Je vois que c'est du sérieux, me dit-il.

— On n'arrête pas de me tirer dessus.

— Risques du métier.

Il portait déjà son gilet pare-balles. Je lui expliquai la situation pendant qu'il fixait son holster.

— Tu as un plan ? me demanda-t-il.

— J'y vais en voiture. Je frappe. Je l'arrête.

— Tu veux couvrir devant ou derrière ?

— Devant.

— Je laisse le Bronco ici et je passe par le bois. Laisse-moi deux ou trois minutes, le temps d'arriver derrière le bungalow, et tu entres en piste.

Restait à savoir si c'était bien Mo qui était là. Si

j'avais eu plus de temps, je serais restée en planque, mais en l'occurrence... Alors, soit on allait faire la peur de sa vie à un pauvre bougre, soit on risquait de se prendre une balle dans la peau. Sauf si, comme il le prétendait, Mo n'avait jamais tué personne.

Je laissai un peu d'avance à Ranger, puis démarrai, m'engageai dans l'allée et me garai juste derrière la voiture dans le hangar. Stores à lamelles aux fenêtres. Au moment où j'allais frapper à la porte, celle-ci s'ouvrit sur Mo.

— Bon, fit-il, d'accord, je suis refait.

— Vous ne paraissez pas surpris de me voir.

— Pour tout te dire, j'ai eu un peu peur quand j'ai entendu une voiture arriver, mais quand j'ai vu que c'était toi, j'étais plutôt soulagé.

— Vous craigniez que ce soit le révérend Bill ?

— Donc, tu es au courant. Je serai ravi quand tout ça sera éclairci. Je ne me sens plus en sécurité ici.

J'entrai et regardai autour de moi. Deux chambres, une salle de bains, un salon, une cuisine avec porte donnant sur l'arrière du bungalow. Moquette usée jusqu'à la trame, mais propre. Mobilier passe-partout. Un canapé, un fauteuil club, une télé et le magnétoscope qui va avec...

— Et toi non plus, tu n'es pas en sécurité, me dit Mo. Tu as rendu Bill très nerveux. Comment m'as-tu trouvé ?

— Par le téléphone arabe du Bourg.

Mo fit volte-face, l'air terrifié, éperdu. Je voyais que les pensées se bousculaient dans sa tête.

— C'est impossible ! s'exclama-t-il. Personne au Bourg ne sait que j'ai cette maison.

— Sauf Larry Skolnik. Vous vous souvenez de lui ? Le gamin que vous aviez embauché pour nettoyer la boutique.

J'entrai dans la chambre dont la porte était ouverte.

Lit fait au carré. Table de chevet avec lampe et réveil. Tapis. Je regardai dans l'autre. Vide. Traces récentes de passage d'un aspirateur sur la moquette. Quelques marques d'anciens meubles. Manifestement, on l'avait nettoyée de fond en comble. J'allai dans la salle de bains. Un rideau noir et épais masquait l'unique fenêtre. *Une chambre noire. Mo doit sans doute y faire des photos de ses stars.* Je rejoignis Mo.

— Je suis au courant pour les films, lui dis-je.

Il me regarda, bouche bée, paniqué. Il tombait des nues. Je lui donnai quelques titres de sa filmographie, une façon de lui faire comprendre que la partie était finie.

Il se ressaisit, redressa le menton et me lança d'un air bravache :

— Et alors ? Je fais des films esthétiques avec des adultes consentants.

— Consentants, peut-être. Adultes, ça reste à prouver. Le révérend Bill sait que vous tournez des films pornos ?

— Le révérend Bill est mon fan numéro un. Depuis des années. Il croit aux vertus des châtiments corporels en cas de mauvaise conduite.

— Donc, il connaît ce bungalow ?

— Il ne sait pas où il se trouve. Et je te signale que ce n'est pas un passe-temps. Je suis un cinéaste professionnel. Mes films rapportent de l'argent.

— Je n'en doute pas.

— Tu ne t'imagines pas que ce sont les bonbons et les glaces qui vont assurer ma retraite ! Tu sais quels bénéfices je fais à la boutique : zéro !

J'avais toutes les peines du monde à me retenir de grimacer en repensant à la photo de moi sur le mur de sa cuisine.

Mo hocha la tête, les feux de son indignation réduits à quelques flammèches. Puis il me fit le coup du grand retour sur soi.

— Je n'arrive pas à comprendre comment ça a pu m'arriver, dit-il. Je gagnais bien ma vie. Je mettais de l'argent de côté pour ma retraite. Je fournissais de bons divertissements pour adultes. Je créais des emplois-jeunes.

Je levai les yeux au ciel. Il valait mieux entendre ça que d'être sourde ! Ainsi, Moïse Bedemier payait des trafiquants de drogue pour qu'ils recrutent de la chair fraîche pour ses films X ! Les dealers étaient bien placés pour connaître de jeunes zonards prêts à tout pour se payer de la came.

— J'ai fait une seule erreur, concéda Mo. Et tout a commencé à aller à vau-l'eau. Tout est arrivé à cause de cet enfoiré de Jamal Brousse.

Il allait et venait dans la pièce, nerveux, regardant sans arrêt à travers les lamelles des stores.

— J'espère que tu as fait attention qu'on ne te suive pas, dit-il. Bill est à mes trousses.

— On ne m'a pas suivie, dis-je sans conviction.

Mo continua à raconter son histoire, trop heureux de vider son sac. Il s'étourdissait de paroles tout en faisant les cent pas.

— Tout ça à cause de Brousse, répéta-t-il. Je n'ai fait qu'une transaction avec lui — il m'a envoyé un jeune homme qui a posé pour moi. Je ne voulais faire que quelques photos. Mais il a commencé à me faire chanter et s'est montré de plus en plus exigeant. Je n'avais plus d'argent et ne savais quoi faire. Puis, j'ai eu une idée : et si je parlais de lui au révérend Bill ? De ce Jamal Brousse qui vend de la drogue à nos enfants.

Mo parut rêver un instant aux délices du passé.

— Je me disais que Bill saurait peut-être comment lui faire assez peur pour qu'il s'en aille. Le problème, c'est que Bill tient en si haute estime l'idée d'autodéfense qu'il a tué Brousse... Là, j'ai voulu arrêter les frais, mais Bill a insisté pour que je lui donne un autre nom et lui désigne une autre cible. J'ai fini par céder. Moralité : Bill tue un autre dealer et l'enterre dans ma cave. En deux temps trois mouvements, mon sous-sol grouille de cadavres de trafiquants de drogue. Après mon arrestation pour port d'armes, Bill a continué à tuer. Sauf que, désormais, il était impossible d'accéder à ma cave, alors on a caché les corps du mieux qu'on a pu. Cameron Brown, Leroy Watkins... Bill ne pensait qu'à tuer.

— Ce n'est pourtant pas lui qui faisait tout ça ?

— Il avait monté un escadron de la mort. Ça marchait si bien qu'il ne s'est plus seulement occupé des dealers, mais aussi des usagers de drogues dures. Son escadron a appris à tuer par overdose pour que ça fasse plus naturel. C'est pour ça que je suis allé voir un avocat. Je ne voulais plus participer à toute cette folie. Tu ne peux pas imaginer qui y a trempé : des flics, des commerçants, des grands-mères, des institutrices... De la démence ! C'était un peu comme dans une secte... comme ces milices en Idaho.

— Comment se fait-il que le révérend Bill, qui était amateur de cassettes pédophiles, se soit montré si vertueux en matière de drogue ?

— L'âme humaine est faite de contradictions ; à moins qu'elle ne cherche à équilibrer le bien et le mal.

— Il ne me semble pas que l'assassinat ait équilibré grand-chose. Enfin... Pourquoi avoir fait appel à un avocat ? Pourquoi ne pas vous être constitué prisonnier ?

— Je suis vieux. Je ne veux pas passer le restant de mes jours en prison. J'ai pensé qu'en coopérant et avec un bon avocat, je pourrais limiter les dégâts. Je n'ai tué personne, tu sais. Je me suis contenté de donner quelques noms à Bill et d'organiser des rendez-vous.

— Vous avez continué à le faire après avoir pris un avocat. Vous avez piégé Elliot Harp.

— Je ne pouvais pas les lâcher du jour au lendemain. J'avais peur qu'ils se doutent que je tentais de négocier avec la police. Maintenant, à chaque fois que j'entends une voiture sur la route, je panique. J'ai la trouille que ce soit Bill. Comme je regrette de ne pas avoir eu d'autre choix que de m'adresser à lui ! J'ai l'impression que c'est moi qui suis à l'origine de ce cauchemar.

— On a toujours le choix, dit Ranger en appuyant le canon de son magnum .45 contre la tempe de Mo.

Mo sursauta et tourna les yeux vers Ranger.

— D'où sortez-vous ? Je ne vous ai pas entendu venir.

— Je suis un courant d'air à pattes de velours.

Les gravillons du chemin crissèrent sous des pneus. Mo sursauta.

— C'est lui ! cria-t-il.

Je remontai le store.

— Ce n'est pas le révérend Bill.

— Qui est-ce ? demanda Mo.

— Je vous le donne en mille.

On frappa à la porte. J'allai ouvrir, révélant Lula, hilare, apparemment très contente d'elle-même.

— Salut, chérie ! me lança-t-elle. Vinnie m'a mise au courant pour cette planque, alors je suis venue te donner un coup de main.

— La cinglée en Firebird rouge ! dit Mo d'une voix étranglée.

Je pris la veste de Mo dans la penderie de l'entrée et la lui passai tout en vérifiant qu'il n'y avait pas d'arme dans les poches. Je sortis avec lui sur la véranda, suivie de Ranger et de Lula. Le bruit d'une voiture qui approchait nous fit nous arrêter. On vit un éclair bleu à travers les arbres, puis le véhicule s'engagea sur le chemin qui menait à la maison. C'était une camionnette Ford ; sur son aile était écrit « ÉGLISE DE LA LIBERTÉ ».

Elle s'arrêta à mi-chemin, bloquée par la Firebird de Lula. La porte coulissante s'ouvrit et un homme en cagoule et bleu de travail en descendit.

— Merde ! On l'a dans le cul ! dit Lula.

On se regarda tous un moment, puis l'homme épaula un fusil lance-grenades. Il y eut un éclair et pfffft ! mon pick-up explosa, ses portières volant dans les airs comme des Frisbee.

— En guise d'avertissement ! cria l'homme. On veut Mo.

Je restai sans voix. *Ils ont fait sauter mon pick-up ! J'y crois pas !*

— Vois le bon côté de la chose, me dit Lula. Tu n'auras plus à t'inquiéter de savoir si tu vas caler ou pas.

Deux autres hommes descendirent de la camionnette. Ils nous visèrent avec des fusils d'assaut. On se précipita tous à l'intérieur de la maison et on ferma la porte.

— S'ils ont été capables de faire sauter ton pick-up, ils seront capables de faire sauter la baraque, dit Ranger.

Il me tendit ses clefs de voiture.

— Sortez avec Mo par-derrière pendant que je les occupe, dit-il. Prenez mon Bronco et filez.

— Et toi ? Hors de question que je t'abandonne !

Une rafale s'abattit sur la maison. On se coucha par terre.

Ranger cassa un carreau et fit feu.

— Je vais m'en tirer, ne t'en fais pas, me dit-il. Je vais vous donner de l'avance, puis je filerai à travers bois. Ne t'inquiète pas, j'ai déjà fait ça.

Je poussai Mo vers la porte de derrière. Lula nous rejoignit en courant. On traversa l'arrière-cour à croupetons et on s'enfonça dans les bois tandis que la fusillade reprenait derrière nous. Mo courait avec difficulté et Lula gémissait :

— Oh, merde ! Oh, merde ! Oh, meeeeeerde !...

On glissa sur les fesses jusqu'au bas d'un talus, on se releva tant bien que mal et on continua notre progression à travers des broussailles sèches. À la guerre comme à la guerre !

Quand nous nous fûmes suffisamment éloignés du front à mon gré, on rattrapa la route. Il y eut une autre explosion et je vis une boule de feu monter vers le ciel.

— Ça doit être le bungalow, dit Lula d'une voix sombre.

Nos regards se croisèrent. On pensait toutes les deux à Ranger.

Mo tomba à genoux, blanc comme un linge, un main appuyée contre son flanc. Une tache sombre commençait à s'étendre sur son manteau gris.

— Il a dû être touché dans la maison, dit Lula.

— Encore un petit effort, lui dis-je en l'aidant à se relever. On y est presque.

On entendit des sirènes de police sur la route. Bientôt, j'aperçus les voitures au loin. Mo fit un gros effort pour se mettre debout. Il s'écroula, face contre terre.

— Cours chercher de l'aide, dis-je à Lula. Je reste ici.

— Tu as ton revolver ?

— Oui.

— Chargé ?

— Oui ! Vas-y !

Elle hésitait.

— J'aime pas l'idée de te laisser toute seule ici.

— Vas-y !

Elle essuya ses larmes.

— Merde, j'ai peur, moi.

Elle se détourna et partit en courant. À un moment, elle tourna la tête vers moi puis disparut.

Je tirai Mo derrière un arbre, dégainai mon arme et attendis.

Il faut vraiment que je me trouve un autre boulot.

Il faisait nuit quand Lula me déposa devant chez moi.

— Une chance que Morelli et ses flics aient suivi la camionnette de l'église machin-chose, dit Lula. On se serait fait griller !

— Les flics suivaient la camionnette et Morelli me suivait, moi.

— Veinarde.

Il était sept heures, mais j'avais l'impression qu'il était beaucoup plus tard. J'étais épuisée, et je me sentais gagnée par un mal de tête. Je me traînai jusqu'à l'ascenseur et me laissai monter jusqu'à mon étage, le doigt collé au bouton. *L'ascenseur, la huitième merveille du monde !* Je n'aurais pas eu l'énergie de monter par l'escalier, je crois que je me serais endormie dans le hall d'entrée.

Lula, Ranger et moi avions été interrogés par la police pendant, me semblait-il, des heures et des heures.

Dickie était passé pendant que je répondais pour la énième fois aux mêmes questions et m'avait proposé d'assurer ma défense. Je lui avais répondu que je n'étais accusée de rien tout en le remerciant de sa gentillesse. Il m'avait semblé déçu. Peut-être avait-il espéré échanger ses services contre l'assurance que je ne dirais rien à Mallory sur ses frasques avec son épouse ? Ou que j'avais fait quelque chose de vraiment abominable ? Je voyais les gros titres d'ici : « L'EX-FEMME D'UN CÉLÈBRE AVOCAT DE TRENTON DEVANT LES ASSISES ! “ÇA NE M'ÉTONNE PAS”, NOUS DÉCLARE SON EX-MARI. »

Au moment où je quittais le poste de police, on apprit que Mo était sorti du bloc opératoire et allait bien. Il avait perdu beaucoup de sang, mais la balle n'avait pas touché d'organe vital. Cette nouvelle me soulagea. J'y vis le point final de cette journée riche en émotions fortes.

Rex et moi lorgnions le festin étalé sur la table basse. Rex, de sa cage. Moi, de mon canapé. Poulet frit aux épices, plateau de biscuits, salade de chou cru, haricots blancs à la sauce tomate. Plus la moitié d'un gâteau au chocolat datant du dîner du samedi chez mes parents.

Les Rangers jouaient contre Boston au Madison Square Garden, et je portais donc mon maillot de supporter de l'équipe. On était à la fin de la première manche. Les Rangers menaient d'un point.

— C'est ça la vie, dis-je à Rex. Il ne faut pas aller chercher plus loin.

Je tendis le bras vers un morceau de poulet, mais mon geste fut interrompu par des coups frappés à ma porte.

— Pas de panique, dis-je à Rex. Ce doit être Mrs. Bestler.

Je savais bien que ce n'était pas Mrs. Bestler. Elle ne venait jamais me rendre visite aussi tard. Personne ne venait me rendre visite aussi tard. À part des porteurs de mauvaises nouvelles. J'étais sur mes gardes depuis la visite des deux hommes encagoulés deux semaines plus tôt. Je m'étais inscrite à un cours d'autodéfense, même si je savais que le révérend Bill et son escadron de la mort étaient hébergés à titre gratuit par le gouvernement fédéral. Mickey Maglio ne faisait pas partie de la bande. D'autres policiers étaient impliqués dans cette affaire, mais pas lui. L'homme qui m'avait brûlé à la cigarette était le beau-frère du révérend Bill, originaire de Jersey City. À défaut de reconnaître l'homme, j'avais reconnu l'accent.

Certains de leurs sympathisants étaient toujours en

liberté, sans aucun doute, mais ils adoptaient un profil bas ; et sans la présence charismatique du révérend Bill, le mouvement était mort de sa belle mort. Sans compter que la révélation de la face secrète d'Oncle Mo avait refroidi plus d'un de ses anciens défenseurs.

Je m'avançai sur la pointe des pieds jusqu'à ma porte et collai mon œil au judas.

Morelli.

J'aurais dû m'en douter.

— Tu as senti le poulet, c'est ça ? dis-je en lui ouvrant.

Il me regardait avec un grand sourire, se balançant sur ses talons.

— Je ne voudrais pas m'imposer.

J'allai lui chercher une bière.

— Ça fait un bail que je ne t'ai pas vu, lui dis-je.

— Depuis la fin de l'enquête sur Mo. Tu n'as pas répondu à mes messages téléphoniques.

— Je n'avais rien à raconter, dis-je en me laissant choir sur le canapé.

Morelli but une gorgée de bière.

— Tu m'en veux toujours de t'avoir caché des infos ?

— Oui. Je t'ai aidé pour Dickie, et tu ne m'as pas renvoyé l'ascenseur.

— Faux. Je t'ai parlé du révérend Bill.

— Mais tu savais que je l'aurais appris par d'autres sources ! Et je suis ravie d'avoir dégueulé dans ta cuisine l'autre soir !

— Je suppose que je te dois des excuses pour ça aussi.

— Et comment !

En fait, je me sentais responsable, mais je jugeai inutile de lui faire partager mon point de vue.

Morelli prit un morceau de poulet.

— Tu les as tous impressionnés au poste, me dit-il. Tu as été la seule à lever le lièvre des films pornos.

— Oh, c'est grâce à Sue Ann Grebek et à sa langue de pipelette.

Les Rangers marquèrent un autre but. On se pencha vers la télé pour mieux suivre l'action au ralenti.

Par les journaux et Eddie Gazarra, je savais que Mo et le révérend Bill allaient bientôt passer en jugement. Je ne savais pas trop ce dont Mo écoperait, mais le révérend allait devoir répondre de plusieurs meurtres avec préméditation et de recel d'armes — la police en avait trouvé assez à la mission pour remplir un cinq-tonnes !

— J'ai appris que tu retravaillais pour la brigade des mœurs, dis-je à Morelli.

Il acquiesça.

— Je n'ai pas la bonne garde-robe pour la Crim. Et en plus, il fallait que je me rase tous les jours.

— Tu vis toujours dans ta maison ?

— Ouais, j'aime bien. J'ai plus de place. Plus de rangements. Une plus grande cuisine. Une cave. (Il se pencha vers moi.) Il y a même une porte de derrière...

Je lui lançai un regard de biais.

Du bout du doigt, il traça de petits cercles sur ma tempe.

— Il y a aussi une arrière-cour, dit-il d'une voix plus grave.

— C'est sympa, dis-je.

Son doigt était arrivé sur ma clavicule.

— L'été, on peut se mettre dehors... faire des tas de trucs, comme... des barbecues...

Je le regardai à deux fois. *Morelli, des barbecues ?*

— Abats les bonnes cartes et je t'inviterai peut-être pour manger un hamburger, dit-il.

— Seulement un hamburger ?

— Autre chose, si tu veux.

Ce qui me fit penser au vieux proverbe chinois : ne souhaite point trop de choses de crainte de toutes les obtenir.

— Après le hamburger, poursuivit Morelli avec un sourire dans la voix, je pourrai te montrer mon nouveau garage, si tu veux. Je t'ai dit que j'avais un garage ?

— Première nouvelle.

— Ben, j'en ai un, et je connais un jeu...

— Je crois que je le connais aussi.

— Ah oui ?

— Ça a un rapport avec... les transports. Le train, tout ça...

— Je connais de nouvelles lignes depuis la dernière fois que nous y avons joué.

Ses lèvres effleurèrent ma nuque, et je reçus une décharge électrique qui me secoua jusqu'à mon... di dou dah !

Jeu de piste

Quatre ou double

Janet Evanovich

Pour partir à la recherche de Maxime, une fille qui fait des misères à son ex, Stéphanie s'est entourée d'une équipe explosive : Lula, ancienne prostituée black, et Sally, drag-queen hétéro au charme irrésistible. L'enquête prend rapidement une tournure qui n'est pas pour déplaire à Stéphanie : après avoir été agressée par une mystérieuse femme blonde, la désopilante détective se retrouve obligée de s'installer chez Joe Morelli, le flic le plus sexy de Trenton. Alors que toute la ville colporte des ragots la concernant, Stéphanie se met en chasse…

(Pocket n° 10997)

Sept jours sur sept

Cinq à sexe
Janet Evanovich

Une chasseuse de primes avec un humour décapant oscille entre maladresses et déconvenues. Sa semaine s'annonce chargée : à l'ordre du jour, problèmes financiers et sentimentaux sans oublier quelques criminels à arrêter… A priori, rien d'insurmontable pour la tonitruante et désopilante Stéphanie Plum ! En tout cas, elle n'aura pas le temps de s'ennuyer…

(Pocket n° 10998)

www.pocket.fr
Le site qui se lit comme
un bon livre
Informer
Toute l'actualité de Pocket,
les dernières parutions
collection par collection,
les auteurs, des articles,
des interviews,
des exclusivités.
Découvrir
Des 1ers chapitres
et extraits à lire.
Choisissez vos livres
selon vos envies :
thriller, policier,
roman, terroir,
science-fiction...
POCKET
Il y a toujours un Pocket à découvrir
sur www.pocket.fr

Achevé d'imprimer sur les presses de

BUSSIÈRE

GROUPE CPI

à Saint-Amand-Montrond (Cher)
en septembre 2004

POCKET - 12, avenue d'Italie - 75627 Paris Cedex 13
Tél. : 01-44-16-05-00

— N° d'imp. : 44752. —
Dépôt légal : mai 2001.
Suite du premier tirage : octobre 2004.

Imprimé en France